中华散文百家

主编◎乔继堂
编委◎鄢晓霞/李剑霞/李晓丽/崔人元

中华散文百家

许地山◎著

董义连◎选 编

许地山散文

散文百家

上海图书馆馆藏经典阅读

上海科学技术文献出版社

出版说明

在中国文学史上，散文具有突出的地位，这恐怕是谁也不能否认的。在文体以有韵无韵区分的时代，散文与韵文相对，固然得占大半壁江山；即使是到了诗歌、散文、小说、戏剧四大文学体裁齐备的时代，散文亦是一方重镇。近世以来，其他文学样式尤其是小说等长足发展，但散文依然焕发着耀眼的光彩，不但有作家钟情此种文体，专事散文随笔的创作而卓成大家，即使以其他体裁创作为主的作家，也或多或少地从事过散文写作；而且由于散文体裁较为广泛的适用性，众多不以作家名世的人也留下了丰富的散文作品。这些散文作品不仅是我们的文学遗产，也是我们的思想文化遗产，其所蕴涵的滋育我们的营养真可谓"无穷无尽"。正是为了较为系统地整理这笔宝藏，挖掘其丰富营养，我们编辑出版了这套丛书。

这套丛书计划以二十世纪初为起点，以人为单位，从我国历代散文作家中选取名家精品，汇成丛集。入选作者除专门的散文家之外，自然也包括其他作家，甚至不以作家名世的作者；与此相应，不仅选取狭义的纯粹散文作品，也选取那些在历史上曾经影响甚巨但不那么纯粹的大散文作品，从而不仅体现散文的文学价值，更体现散文创作在思想文化方面的价值。也可以说，这是这套散文丛书最为突出的特色——不仅是文学的，更是思想文化的；不仅关乎写作技巧，更是关乎素质养成；不仅可供了解作家作品，更可以由此体察历史洪流、社会巨变的大风景……

丛书所选各家散文的编排，或按其原集编排，或重新分辑编排，一视作者原作情况而定。选文除作必要的技术处理外，其余一仍其旧，以见作品原貌。为了阅读的方便，对一些于今天的读者不太熟悉的专门术语等作了适当的注释。关于具体的编选情况，以及作者及其作品的情况，每一集后缀以编后语，给以简略的说明。

丛书计划分批相对集中出版，先期推出二十世纪上半叶的名家名作，随后向两个方向延伸，陆续成其规模，期于有所贡献。

愿广大读者襄助之；愿广大作者襄助之。

上海科学技术文献出版社

目　录

心 有 事

（开卷底歌声）

心有事，无计问天。
心事郁在胸中，教我怎能安眠？
我独对着空山，眉更不展；
我魂飘荡，犹如出岫残烟。
想起前事，我泪就如珠脱串。
独有空山为我下雨涟涟。
我泪珠如急雨，急雨犹如水晶箭；
箭折，珠沉，融作山溪泉。
做人总有多少哀和怨：
积怨成泪，泪又成川！
今日泪、雨交汇入海，海涨就要沉没赤县：
累得那只抱恨的精卫拚命去填。
呀，精卫！你这样做，虽经万劫也不能遂愿。
不如咒海成冰，使他像铁一样坚。
那时节，我要和你相依恋，
各人才对立着，沉默无言。

（原刊 1922 年 4 月《小说月报》第 13 卷第 4 号）

蝉

急雨之后，蝉翼湿得不能再飞了。那可怜的小虫在地面慢慢地爬，好容易爬到不老的松根上头。松针穿不牢底雨珠从千丈高处脱下来，正滴在蝉翼上。蝉嘶了一声，又从树底露根摔到地上了。

雨珠，你和他开玩笑么？你看，蚂蚁来了！野鸟也快要看见他了！

（原刊 1922 年 4 月《小说月报》第 13 卷第 4 号）

蛇

在高可触天的桄榔树下，我坐在一条石凳上，动也不动一下。穿彩衣的蛇也蟠在树跟上，动也不动一下。多会让我看见它，我就害怕的得很，飞也似地离开那里；蛇也和飞箭一样，射入蔓草中了。

我回来，告诉妻子说："今儿险些不能再见你的面!"

"什么缘故?"

"我在树林见了一条毒蛇：一看见它，我就速速跑回来；蛇也逃走了。……到底是我怕他，还是他怕我?"

妻子说："若你不走，谁也不怕谁。在你眼中，他是毒蛇；在他眼中，你比他更毒呢。"

但我心里想着，要两方互相惧怕，才有和平；若有一方大胆一点，不是他伤了我，便是我伤了他。

（原刊1922年4月《小说月报》第13卷第4号）

笑

我从远地冒着雨回来。因为我妻子心爱的一样东西让我找着了；我得带回来给她。

一进门，小丫头为我收下雨具，老妈子也借故出去了。我对妻子说："相离好几天，你闷得慌吗？……呀，香得很！这是从哪里来的？"

"窗棂下不是有一盆素兰吗？"

我回头看，几箭兰花在一个汝窑钵上开着。我说："这盆花多会移进来的？这么大雨天，还能开得那么好，真是难得啊!？……可是我总不信那些花有如此的香气。"

我们并肩坐在一张紫檀榻上。我还往下问："良人，到底是兰花的香，是你的香？"

"到底是兰花的香，是你的香？让我闻一闻。"她说时，亲了我一下。小丫头看见了，掩着嘴笑，翻身揭开帘子，要往外走。

"玉耀，玉耀，回来。"小丫头不敢不回来，但，仍然抿着嘴笑。

"你笑什么？"

"我没有笑什么。"

我为她们排解说："你明知道她笑什么，又何必问她呢，饶了她罢。"

妻子对小丫头说："不许到外头瞎说。去罢，到园里给我摘些瑞香来。"小丫头抿着嘴出去了。

（原刊 1922 年 4 月《小说月报》第 13 卷第 4 号）

三　迁

花嫂子着了魔了！她只有一个孩子，舍不得教他入学。她说："阿同底父亲是因为念书念死的。"

阿同整天在街上和他底小伙伴玩：城市中应有的游戏，他们都玩过。他们最喜欢学警察、人犯、老爷、财主、乞丐。阿同常要做人犯，被人用绳子捆起来，带到老爷跟前挨打。

一天，给花嫂子看见了，说："这还了得！孩子要学坏了。我得找地方搬家。"

她带着孩子到村庄里住。孩子整天在阡陌间和他底小伙伴玩：村庄里应有的游戏，他们都玩过。他们最喜欢做牛、马、牧童、肥猪、公鸡。阿同常要做牛，被人牵着骑着，鞭着他学耕田。

一天，又给花嫂子看见了，就说："这还了得！孩子要变畜生了。我得找地方搬家。"

她带孩子到深山底洞里住。孩子整天在悬崖断谷间和他底小伙伴玩。他底小伙伴就是小生番、小猕猴、大鹿、长尾三娘、大蛱蝶。他最爱学鹿底跳跃，猕猴底攀缘，蛱蝶底飞舞。

有一天，阿同从悬崖上飞下去了。他底同伴小生番来给花嫂子报信，花嫂子说："他飞下去么？那么，他就有本领了。"

呀，花嫂子疯了！

（原刊 1922 年 4 月《小说月报》第 13 卷第 4 号）

香

妻子说："良人，你不是爱闻香么？我曾托人到鹿港去买上好的沉香线；现在已经寄到了。"她说着，便抽出妆台的抽屉，取了一条沉香线，燃着，再插在小宣炉中。

我说："在香烟绕缭之中，得有清谈。给我说一个生番故事罢。不然，就给我谈佛。"

妻子说："生番故事，太野了。佛更不必说，我也不会说。"

"你就随便说些你所知道的罢，横竖我们都不大懂得；你且说，什么是佛法罢。"

"佛法么？——色，——声，——香，——味，——触，——造作，——思维，都是佛法；惟有爱闻香底爱不是佛法。"

"你又矛盾了！这是什么因明？"

"不明白么？因为你一爱，便成为你的嗜好；那香在你闻觉中，便不是本然的香了。"

(原刊1922年4月《小说月报》第13卷第4号)

愿

南普陀寺里的大石[①]，雨后稍微觉得干净，不过绿苔多长一些。天涯的淡霞好像给我们一个天晴的信。树林里的虹气，被阳光分成七色。树上，雄虫求雌的声，凄凉得使人不忍听下去。妻子坐在石上，见我来，就问："你从哪里来？我等你许久了。"

"我领着孩子们到海边捡贝壳咧。阿琼捡着一个破具，虽不完全，里面却像藏着珠子的样子。等他来到，我教他拿出来给你看一看。"

"在这树荫底下坐着，真舒服呀！我们天天到这里来，多么好呢！"

妻说："你哪里能够……？"

"为什么不能？"

"你应当作荫，不应当受荫。"

"你愿我作这样底荫么？"

"这样底荫算什么！我愿你作无边宝华盖，能普荫一切世间诸有情。愿你为如意净明珠，能普照一切世间诸有情。愿你为降魔金刚杵，能破坏一切世间诸障碍。愿你为多宝盂兰盆，能盛百味，滋养一切世间诸饥渴者。愿你有六手，十二手，百手，千万手，无量数那由他如意手[②]，能成全一切世间等等美善事。"

我说："极善，极妙！但我愿做调味底精盐，渗入等等食品中，

---

① 南普陀寺：佛教寺庙，在福建厦门五老峰麓。以供奉观音菩萨为主，因在观音道场浙江普陀山以南，故名。

② 那由他：佛教用语。梵语 nayuta 的音译，意为"多到没有数目可以计算"。

把自己底形骸融散，且回复当时在海里底面目，使一切有情得尝咸味，而不见盐体。”

妻子说：“只有调味，就能使一切有情都满足吗？”

我说：“盐的功用，若只在调味，那就不配称为盐了。”

（原刊1922年4月《小说月报》第13卷第4号）

山　响

群峰彼此谈得呼呼地响。它们底话语，给我猜着了。

一峰说："我们底衣服旧了，该换一换啦。"

那一峰说："且慢罢，你看，我这衣服好容易从灰白色变成青绿色，又从青绿色变成珊瑚色和黄金色，——质虽是旧的，可是形色还不旧。我们多穿一会罢。"

正在商量底时候，它们身上穿的，都出声哀求说："饶了我们，让我们歇歇罢。我们底形态都变尽了，再不能为你们争体面了。"

"去罢，去罢，不穿你们也算不得什么。横竖不久我们又有新的穿。"群峰都出着气这样说。说完之后，那红的、黄的彩衣就陆续褪下来。

我们都是天衣，那不可思议的灵，不晓得甚时要把我们穿着得非常破烂，才把我们收入天橱。愿他多用一点气力，及时用我们，使我们得以早早休息。

（原刊 1922 年 4 月《小说月报》第 13 卷第 4 号）

愚 妇 人

从深山伸出一条蜿蜒的路，窄而且崎岖。一个樵夫在那里走着，一面唱：

鸽鹏，鸽鹏，来年莫再鸣！
鸽鹏一鸣草又生。
草木青青不过一百数十日，
到头来，又是樵夫担上薪。

鸽鹏，鸽鹏，来年莫再鸣！
鸽鹏一鸣虫又生。
百虫生来不过一百数十日，
到头来，又要纷纷扑红灯。
鸽鹏，鸽鹏，来年莫再鸣！

他唱时，软和的晚烟已随他底脚步把那小路封起来了，他还要往下唱，猛然看见一个健壮的老妇人坐在溪涧边，对着流水哭泣。

“你是谁？有什么难过的事？说出来，也许我能帮助你。”

“我么？唉！我……不必问了。”

樵夫心里以为她一定是个要寻短见底人，急急把担卸下，进前几步，想法子安慰她。他说：“妇人，你有什么难处，请说给我听，或者我能帮助你。天色不早了，独自一人在山中是很危险的。”

妇人说：“我从来就不知道什么叫做难过。自从我父母死后，我就住在这树林里。我的亲戚和同伴都叫我做石女。”她说到这里，眼泪就融下来了。往下她的话语就支离得怪难明白。过一会，她才慢慢说："我……我到这两天才知道石女的意思。"

"知道自己名字的意思，更应当喜欢，为何倒反悲伤起来？"

"我每年看见树林里的果木开花，结实；把种子种在地里，又生出新果木来。我看见我底亲戚、同伴们不上二年就有一个孩子抱在她们怀里。我想我也要像这样——不上二年就可以抱一个孩子在怀里。我心里这样说，这样盼望，到如今，六十年了！我不明白，才打听一下。呀，这一打听，叫我多么难过！我没有抱孩子的希望了，……然而，我就不能像果木，比不上果木么？"

"哈，哈，哈！"樵夫大笑了，他说："这正是你的幸运哪！抱孩子的人，比你难过得多，你为何不往下再向她们打听一下呢？我告诉你，不曾怀过胎底妇人是有福的。"

一个路旁素不相识底人所说底话，哪里能够把六十年底希望——迷梦——立时揭破呢？到现在，她底哭声，在樵夫耳边，还可以约略地听见。

（原刊 1922 年 4 月《小说月报》第 13 卷第 4 号）

蜜蜂和农人

雨刚晴，蝶儿没有蓑衣，不敢造次出来，可是爪棚的四围，已满唱了蜜蜂底工夫诗：

彷彷，徨徨！徨徨，彷彷！
生就是这样，徨徨，彷彷！
趁机会把蜜酿。
大家帮帮忙；
别误了好时光。
彷彷，徨徨！徨徨，彷彷！

蜂虽然这样唱，那底下坐着三四个农夫却各人担着烟管在那里闲谈。

人的寿命比蜜蜂长，不必像它们那么忙么？未必如此。不过农夫们不懂它们底歌就是了。但农夫们工作时，也会唱的。他们唱底是：

村中鸡一鸣，
阳光便上升，
太阳上升好插秧。
禾秧要水养，
各人还为踏车忙。
东家莫截西家水；
西家不借东家粮。
各人只为各人忙——

“各人自扫门前雪，
不管他人瓦上霜。”

（原刊1922年4月《小说月报》第13卷第4号）

“小俄罗斯”的兵

短篱里头，一棵荔枝，结实累累。那朱红的果实，被深绿的叶子托住，更是美观；主人舍不得摘他们，也许是为这个缘故。

三两个漫游武人走来，相对说：“这棵红了，熟了，就在这里摘一点罢。”他们嫌从正门进去麻烦，就把篱笆拆开，大摇大摆地进前。一个上树，两个在底下接；一面摘，一面尝，真高兴呀！

屋里跑出一个老妇人来，哀声求他们说：“大爷们，我这棵荔枝还没有熟哩；请别作践他；等熟了，再送些给大爷们尝尝。”

树上底人说：“胡说，你不见果子已经红了么？怎么我们吃就是作践你底东西？”

“唉，我一年底生计，都看着这棵树。罢了，罢了……”

“你还敢出声么？打死你算得什么；待一会，看把你这棵不中吃底树砍来做柴火烧，看你怎样。有能干，可以叫你们底人到广东吃去。我们那里也有好荔枝。”

唉，这也是战胜者、强者底权利么？

（原刊19Z2年4月《小说月报》第13卷第4号）

爱底痛苦

在绿荫月影底下，朗日和风之中，或急雨飘雪底时候，牛先生必要说他底真言，“啊，拉夫斯偏①！”他在三百六十日中，少有不说这话底时候。

暮雨要来，带着愁容底云片，急急飞避；不识不知的蜻蜓还在庭园间遨游着。爱诵真言底牛先生闷坐在屋里，从西窗望见隔院底女友田和正抱着小弟弟玩。

姊姊把孩子的手臂咬得吃紧；擘他底两颊；摇他底身体；又掌底的小腿。孩子急得哭了。姊姊才忙忙地拥抱住他，推着笑说：“乖乖，乖乖，好孩子，好弟弟，不要哭。我疼爱你，我疼爱你！不要哭。”不一会孩子底哭声果然停了。可是弟弟刚现出笑容，姊姊又该咬他、擘他、摇他、掌他咧。

檐前的雨好像珠帘，把牛先生眼中底对象隔住。但方才那种印象，却萦回在他眼中。他把窗户关上，自己一人在屋里踝来踱去。最后，他点点头，笑了一声，“哈，哈！这也是拉夫斯偏！”

他走近书桌子，坐下，提起笔来，像要写什么似的。想了半天，才写上一句七言诗。他念了几遍，就摇头，自己说：“不好，不好。我不会做诗，还是随便记些起来好。”

牛先生将那句诗涂掉以后，就把他底日记拿出来写。那天他要记底事情格外多。日记里应用底空格，他在午饭后，早已填满了。

① “拉夫斯偏”：love’s pain 的音译，意指“爱情的痛苦”。

他裁了一张纸，写着：

> 黄昏，大雨。田在西院弄她底弟弟，动起我一个感想，就是：人都喜欢见他们所爱者底愁苦；要想方法教所爱者难受。所爱者越难受，爱者越喜欢，越加爱。
>
> 一切被爱底男子，在他们底女人当中，直如小弟弟在田底膝上一样。他们也是被爱者玩弄底。
>
> 女人底爱最难给，最容易收回去。当她把爱收回去底时候，未必不是一种游戏的冲动；可是苦了别人哪。
>
> 唉，爱玩弄人底女人，你何苦来这一下！愚男子，你底苦恼，又活该呢！

牛先生写完，复看一遍，又把后面那几句涂去，说："写得太过了，太过了！"他把那张纸付贴在日记上，正要起身，老妈子把哭着底孩子抱出来，一面说："姊姊不好，爱欺负人。不要哭，咱们找牛先生去。"

"姊姊打我！"这是孩子所能对牛先生说底话。

牛先生装作可怜的声音，忧郁的容貌，回答说："是么？姊姊打你么？来，我看看打到哪步田地？"

孩子受他底抚慰，也就忘了痛苦，安静过来了。现在吵闹底，只剩下外间急雨底声音。

（原刊 1922 年 4 月《小说月报》第 13 卷第 4 号）

信仰底哀伤

在更阑人静底时候，伦文就要到池边对他心里所立底乐神请求说：“我怎能得着天才呢？我底天才缺乏了，我要表现的，也不能尽地表现了！天才可以像油那样，日日添注入我这盏小灯么？若是能，求你为我，注入些少。”

“我已经为你注入了。”

伦先生听见这句话，便放心回到自己底屋里。他舍不得睡，提起乐器来，一口气就制成一曲。自己奏了又奏，觉得满意，才含着笑，到卧室去。

第二天早晨，他还没有盥漱，便又把昨晚上底作品奏过几遍；随即封好，教人邮到歌剧场去。

他底作品一发表出来，许多批评随着在报上登载八九天。那些批评都很恭维他：说他是这一派，那一派。可是他又苦起来了！

在深夜底时候，他又到池边去，垂头丧气地对着池水，从口中发出颤声说：“我所用底音节，不能达我底意思么？呀，我底天才丢失了！再给我注入一点罢。”

“我已经为你注入了。”

他屡次求，心中只听得这句回答。每一作品发表出来，所得底批评，每每使他忧郁不乐。最后，他把乐器摔碎了，说：“我信我底天才丢了，我不再作曲子了。唉，我所依赖底，枉费你眷顾我了。”

自此以后，社会上再不能享受他底作品；他也不晓得往哪里去了。

（原刊1922年4月《小说月报》第13卷第4号）

暗　　途

“我底朋友，且等一等，待我为你点着灯，才走。”

吾威听见他底朋友这样说，便笑道：“哈哈，均哥，你以我为女人么？女人在夜间走路才要用火；男子，又何必呢？不用张罗，我空手回去罢，——省得以后还要给你送灯回来。”

吾威底村庄和均哥所住底地方隔着几重山，路途崎岖得很厉害。若是夜间要走那条路，无论是谁，都得带灯。所以均哥一定不让他暗中摸索回去。

均哥说：“你还是带灯好。这样的天气，又没有一点月影，在山中，难保没有危险。”

吾威说：“若想起危险，我就回去不成了。……”

“那么，你今晚上就住在我这里，如何？”

“不，我总得回去，因为我底父亲和妻子都在那边等着我呢。”

“你这个人，太过执拗了。没有灯，怎么去呢？”均哥一面说，一面把点着底灯切切地递给他。他仍是坚辞不受。

他说：“若是你定要叫我带着灯走，那教我更不敢走。”

“怎么呢？”

“满山都没有光，若是我提着灯走，也不过是照得三两步远；且要累得满山底昆虫都不安。若凑巧遇见长蛇也冲着火光走来，可又怎么办呢？再说，这一点的光可以把那些照不着底地方显得越危险，越能使我害怕。在半途中，灯一熄火，那就更不好办了。不如我空着手走，初时虽然觉得有些妨碍，不多一会儿，什么都可以在幽暗中辨别一点。”

他说完，就出门。均哥还把灯提在手里，眼看着他向密林中那条小路穿过去，才摇摇头说："天下竟有这样怪人！"

吾威在暗途中走着，耳边虽常听见飞虫，野兽底声音，然而他一点害怕也没有。在蔓草中，时常飞些萤火出来，光虽不大，可也够了。他自己说："这是均哥想不到，也是他所不能为我点底灯。"

那晚上他没有跌倒；也没有遇见毒虫野兽；安然地到他家里。

（原刊1922年4月《小说月报》第13卷第4号）

你为什么不来

在夭桃开透、浓荫欲成的时候，谁不想伴着他心爱底人出去游逛游逛呢？在密云不飞、急雨如注底时候，谁不愿在深闺中等她心爱底人前来细谈呢？

她闷坐在一张睡椅上，紊乱的心思像窗外的雨点——东抛，西织，来回无定。在有意无意之间，又顺手拿起一把九连环慵懒懒地解着。

丫头进来说："小姐，茶点都预备好了。"

她手里还是慵懒懒地解着，口里却发出似答非答底声："……他为什么还不来？"

除窗外底雨声，和她手中轻微的银环声以外，屋里可算静极了！在这幽静的屋里，忽然从窗外伴着雨声送来几句优美的歌曲：

你放声哭，
因为我把林中善鸣的鸟笼住么？
你飞不动，
因为我把空中的雁射杀么？
你不敢进我的门，
因为我家养狗提防客人么？
因为我家养猫捕鼠，
你就不来么？
因为我底灯火没有笼罩，
烧死许多美丽的昆虫
你就不来么？

你不肯来，

因为我有……？

“有什么呢？”她听到末了这句，那紊乱的心就发出这样的问。她心中接着想：因为我约你，所以你不肯来；还是因为大雨，使你不能来呢？

（原刊1922年5月《小说月报》第13卷第5号）

海

我底朋友说："人底自由和希望，一到海面就完全失掉了！因为我们太不上算，在这无涯浪中无从显出我们有限的能力和意志。"

我说："我们浮在这上面，眼前虽不能十分如意，但后来要遇着底，或者超乎我们底能力和意志之外。所以在一个风狂浪骇底海面上，不能准说我们要到什么地方就可以达到什么地方；我们只能把性命先保持住，随着波涛颠来播去便了。"

我们坐在一只不如意的救生船里，眼看着载我们到半海就毁坏底大船渐渐沉下去。

我底朋友说："你看，那要载我们到目的地底船快要歇息去了！现在在这茫茫的空海中，我们可没有主意啦。

幸而同船底人，心忧得很，没有注意听他底话。我把他底手摇了一下说："朋友，这是你纵谈底时候么？你不帮着划桨么？"

"划桨么？这是容易的事。但要划到哪里去呢？"

我说："在一切的海里，遇着这样的光景，谁也没有带着主意下来，谁也脱不了在上面泛来泛去。我们尽管划罢。"

（原刊1922年5月《小说月报》第13卷第5号）

梨　花

她们还在园里玩，也不理会细雨丝丝穿入她们底罗衣。池边梨花的颜色被雨洗得更白净了，但朵朵都懒懒地垂着。

姊姊说："你看，花儿都倦得要睡了！"

"待我来摇醒它们。"

姊姊不及发言，妹妹底手早已抓住树枝摇了几下。花瓣和水珠纷纷地落下来，铺得银片满地，煞是好玩。

妹妹说："好玩啊，花瓣一离开树枝，就活动起来了！"

"活动什么？你看，花儿底泪都滴在我身上哪。"姊姊说这话时，带着几分怒气，推了妹妹一下。她接着说："我不和你玩了，你自己在这里罢。"

妹妹见姊姊走了，直站在树下出神。停了半晌，老妈子走来，牵着她，一面走着，说："你看，你底衣服都湿透了，在阴雨天，每日要换几次衣服，教人到哪里找太阳给你晒去呢？"

落下来底花瓣，有些被她们底鞋印入泥中；有些粘在妹妹身上，被她带走；有些浮在池面，被鱼儿衔入水里。那多情的燕子不歇把鞋印上的残瓣和软泥一同衔在口中，到梁间去，构成它们底香巢。

（原刊1922年5月《小说月报》第13卷第5号）

难解决的问题

我叫同伴到钓鱼矶去赏荷，他们都不愿意去，剩我自己走着。我走到清佳堂附近，就坐在山前一块石头上歇息。在瞻顾之间，小山后面一阵唧咕的声音夹着蝉声送到我耳边。

谁愿意在优游的天日中故意要找出人家的秘密呢？然而宇宙间的秘密都从无意中得来。所以在那时候，我不离开那里，也不把两耳掩住，任凭那些声浪在耳边荡来荡去。

辟头一声，我便听得："这实是一个难解决的问题。……"

既说是难解决，自然要把怎样难底理由说出来。这理由无论是局内、局外人都爱听底。以前的话能否钻入我耳里，且不用说，单是这一句，使我不能不注意。

山后底人接下去说："在这三位中，你说要哪一位才合适？……梅说要等我十年；白说要等到我和别人结婚那一天；区说非嫁我不可，——她要终身等我。"

"那么，你就要区罢。"

"但是梅底景况，我很了解。她底苦衷，我应当原谅。她能为了我牺牲十年底光阴，从她底境遇看来，无论如何，是很可敬底。设使梅居区底地位，她也能说，要终身等我。"

"那么，梅、区都不要，要白如何？"

"白么？也不过是她底环境使她这样达观。设使她处着梅底景况，她也只能等我十年。"

会话到这里就停了。我底注意只能移到池上，静观那被轻风摇摆的茭荷。呀，叶底那对小鸳鸯正在那里歇午哪！不晓得它们从前也曾解决过方才的问题没有？不上一分钟，后面底声音又来了。

“那么，三个都要如何?”

“笑话，就是没有理性底兽类也不这样办。”

又停了许久。

“不经过那些无用的礼节，各人快活地同过这一辈子不成吗?”

“唔……唔……唔……这是后来的话，且不必提，我们先解决目前底困难罢。我实不肯故意辜负了三位中底一位。我想用拈阄的方法瞎挑一个就得了。”

“这不更是笑话么？人间哪有这么新奇的事！她们三人中谁愿意遵你底命令，这样办呢?”

他们大笑起来。

“我们私下先拈一拈，如何？你权当做白，我自己权当做梅，剩下是区底份。”

他们由严重的密语化为滑稽的谈笑了。我怕他们要闹下坡来，不敢逗留在那里，只得先走，钓鱼矶也没去成。

（原刊1922年5月《小说月报》第13卷第5号）

爱就是刑罚

“这什么时候了，还埋头在案上写什么？快同我到海边去走走罢。”

丈夫尽管写着，没站起来，也没抬头对他妻子行个“注目笑”底礼。妻子跑到身边，要抢掉他手里底笔，他才说：“对不起，你自己去罢。船，明天一早就要开，今晚上我得把这几封信赶出来；十点钟还要送到船里底邮箱去。”

“我要人伴着我到海边去。”

“请七姨子陪你去。”

“七妹子说我嫁了，应当和你同行；她和别的同学先去了。我要你同我去。”

“我实在对不起你，今晚不能随你出去。”他们争执了许久，结果还是妻子独自出去。

丈夫低着头忙他底事，足有四点钟工夫。那时已经十一点了，他没有进去看看那新婚的妻子回来了没有，披起大衣大踏步地出门去。

他回来，还到书房里检点一切，才进入卧房。妻子已先睡了。他们底约法：睡迟底人得亲过先睡着底嘴才许上床。所以这位少年走到床前，依法亲了妻子一下。妻子急用手在唇边来回擦了几下。那意思是表明她不受这个接吻。

丈夫不敢上床，呆呆地站在一边。一会，他走到窗前，两手支着下颔，点点底泪滴在窗棂上。他说：“我从来没受过这样的刑罚！……你底爱，到底在哪里？”

“你说爱我，方才为什么又刑罚我。使我孤零？”妻子说完，随即走来，安慰他说：“好人，不要当真，我和你闹着玩哪。爱就是刑罚，我们能免掉么？”

（原刊1922年5月《小说月报》第13卷第5号）

債

他一向就住在妻子家里，因为他除妻子以外，没有别的亲戚。妻家底人爱他底聪明，也怜他底伶仃，所以万事都尊重他。

他底妻子早已去世，膝下又没有子女。他底生活就是念书、写字，有时还弹弹七弦。他绝不是一个书呆子，因为他常要在书内求理解，不像书呆子只求多念。

妻子底家里有很大的花园供他游玩；有许多奴仆听他使令。但他从没有特意到园里游玩，也没有呼唤过一个仆人。

在一个阴郁的天气里，人无论在什么地方都不舒服底。岳母叫他到屋里闲谈，不晓得为什么缘故就劝起他来。岳母说："我觉得自从俪儿去世以后，你就比前格外客气。我劝你毋须如此，因为外人不知道都要怪我。看你穿成这样，还不如家里底仆人，若有生人来到，叫我怎样过得去？倘或有人欺负你，说你这长那短，尽可以告诉我，我责罚他给你看。"

"我哪里懂得客气！不过我觉得我欠底债太多，不好意思多要什么。"

"什么债？有人问你算帐么？唉，你太过见外了！我看你和自己底子侄一样。你短了什么，尽管问管家底要去，若有人敢说闲话，我定不饶他。"

"我所欠底是一切的债，我看见许多贫乏人、愁苦人，就如该了他们无数量的债一般。我有好的衣食，总想先偿还他们。世间若有一个人吃不饱足，穿不暖和，住不舒服，我也不敢公然独享这具足的生活。"

“你说得太玄了！”她说过这话，停了半晌才接着点头说，“很好，这才是读书人‘先天下之忧而忧’的精神①。……然而你要什么时候才还得清呢？你有清还的计划没有？”

“唔……唔……”他心里从来没有想到这个，所以不能回答。

“好孩子，这样的债，自来就没有人能还得清，你何必自寻苦恼？我想，你还是做一个小小的债主罢。说到具足生活，也是没有涯岸的。我们今日所谓具足，焉知不是明日底缺陷？你多念一点书就知道生命即是缺陷底苗圃，是烦恼底秧田。若要补修缺陷，拔除烦恼，除弃绝生命外，没有别条道路。然而，我们哪能办得到？个个人都那么怕死！你不要作这种非非想，还是顺着境遇做人去罢。”

“时间，……计划，……做人……”这几个字从岳母口里发出，他底耳鼓就如受了极猛烈的椎击。他想来想去，已想昏了。他为解决这事，好几天没有出来。

那天早晨，女佣端粥到他房里，没见他，心中非常疑惑。因为早晨，他没有什么地方可去。海边呢？他是不轻易到底。花园呢？他更不愿意在早晨去。因为丫头们都在那个时候到园里争摘好花去献给她们几位姑娘。他最怕见底是人家毁坏现成的东西。

女佣四围一望，蓦地看见一封信被留针刺在门上。她忙取下来。给别人一看，原来是交给老夫人底。

她把信拆开，递给老夫人。上面写着：

亲爱的岳母：

你问我底话，教我实在想不出好回答。而且，因你这一问，使我越发觉得我所负底债更重。我想做人若不能还债，就得避债，决不能教债主把他揪住，使他受苦。若论还债，依我底力量、才能，是不济事底。我得出去找几个帮忙底人，如果

① “先天下之忧而忧”：语出宋代范仲淹《岳阳楼记》，后续一句为“后天下之乐而乐”。

不能找着，再想法子。现在我去了，多谢你栽培我这么些年。我底前途，望你记念；我底往事，愿你忘却。我也要时时祝你平安！

婿容融留字

老夫人念完这信，就非常愁闷。以后，每想起她底女婿，便好几天不高兴。但不高兴尽管不高兴，女婿至终没有回来。

暾将出兮东方

在山中住，总要起得早，因为似醒非醒地眠着，是山中各样的朋友所憎恶底。破晓起来，不但可以静观彩云底变幻；和细听鸟语底婉转；有时还从山巅、树表、溪影、村容之中给我们许多不可说的愉快。

我们住在山压檐牙阁里，有一次，在曙光初透底时候，大家还在床上眠着，耳边恍惚听见一队童男女底歌声，唱道：

榻上人，应觉悟！
晓鸡频催三两度。
君不见——
“暾将出兮东方”，
微光已透前村树？
榻上人，应觉悟！

往后又跟着一节和歌：

暾将出兮东方！
暾将出兮东方！
会见新曦被四表，
使我乐兮无央。

那歌声还接着往下唱，可惜离远了，不能听得明白。

啸虚对我说：“这不是十年前你在学校里教孩子唱底么？怎么会跑到这里唱起来？”

我说："我也很诧异，因为这首歌，连我自己也早已忘了。"

"你底暮气满面，当然会把这歌忘掉。我看你现在要用赞美光明底声音去赞美黑暗哪。"

我说："不然，不然。你何尝了解我？本来，黑暗是不足诅咒，光明是毋须赞美底。光明不能增益你什么，黑暗不能妨害你什么，你以何因缘而生出差别心来？若说要赞美的话：在早晨就该赞美早晨；在日中就该赞美日中；在黄昏就该赞美黄昏；在长夜就该赞美长夜；在过去、现在、将来一切时间，就该赞美过去、现在、将来一切时间。说到诅咒，亦复如是。"

那时，朝曦已射在我们脸上，我们立即起来，计划那日底游程。

（原刊 1922 年 5 月《小说用报》第 13 卷第 5 号）

鬼　赞

你们曾否在凄凉的月夜听过鬼赞？有一次，我独自在空山里走，除远处寒潭底鱼跃出水声略可听见以外，其余种种，都被月下底冷露幽闭住。我底衣服极其润湿，我两腿也走乏了。正要转回家中，不晓得怎样就经过一区死人底聚落。我因疲极，才坐在一个祭坛上少息。在那里，看见一群幽魂高矮不齐，从各坟墓里出来。他们仿佛没有看见我，都向着我所底地方走来。

他们从这墓走过那墓，一排排地走着，前头唱一句，后面应一句，和举行什么巡礼一样。我也不觉得害怕，但静静地坐在一旁，听他们底唱和。

第一排唱："最有福底是谁？"

往下各排挨着次序应。

"是那曾用过视官，而今不能辨明暗底。"

"是那曾用过听官，而今不能辨声音底。"

"是那曾用过嗅官，而今不能辨香味底。"

"是那曾用过味官，而今不能辨苦甘底。"

"是那曾用过触官，而今不能辨粗细、冷暖底。"

各排应完，全体都唱："那弃绝一切感官底有福了！我们底骷髅有福了！"

第一排的幽魂又唱："我们的骷髅是该赞美底。我们要赞美我们底骷髅。"

领首底唱完，还是挨着次序一排排地应下去。

"我们赞美你，因为你哭底时候，再不流眼泪。"

“我们赞美你，因为你发怒底时候，再不发出紧急的气息。”

“我们赞美你，因为你悲哀底时候再不皱眉。”

“我们赞美你，因为你微笑底时候，再没有嘴唇遮住你底牙齿。”

“我们赞美你，因为你听见赞美底时候再没有血液在你底脉里颤动。”

“我们赞美你，因为你不肯受时间底播弄。”

全体又唱：“那弃绝一切感官底有福了！我们底骷髅有福了！”

他们把手举起来一同唱：

“人哪，你在当生、来生底时候，有泪就得尽量流；有声就得尽量唱；有苦就得尽量尝；有情就得尽量施；有欲就得尽量取；有事就得尽量成就。等到你疲劳、等到你歇息底时候，你就有福了！”

他们诵完这段，就各自分散。一时，山中睡不熟底云直往下压，远地底丘陵都给埋没了。我险些儿也迷了路途，幸而有断断续续的鱼跃出水声从寒潭那边传来，使我稍微认得归路。

（原刊1922年5月《小说月报》第13卷第5号）

万物之母

在这经过离乱底村里，荒屋破篱之间，每日只有几缕零零落落的炊烟冒上来，那人口底稀少可想而知。你一进到无论哪个村里，最喜欢遇见底，是不是村童在阡陌间或园圃中跳来跳去；或走在你前头，或随着你步后模仿你底行动？村里若没有孩子们，就不成村落了。在这经过离乱底村里，不但没有孩子，而且有人向你要求孩子！

这里住着一个不满三十岁底寡妇，一见人来，便要求说："善心善行的人，求你对那位总爷说，把我底儿子给回。那穿虎纹衣服、戴虎儿帽底便是我底儿子。"

她底儿子被乱兵杀死已经多年了。她从不会忘记：总爷把无情的剑拔出来底时候，那穿虎纹衣服底可怜儿还用双手招着，要她搂抱。她要跑去接底时候，她底精神已和黄昏底霞光一同麻痹而熟睡了。唉，最惨的事岂不是人把寡妇怀里底独生子夺过去，而且在她面前害死吗？要她在醒后把这事完全藏在她记忆底多宝箱里，可以说，比剖芥子来藏须弥还难。

她底屋里排列了许多零碎的东西，当时她儿子玩过的小囝也在其中。在黄昏时候，她每把各样东西抱在怀里说："我底儿，母亲岂有不救你，不保护你底？你现在在我怀里咧。不要作声，看一会人来又把你夺去。"可是一过了黄昏，她就立刻醒悟过来，知道那所抱底不是她底儿子。

那天，她又出来找她底"命"。月底光明蒙着她，使她在不知不觉间进入村后底山里。那座山，就是白天也少有人敢进去，何况在盛夏底夜间，杂草把樵人底小径封得那么严！她一点也不害怕，攀着小树，缘着茑萝，慢慢地上去。

她坐在一块大石上歇息，无意中给她听见了一两声底儿啼。她不及判别，便说："我底儿，你藏在这里么？我来了，不要哭啦。"

她从大石上下来，随着声音底来处，爬入石下一个洞里。但是里面一点东西也没有。她很疲乏，不能再爬出来，就在洞里睡了一夜。

第二天早晨，她醒时，心神还是非常恍惚。她坐在石上，耳边还留着昨晚上底儿啼声，这当然更要动她底心，所以那方从霭云被里攒出来的朝阳无力把她脸上和鼻端底珠露晒干了。她在瞻顾中，才看出对面山岩上坐着一个穿着虎纹衣服底孩子。可是她看错了！那边坐着底，是一只虎子；它底声音从那边送来很像儿啼。她立即离开所坐底地方，不管当中所隔底谷有多么深，尽管攀援着，向那边去。不幸早露未干，所依附底都很湿滑，一失手，就把她溜到谷底。

她昏了许久才醒回来。小伤总免不了，却还能够走动。她爬着，看见身边暴露了一付小髑髅。

"我底儿，你方才不是还在山上哭着么？怎么你母亲来得迟一点，你就变成这样？"她把髑髅抱住，说，"呀，我底苦命儿，我怎能把你医治呢？"悲苦尽管悲苦，然而，自她丢了孩子以后，不能不算这是她第一次底安慰。

从早晨直到黄昏，她就坐在那里，不但不觉得饿，连水也没喝过。零星几点，已悬在天空，那天就在她底安慰中过去了。

她忽然想起幼年时代，人家告诉她底神话，就立起来说："我底儿，我抱你上山顶，先为你摘两颗星星下来，嵌入你底眼眶，教你看得见；然后给你找香象底皮肉来补你底身体。可是你不要再哭，恐怕给人听见，又把你夺过去。"

"敬姑，敬姑。"找她底人们在满山中这样叫了好几声，也没有一点回响。

“也许她被那只老虎吃了。”

“不，不对。前晚那只老虎是跑下来捕云哥圈里底牛犊被打死底。如果那东西把敬姑吃了，决不再下山来赴死。我们再进深一点找吧。”

唉，他们底工夫白费了！纵然找着她，若是她还没有把星星抓在手里，她心里怎能平安，怎肯随着他们回来？

（原刊 1922 年 5 月《小说月报》第 13 卷第 5 号）

春底林野

春光在万山环抱里，更是泄露得迟。那里底桃花还是开着；漫游底薄云从这峰飞过那峰，有时稍停一会，为的是挡住太阳，教地面底花草在它底荫下避光焰底威吓。

岩下底荫处和山溪底旁边长满了薇蕨和其他凤尾草。红、黄、蓝、紫的小草花点缀在绿茵上头。

天中底云雀，林中底金莺，都鼓起它们底舌簧。轻风把它们底声音挤成一片，分送给山中各样有耳无耳底生物，桃花听得入神，禁不住落了几点粉泪，一片一片凝在地上，小草花听得大醉，也和着声音底节拍一会倒，一会起，没有镇定底时侯。

林下一班孩子正在那里捡桃花底落瓣哪。他们捡着，清儿忽嚷起来，道："嘎，邕邕来了！"众孩子住了手，都向桃林底尽头盼望。果然邕邕也在那里摘草花。

清儿道："我们今天可要试试阿桐底本领了。若是他能办得到，我们都把花瓣穿成一串璎珞围在他身上，封他为大哥如何？"

众人都答应了。

阿桐走到邕邕面前，道："我们正等着你来呢。"

阿桐底左手盘在邕邕底脖上，一面走一面说："今天他们要替你办嫁妆，教你做我底妻子。你能做我底妻子么？"

邕邕狠视了阿桐一下，回头用手推开他，不许他底手再搭在自己脖上。孩子们都笑得支持不住了。

众孩子嚷道："我们见过邕邕用手推人了！阿桐赢了！"

邕邕从来不会拒绝人，阿桐怎能知道一说那话，就能使她动手呢？是春光底荡漾，把她这种心思泛出来呢？或者，天地之心就是这样呢？

你且看：漫游底薄云还是从这峰飞过那峰。

你且听：云雀和金莺底歌声还布满了空中和林中。在这万山环抱第桃林中，除那班爱闹底孩子以外，万物把春光领略得心眼都迷蒙了。

（原刊1922年5月《小说月报》第3卷第5号）

花香雾气中底梦

在覆茅涂泥底山居里，那阻不住底花香和雾气从疏帘窜进来，直扑到一对梦人身上。妻子把丈夫摇醒，说："快起罢，我们底被褥快湿透了。怪不得我总觉得冷，原来太阳被囚在浓雾监狱里不能出来。"

那梦中底男子，心里自有他底温暖，身外底冷与不冷他毫不介意。他没有睁开眼睛便说："嗳呀，好香！许是你桌上底素馨露洒了罢？"

"哪里？你还在梦中哪。你且睁眼看帘外底光景。"

他果然揉了眼睛，拥着被坐起来，对妻子说："怪不得我净梦见一群女子在微雨中游戏。若是你不叫醒我，我还要往下梦哪。"

妻子也拥着她底绒被坐起来说："我也有梦。"

"快说给我听。"

"我梦见把你丢了。我自己一人在这山中遍处找寻你，怎么也找不着。我越过山后，只见一个美丽的女郎挽着一篮珠子向各树底花叶上头乱撒。我上前去向他问你底下落，他笑着问我：'他是谁，找他干什？'我当然回答，他是我底丈夫，——"

"原来你在梦中也记得他！"他笑着说这话，那双眼睛还显出很滑稽的样子。

妻子不喜欢了。她转过脸背着丈夫说："你说什么话！你老是要挑剔人家底话语，我不往不说了。"她推开绒被，随即呼唤丫头预备脸水。

丈夫速把她揪往，央求说："好人，我再不敢了，你往下说，以后若再饶舌，情愿挨罚。”

“谁希罕罚你？”妻子把这次底和平押画了。她往下说：“那女人对我说，你在山前柚花林裏藏着。我那时又像把你忘了。……”

“哦，你又……不，我应许过不再说什么底；不然，我就要挨罚了。你到底找着我没有？”

“我没有向前走，只站在一边看她撒珠子。说来也很怪：那些珠子粘在各花叶上都变成五彩的零露，连我底身体也沾满了。我忍不住，就问那女郎。女郎说：‘东西还是一样，没有变化，因为你底心思前后不同，所以觉得变了。你认为珠子，是在我撒手之前，因为想我这篮子决不能盛得露水。你认为露珠时，在我撒手之后，因为你想那些花叶不能留住珠子。我告诉你，你所认底不在东西，乃在使用东西底人和时间。你所爱底，不在体质，乃在体质所表底情。你怎样爱月呢？是爱那悬在空中已经老死底暗球么？你怎样爱雪呢？是爱他那种砭人肌骨底凛冽？’”

“她一说到雪，我打了一个寒噤，便醒起来了。”

丈夫说：“到底没有找着我。”

妻子一把抓住他底头发，笑说：“这不是找着了吗？……我说，这梦怎样？”

“凡你所梦都是好的。那女郎底话也是不错，我们最愉快底时候岂不是在接吻后，彼此底凝视吗？”他向妻子痴笑，妻子把绒被拿起来，盖在他头上，说：“恶鬼！这会可不让你有第二次底凝视了。”

（原刊1922年5月《小说月报》第13卷第5号）

荼蘼

我常得着男子送给我的东西，总没有当他们做宝贝看。我底朋友师松却不如此，因为她从不曾受过男子底赠与。

自鸣钟敲过四下以后，山上礼拜寺底聚会就完了。男男女女像出圈底羊，急要下到山坡觅食一般。那边有一个男学生跟着我们走，他底正名字我忘记了，我只记得人家都叫他做“宗之”。他手里拿着一枝荼蘼，且行且嗅。荼蘼本不是香花，他嗅着，不过是一种无聊举动便了。

“松姑娘，这枝荼蘼送给你。”他在我们后面嚷着。松姑娘回头看见他满脸堆着笑容递着那花，就速速伸手去接。她接着说：“很多谢，很多谢。”宗之只笑着点点头，随即从西边底山径转回家去。

“他给我这个，是什么意思？”

“你想他有什么意思，他就有什么意思。”我这样回答她。走不多远，我们也分途各自家去了。

她自下午到晚上不歇把弄那枝荼蘼。那花像有极大底魔力，不让她撒手一样。她要放下时，每觉得花儿对她说：“为什么离夺我？我不是从宗之手里递给你，交你照管的吗？”

呀，宗之底眼、鼻、口、齿、手、足、动作，没有一件不在花心跳跃着，没有一件不在她眼前底花枝显现出来！她心里说：“你这美男子，为甚缘故送给我这花儿？”她又想起那天经坛上底讲章，就自己回答说：“因为他顾念他使女第卑微，从今而后，万代要称我为有福。”

这是她爱荼蘼花，还是宗之爱她呢？我也说不清，只记得有一天我和宗之正坐在榕树根谈话底时候，他家底人跑来对他说："松姑娘吃了一朵什么花，说是你给她的，现在病了。她家底人要找你去问话咧。"

他吓了一跳，也摸不着头脑，只说："我哪时节给她东西吃？这真是……！"

我说："你细想一想。"他怎么也想不起来。我才提醒他说："你前个月在斜道上不是给了她一朵荼蘼吗？"

"对呀，可不是给了她一朵荼蘼！可是我哪里教她吃了呢？"

"为什么你单给她，不给别人？"我这样问他。

他很直截地说："我并没有什么意思，不过随手摘下，随手送给别人就是了。我平素送了许多东西给人，也没有什么事；怎么一朵小小第荼蘼就可使她着了魔？"

他还坐在那里沉吟，我便促他说："你还能在这里坐着么？不管她是误会，你是有意，你既然给了她，现在就得去看她一看才是。"

"我哪有什么意思？"

我说："你且去看看罢。蚌蛤何尝立志要生珠子呢？也不过是外间底沙粒偶然渗入他底壳里，他就不得不用尽工夫分泌些粘液把那小沙裹起来罢了。你虽无心，可是你第花一到她手里，管保她不因花而爱起你来吗？你敢保她不把那花当做你所赐给爱底标识，就纳入她底怀中，用心里无限的情思把他围绕得非常严密吗？也许她本无心，但因你那美意第沙无意中掉在她爱底贝壳里，使她不得不如此。不用踌躇了，且去看看罢。"

宗之这才站起来，皱一皱他那副冷静底脸庞，跟着来人从林菁第深处走出去了。

（原刊 1922 年 6 月《小说月报》第 13 卷第 6 号）

七宝池上底乡思

弥陀说："极乐世界底池上，
何来凄切第泣声？
迦陵频迦，你下去看看
是谁这样猖狂。"
于是迦陵频迦鼓着翅膀，
飞到池边一棵宝树上，
还歇在那里，引颈下望：
"咦，佛子，你岂忘了这里是天堂？
你岂不爱这里底宝林成行？
树上底花花相对，
叶叶相当？
你岂不闻这里有等等妙音充耳；
岂不见这里有等等庄严宝相？
住这样具足的乐土，
为何尽自悲伤？"
坐在宝莲上第少妇还自啜泣，合掌回答说：
"大士，这里是你底家乡，
在你，当然不觉得有何等苦况。
我底故土是在人间，
怎能教我不哭着想？

"我要来第时候，

我全身都冷却了；
但我底夫君，还用他温暖底手将我搂抱；
用他融溶第泪滴在我额头。

“我要来底时候，
我全身都挺直了；
但我底夫君，还把我底四肢来回曲挠。

“我要来底时候，
我全身底颜色，已变得直如死灰；
但我底夫君还用指头压我底两颊，
看看从前底粉红色能否复回。

“现在我整天坐在这里，
不时听见他底悲啼。
唉，我额上第泪痕，
我臂上底暖气，
我脸上第颜色，
我全身第关节，
都因着我夫君底声音，
烧起来，溶起来了！
我指望来这里享受快乐，
现在反憔悴了！

“呀，我要回去，
我要回去
我要回去止住他大底悲啼。
我巴不得现在就回去止住他底悲啼。”

迦陵频迦说：
“你且静一静，
我为你吹起天笙，
把你心中愁闷底垒块平一平；
且化你耳边底悲啼为欢声。
你且静一静，
我为你吹这天笙。”

“你底声不能变为爱底喷泉，
不能灭我身上一切爱痕底烈焰；
也不能变为忘第深渊，
使他将一切情愫投入里头，
不再将人惦念。
我还得回去和他相见，
去解他底眷恋。”

“呵，你这样有情，
谁还能对你劝说
向你拦禁？
回去罢，须记得这就是轮回因。”

弥陀说：“善哉，迦陵！
你乃能为她说这大因缘！
纵然碎世界为微尘，
这微尘中也住着无量有情。
所以世界不尽，有情不尽；
有情不尽，轮回不尽；
轮回不尽，济度不尽：
济度不尽，乐土乃能显现不尽。”

话说完，莲瓣渐把少妇裹起来，再合成一朵菡萏低垂着。微风一吹，他在弱得支持不住，便堕入池里。

迦陵频迦好像记不得这事，在那花花相对、叶叶相当底林中，向着别的有情歌唱去了。

（原刊1922年6月《小说月报》第13卷第6号）

银翎底使命

黄先生约我到狮子山麓阴湿的地方去找捕蝇草。那时刚过梅雨之期，远地青山还被烟霞蒸着，惟有几朵山花在我们眼前淡定地看那在溪涧里逆行底鱼儿喋着它们底残瓣。

我们沿着溪涧走。正在寻找底时候，就看见一朵大白花从上游顺流而下。我说："这时候，哪有偌大底白荷花流着呢？"

我底朋友说："你这近视鬼！你准看出那是白荷花么？我看那是……"

说时迟，来时快，那白底东西已经流到我们跟前。黄先生急忙把采集网拦住水面，那时，我才看出是一只鸽子。他从网里把那死底飞禽取出来，诧异说："是谁那么不仔细，把人家底传书鸽打死了！"他说时，从鸽翼下取出一封长底小信来。那信已被水浸透了，我们慢慢把它展开，披在一块石上。

"我们先看看这是从哪里来，要寄到哪里去底，然后给它寄去，如何？"我一面说，一面看着，但那上头不但地址没有，甚至上下底款识也没有。

黄先生说："我们先看看里头写的是什么，不必讲私德了。"

我笑着说："是，没有名字底信就是公的，所以我们也可以披阅一遍。"

于是我们一同念着：

> 你教崑儿带银翎、翠翼来，吩咐我，若是它们空着回去，就是我还平安底意思。我恐怕他知道，把这两只小宝贝寄在霞妹那里；谁知道前天她开笼搁饲料底时候，不提防把翠翼放

走了！

嗳，爱者，你看翠翼没有带信回去，定然很安心，以为还平安无事。我也很盼望你常想着我底精神和去年一样。不过，现在不能不对你说底，就是过几天人就要把我接去了！我不得不叫你速速来和他计较。你一来，什么事都好办了。因为他怕的是你和他讲理。

嗳，爱者，你见信以后，必得前来，不然，就见我不着，以后只能在累累荒冢中读我底名字了，这不是我不等你，时间不让我等你哟！

我盼望银翎平平安安地带着它底使命回去。

我们念完，黄先生说："这是怎么一回事？"

"谁能猜呢？反正是不幸的事罢了。现在要紧的，就是怎样处置这封信。我想把它贴在树上，也许有知道这事底人经过这里，可以把它带去。"我摇着头，且轻轻地把信揭起。

黄先生说："不如拿到村里去打听一下，或者容易找到一点线索。"

我们商量之下，就另抄一张起来，仍把原信系在鸽翼底下。黄先生用采掘锹子在溪边挖了一个小坑，把鸽子葬在里头，回头为它立了一座小碑，且从水中淘出几块美丽的小石压在墓上。那墓就在山花盛开底地方，我一翻身，就把些花瓣摇下来，也落在这使者底墓上。

（原刊 1922 年 6 月《小说月报》第 13 卷第 6 号）

美底牢狱

嫵求正在镜台边理她底晨妆，见她底丈夫从远地回来，就把头拢住，问道：“我所需要底你都给带回来了没有？”

“对不起！你虽是一个建筑师，或泥水匠，能为你自己建筑一座‘美底牢狱’；我却不是一个转运者，不能为你搬运等等材料。”

“你念书不是念得越糊涂，便是越高深了！怎么你底话，我一点也听不懂？”

丈夫含笑说：“不懂么？我知道你开口爱美，闭口爱美，多方地要求我给你带等等装饰回来；我想那些东西都围绕在你底体外，合起来，岂不是成为一座监禁你底牢狱吗？”

她静默了许久，也不做声。她底丈夫往下说：“妻呀，我想你还不明白我底意思。我想所有美丽的东西，只能让他们散布在各处，我们只能在他们底出处爱它们；若是把他们聚拢起来，搁在一处，或在身上，那就不美了。……”

她睁着那双柔媚的眼，摇着头说：“你说得不对。你说得不对。若不剖蚌，怎能得着珠玑呢？若不开山，怎能得着金刚、玉石、玛瑙等等宝物呢？而且那些东西，本来不美，必得人把他们琢磨出来，加以装饰，才能显得美丽咧。若说我要装饰，就是建筑一所美底牢狱，且把自己关在里头，且问谁不被监在这种牢狱里头呢？如果世间真有美底牢狱，像你所说，那么，我们不过是造成牢狱底一沙一石罢了。”

“我底意思就是听其自然，连这一沙一石也毋须留存。孔雀何为自己修饰羽毛呢？茇荷何尝把他底花染红了呢？”

“所以说他们没有美感！我告诉你，你自己也早已把你底牢狱建筑好了呢。”

“胡说！我何曾？”

“你心中不是有许多好的想象；不是要照你底好理想去行事么？你所有底，是不是从古人曾经建筑过底牢狱里检出其中底残片？或是在自己的世界取出来底材料呢？自然要加上一点人为才能有意思。若是我底形状和荒古时候的人一样，你还爱我吗？我准敢说，你若不好好住在你底牢狱里，且不时时把牢狱底墙垣垒得高高的，我也不能爱你。”

刚愎的男子，你何尝佩服女子底话？你不过会说：“就是你会说话！等我思想一会儿，再与你决战。”

（原刊 1922 年 6 月《小说月报》第 13 卷第 6 号）

补破衣底老妇人

她坐在檐前，微微的雨丝飘摇下来，多半聚在她脸庞底皱纹上头。她一点也不理会，尽管收拾她底筐子。

在她底筐子里有很美丽的零剪绸缎；也有很粗陋的麻头、布尾。她从没有理会雨丝在她头、面、身体之上乱扑，只提防着筐里那些好看的材料沾湿了。

那边来了两个小弟兄，也许他们是学校回来。小弟弟管叫她做“衣服底外科医生”，现在见她坐在檐前，就叫了一声。

她抬起头来，望着这两个孩子笑了一笑。那脸上底皱纹虽皱得更厉害，然而生底痛苦可以从那里挤出许多，更能表明她是一个享乐天年底老婆子。

小弟弟说：“医生，你只用筐里底材料在别人底衣服上，怎么自己底衣服却不管了？你看你肩膀补的那一块又该掉下来了。”

老婆子摩一摩自己底肩膀，果然随手取下一块小方布来。她笑着对小弟弟说：“你底眼睛实在精明！我这块原没有用线缝住，因为早晨忙着要出来，只用浆子暂时糊着，盼望晚上回去弥补，不提防雨丝替我揭起来了！……这揭得也不错。我，既如你所说，是一个衣服底外科医生，那么，我是不怕自己底衣服害病底。”

她仍整理筐里底零剪绸缎，没理会雨丝零落在她身上。

哥哥说：“我看爸爸底手册里夹着许多的零剪文件，他也是像你一样：不时地翻来翻去。他……”

弟弟插嘴说：“他也是另一样底外科医生。”

老婆子把眼光射在他们身上，说：“哥儿们，你们说得对了。

你们底爸爸爱惜小册里底零碎文件，也和我爱惜筐里底零剪绸缎一般。他凑合多少地方底好意思，等用得着时，就把他们编连起来，成为一种新的理解。所不同底，就是他用底头脑；我用底只是指头便了。你们叫他做……”

说到这里，父亲从里面出来，问起事由，便点头说：“老婆子，你底话很中肯。我们所为，原就和你一样，东搜西罗，无非是些绸头、布尾，只配用来补补破衲袄罢了。”

父亲说完，就下了石阶，要在微雨中到葡萄园里，看看他底葡萄长芽了没有。这里孩子们还和老婆子争论着要号他们底爸爸做什么样医生。

（原刊 1922 年 6 月《小说月报》第 13 卷第 6 号）

光 底 死

光离开他底母亲去到无量无边，一切生命的世界上。因为他走底时候脸上常带着很忧郁的容貌，所以一切能思维、能造作底灵体也和他表同情；一见他，都低着头容他走过去；甚至带着泪眼避开他。

光因此更烦闷了。他走得越远，力量越不足；最后，他躺下了。他躺下底地方，正在这块大地。在他旁边有几位聪明的天文家互相议论说："太阳底光，快要无所附丽了，因为他冷死底时期一天近似一天了。"

光垂着头，低声诉说："唉，诸大智者，你们为何净在我母亲和我身上担忧？你们岂不明白我是为饶益你们而来么？你们从没有［在］我面前做过我曾为你们做底事。你们没有接纳我，也没有……"

他母亲在很远的地方，见他躺在那里叹息，就叫他回去说："我底命儿，我所爱底，你回去罢。我一天一天任你自由地离开我，原是为众生底益处；他们既不承受，你何妨回来？"

光回答说："母亲，我不能回去了。因为我走遍了一切世界，遇见一切能思维、能造作底灵体，到现在还没有一句话能够对你回报。不但如此，这里还有人正咒诅我们哪！我哪有面目回去呢？我就安息在这里罢。"

他底母亲听见这话，一种幽沉的颜色早已现在脸上。他从地上慢慢走到海边，带着自己底身体、威力，一分一厘地侵入水里。母亲也跟着晕过去了。

（原刊 1922 年 6 月《小说月报》第 13 卷第 6 号）

再　会

靠窗棂坐着那位老人家是一位航海者，刚从海外归来底。他和萧老太太是少年时代底朋友，彼此虽别离了那么些年，然而他们会面时，直像忘了当中经过底日子。现在他们正谈起少年时代底旧话。

“蔚明哥，你不是二十岁底时候出海底么?”她屈着自己底指头，数了一数，才用那双被阅历染浊了底眼睛看着她底朋友说，“呀，四十五年就像我现在数着指头一样地过去了!”

老人家把手捋一捋胡子，很得意地说：“可不是！……记得我到你家辞行那一天，你正在园里饲你那只小鹿，我站在你身边一棵正开着花底枇杷树下，花香和你头上底油香杂窜入我底鼻中。当时，我底别绪也不晓得要从哪里说起，但你只低头抚着小鹿。我想你那时也不能多说什么，你竟然先问一句‘要等到什么时候我们再能相见呢’？我就慢答道：‘毋须多少时候。’那时，你……”

老太太接着说：“那时候的光景我也记得很清楚。当你说这句的时候，我不是说‘要等再相见时，除非是黑墨有洗得白的时节’。哈哈！你去时，那缕漆黑的头发现在岂不是已被海水洗白了么?”

老人家摩摩自己的头顶，说：“对啦！这也算应验哪！可惜我见不着芳哥，他过去多少年了?”

“唉，久了！你看我已经抱过四个孙儿了。”她说时，看着窗外几个孩子在瓜棚下玩，就指着那最高的孩子说，“你看鼎儿已经十二岁了，他公公就在他弥月后去世的。”

他们谈话时，丫头端了一盘牡蛎煎饼来。老太太举手让着蔚明哥说："我定知道你底嗜好还没有改变，所以特地为你做这东西。"

"你记得我们少时，你母亲有一天做这样的饼给我们吃。你拿一块，吃完了才嫌饼里底牡蛎少，助料也不及我底多，闹着要把我底饼抢去。当时，你母亲说了一句话，教我常常忆起，就是'好孩子，算了罢。助料都是搁在一起渗底的。做底时候，谁有工夫把分量细细去分配呢？这自然是免不了有些多，有些少底，只要饼底气味好就够了。你所吃底原不定就是为你做底，可是你已经吃过，就不能再要了。'蔚明哥，你说末了这话多么感动我呢！拿这个来比我们底境遇罢：境遇虽然一个一个排列在面前，容我们有机会选择，有人选得好，有人选得歹，可是选定以后，就不能再选了。"

老人家拿起饼来吃，慢慢地说："对啦！你看我这一生净在海面生活，生活极其简单，不像你这么繁复，然而我还是像当时吃那饼一样——也就饱了。"

"我想我老是多得便宜。我的'境遇底饼'虽然多一些助料，也许好吃一些，但是我底饱足是和你一样底。"

谈旧事是多么开心底事！看这光景，他们像要把少年时代底事迹一一回溯一遍似的。但外面底孩子们不晓得因什么事闹起来，老太太先出去做判官；这里留着一位矍铄的航海者静静地坐着吃他底饼。

（原刊1922年6月《小说月报》第13卷第6号）

桥　边

我们住底地方就在桃溪溪畔。夹岸遍是桃林：桃实、桃叶映入水中，更显出溪边底静谧。真想不到仓皇出走底人还能享受这明媚的景色！我们日日在林下游玩；有时踱过溪桥，到朋友底蔗园里找新生的甘蔗吃。

这一天，我们又要到蔗园去，刚踱过桥，便见阿芳——蔗园底小主人——很忧郁地坐在桥下。

“阿芳哥，起来领我们到你园里去。”他举起头来，望了我们一眼，也没有说什么。

我哥哥说：“阿芳，你不是说你一到水边就把一切的烦闷都洗掉了吗？你不是说，你是水边底蜻蜓么？你看歇在水荭花上那只蜻蜓比你怎样？”

“不错。然而今天就是我第一次底忧闷。”

我们都下到岸边，围绕住他，要打听这回事。他说：“方才红儿掉在水里了！”红儿是他底腹婚妻，天天都和他在一块儿玩底。我们听了他这话，都惊讶得很。哥哥说：“那么，你还能在这里闷坐着吗？还不赶紧去叫人来？”

“我一回去，我妈心里底忧郁怕也要一颗一颗地结出来，像桃实一样了。我宁可独自在此忧伤，不忍使我妈妈知道。”

我底哥哥不等说完，一股气就跑到红儿家里。这里阿芳还在皱着眉头，我也眼巴巴地望着他，一声也不响。

“谁掉在水里啦？”

我一听，是红儿底声音，速回头一望，果然哥哥携着红儿来了！她笑眯眯地走到芳哥跟前，芳哥像很惊讶地望着她。很久，他才出声说："你底话不灵了么？方才我贪着要到水边看看我底影儿，把他搁在树上，不留神轻风一摇，把他摇落水里。他随着流水往下流去；我回头要抱他，他已不在了。"

红儿才知道掉在水里底是她所赠与底小团。她曾对阿芳说那小团也叫红儿，若是把他丢了，便是丢了她。所以芳哥这么谨慎看护着。

芳哥实在以红儿所说底话是千真万真的，看今天底光景，可就教他怀疑了。他说："哦，你底话也是不准的！我这时才知道丢了你底东西不算丢了你，真把你丢了才算。"

我哥哥对红儿说："无意的话倒能教人深信：芳哥对你底信念，头一次就在无意中给你打破了。"

红儿也不着急，只优游地说："信念算什么？要真相知才有用哪。……也好，我借着这个就知道他了。我们还是到蔗园去罢。"

我们一同到蔗园去，芳哥方才底忧郁也和糖汁一同吞下去了。

（原刊 1922 年 8 月《小说月报》第 13 卷第 8 号）

头　发

这村里的大道今天忽然点缀了许多好看的树叶，一直达到村外底麻栗林边。村里底人，男男女女都穿得很整齐，像举行什么大节期一样。但六月间没有重要的节期，婚礼也用不着这么张罗，到底是为甚事？

那边底男子们都唱着他们底歌，女子也都和着。我只静静地站在一边看。

一队兵押着一个壮年的比丘从大道那头进前①。村里底人见他来了，歌唱得更大声。妇人们都把头发披下来，争着跪在道旁，把头发铺在道中；从远一望，直像整匹的黑练摊在那里。那位比丘从容地从众女人底头发上走过；后面底男子们都嚷着："可赞美的孔雀旗呀！"

他们这一嚷就把我提醒了。这不是倡自治底孟法师入狱底日子吗？我心里这样猜，赶到他离村里底大道远了，才转过篱笆底西边。刚一拐弯，便遇着一个少女摩着自己底头发，很懊恼地站在那里。我问她说："小姑娘，你站在此地，为你们底大师伤心么？"

"固然。但是我还咒诅我底头发为什么偏生短了，不能摊在地上，教大师脚下底尘土留下些少在上头。你说今日村里底众女子，哪一个不比我荣幸呢？"

"这有什么荣幸？若你有心恭敬你底国土和你底大师就够了。"

"咦！静藏在心里底恭敬是不够底。"

---

① 比丘：佛门的男性出家人。下文妇人们把自己的头发铺在地上让比丘走过，是对修行有道的出家人的礼敬。佛经记载，释迦牟尼前世曾为燃灯佛布发掩泥。

“那么，等他出狱底时候，你底头发就够长了。”

女孩子听了，非常喜欢，至于跳起来说：“得先生这一祝福，我底头发在那时定能比别人长些。多谢了!”

她跳着从篱笆对面底流连子园去了。我从西边一直走，到那麻栗林边。那里底土很湿，大师底脚印和兵士底鞋印在上头印得很分明。

（原刊1922年8月《小说月报》第13卷第8号）

疲倦的母亲

那边一个孩子靠近车窗坐着，远山，近水，一幅一幅，次第嵌入窗户，射到他底眼中。他手画着，口中还咿咿哑哑地，唱些没字曲。

在他身边坐着一个中年妇人，支着头瞌睡。孩子转过脸来，摇了她几下，说："妈妈，你看看，外面那座山很像我家门前底呢。"

母亲举起手来，把眼略睁一睁；没有出声，又支着颐睡去。

过一会，孩子又摇她，说："妈妈，不要睡罢，看睡出病来了。你且睁一睁眼看看外面八哥和牛打架呢。"

母亲把眼略略睁开，轻轻打了孩子一下；没有做声，又支着头睡去。

孩子鼓着腮，很不高兴。但过一会，他又唱起来了。"妈妈，听我唱歌罢。"孩子对着她说了，又摇了她几下。

母亲带着很不喜欢的样子说："你闹什么？我都见过，都听过，都知道了；你不知道我很疲乏，不容我歇一下么？"

孩子说："我们是一起出来底，怎么我还顶精神，你就疲乏起来？难道大人不如孩子么？"

车还在深林平畴之间穿行着。车中底人，除那孩子和一二个旅客外，少有不像他母亲那么酣睡底。

（原刊 1922 年 8 月《小说月报》第 13 月第 8 号）

处女的恐怖

深沉院落，静到极地；虽然我的脚步走在细草之上，还能惊动那伏在绿丛里的蜻蜓。我每次来到庭前，不是听见投壶底音响，便是闻得四弦底颤动；今天，连窗上铁马底轻撞声也没有了！

我心里想着这时候小坡必定在里头和人下围棋，于是轻轻走着，也不声张，就进入屋里。出乎主人底意想，跑去站在他后头，等他蓦然发觉，岂不是很有趣？但我轻揭帘子进去时，并不见小坡，只见他底妹子伏在书案上假寐。我更不好声张，还从原处蹑出来。

走不远，方才被惊底蜻蜓就用那碧玉琢成底一千只眼瞧着我。一见我来，它又鼓起云母的翅膀飞得飒飒作响。可是破沉寂底，还是屋里大踏大步底声音。我心知道小坡底妹子醒了，看见院里有客，紧紧要回避，所以不敢回头观望，让她安然走入内衙。

“四爷，四爷，我们太爷请你进来坐。”我听得是玉笙底声音，回头便说：“我已经进去了；太爷不在屋里。”

“太爷随即出来，请到屋里一候。”她揭开帘子让我进去。果然她底妹子不在了！丫头刚走到衙内院子底光景，便有一股柔和而带笑底声音送到我耳边说：“外面伺候底人一个也没有，好在是西衙底四爷，若是生客，教人怎样进退？”

“来底无论生熟，都是朋友，又怕什么？”我认得这是玉笙回答她小姐底话语。

“女子怎能不怕男人，敢独自一人和他们应酬么？”

“我又何尝不是女子？你不怕，也就没有什么。”

我才知道她并不曾睡去，不过回避不及，装成那样底。我走近案边，看见一把画未成的纨扇搁在上头。正要坐下，小坡便进来了。

“老四，失迎了。金妹跑进去，才知道你来。”

“岂敢，岂敢。请原谅我底莽撞。”我拿起纨扇问道，“这是令妹写底?”

“是。她方才就在这里写画。笔法有什么缺点，还求指教。”

“指教倒不敢，总之，这把扇是我捡得底，是没有主底，我要带它回去。”我摇着扇子这样说。

“这不是我底东西，不干我事。我叫她出来与你当面交涉。”小坡笑着向帘子那边叫，“九妹，老四要把你底扇子拿去了!”

他妹子从里面出来；我忙趋着几步——陪笑，行礼。我说：“请饶恕我方才底唐突。”她没做声，尽管笑着。我接着说：“令兄应许把这扇送给我了。”

小坡抢着说：“不！我只说你们可以直接交涉。”

她还是笑着，没有做声。

我说：“请九姑娘就案一挥，把这画完成了，我好立刻带走。”

但她仍不做声。她哥哥不耐烦，促她说：“到底是允许人家是不允许，尽管说，害什么怕?”妹妹扫了他一眼，说：“人家就是这么害怕嘿。”她对我说：“这是不成东西底，若是要，我改天再奉上。”

我速速说：“够了，我不要更好的了。你既然应许，就将这一把赐给我罢。”于是她仍旧坐在案边，用丹青来染那纨扇。我们都在一边看她运笔。小坡笑着对妹子说：“现在可怕人了。”

“当然。”她含笑对着哥哥。自这声音发出以后，屋里、庭外都非常沉寂；窗前也没有铁马底轻撞声。所能听见底只有画笔在笔洗里拨水底微响，和颜色在扇上底运行声。

（原刊1922年8月《小说月报》第13卷第8号）

我　想

我想什么？

我心里本有一条达到极乐园地底路，从前曾被那女人走过底；现在那人不在了，这条路不但是荒芜，并且被野草，闲花，棘枝，绕藤占据得找不出来了！

我许久就想着这条路，不单是开给她走底，她不在，我岂不能独自来往？

但是野草、闲花这样美丽、香甜，我怎舍得把他们去掉呢？棘枝、绕藤又那样横逆、蔓延，我手里又没有器械，怎敢惹他们呢？我想独自在那路上徘徊，总没有实行底日子。

日子一久，我连那条路底方向也忘了。我只能日日跑到路口那个小池底岸边静坐，在那里怅惘，和沉思那草掩、藤封底道途。

狂风一吹，野花乱坠，池中锦鱼道是好饵来了，争着上来唼喋。我所想底，也浮在水面被鱼喋入口里；复幻成泡沫吐出来，仍旧浮回空中。

鱼还是活活泼泼地游；路又不肯自己开了；我更不能把所想底撇在一边。呀！

我定睛望着上下游泳底锦鱼；我底回想也随着上下游荡。

呀，女人！你现在成为我“记忆底池”中底锦鱼了。你有时浮上来，使我得以看见你；有时沉下去，使我费神猜想你是在某片落叶底下，或某块沙石之间。

但是那条路的方向我早忘了，我只能每日坐在池边，盼望你能从水底浮上来。

（原刊 1922 年 8 月《小说月报》第 13 卷第 8 号）

乡曲底狂言

在城市住久了，每要害起村庄底相思病来。我喜欢到村庄去，不单是贪玩那不染尘垢底山水；并且爱和村里底人攀谈。我常想着到村里听庄稼人说两句愚拙的话语，胜过在郡邑里领受那些智者底高谈大论。

这日，我们又跑到村里拜访耕田底隆哥。他是这小村底长者，自己耕着几亩地，还艺一所菜园。他底生活倒是可以羡慕底。他知道我们不愿意在他矮陋的茅屋里，就让我们到篱外底瓜棚底下坐坐。

横空的长虹从前山底凹处吐出来，七色底影印在清潭底水面。我们正凝神看着，蓦然听得隆哥好像对着别人说："冲那边走罢，这里有人。"

"我也是人，为何这里就走不得？"我们转过脸来，那人已站在我们跟前。那人一见我们，应行底礼，他也懂得。我们问过他底姓名，请他坐。隆哥看见这样，也就不做声了。

我们看他不像平常人；但他有什么毛病，我们也无从说起。他对我们说："自从我回来，村里底人不晓得当我做个什么。我想我并没有坏意思，我也不打人，也不叫人吃亏，也不占人便宜，怎么他们就这般地欺负我——连路也不许我走？"

和我同来底朋友问隆哥说："他底职业是什么？"隆哥还没作声，他便说："我有事做，我是有职业底人。"说着，便从口袋里掏出一本小折子来，对我底朋友说："我是做买卖底。我做了许久了，这本折子里所记底账不晓得是人该我底，还是我该人底，我也记不清楚，请你给我看看。”他把折子递给我底朋友，我们一同看，原来是同治年间底废折！我们忍不住大笑起来，隆哥也笑了。

隆哥怕他招笑话，想法子把他哄走。我们问起他底来历，隆哥说他从小在天津做买卖，许久没有消息，前几天刚回来底。我们才知道他是村里新回来底一个狂人。

隆哥说：“怎么一个好好的人到城市里就变成一个疯子回来？我听见人家说城里有什么疯人院，是造就这种疯子底。你们住在城里，可知道有没有这回事？”

我回答说：“笑话！疯人院是人疯了才到里边去；并不是把好好的人送到那里教疯了放出来的。”

“既然如此，为何他不到疯人院里住，反跑回来，到处骚扰？”

“那我可不知道了。”我回答时，我底朋友同时对他说：“我们也是疯人，为何不到疯人院里住？”

隆哥很诧异地问：“什么？”

我底朋友对我说：“我这话，你说对不对？认真说起来，我们何尝不狂？要是方才那人才不狂呢。我们心里想什么，口又不敢说，手也不敢动，只会装出一副脸孔；倒不如他想说什么便说什么，想做什么就做什么，那分诚实，是我们做不到的。我们若想起我们那些受拘束而显出来底动作，比起他那真诚的自由行动，岂不是我们倒成了狂人？这样看来，我们才疯，他并不疯。”

隆哥不耐烦地说：“今天我们都发狂了，说那个干什么？我们谈别的罢。”

瓜棚底下闲谈，不觉把印在水面长虹惊跑了。隆哥底儿子赶着一对白鹅向潭边来。我底精神又贯注在那纯净的家禽身上。鹅见着水也就发狂了。他们互叫了两声，便拍着翅膀趋入水里，把静明的镜面踏破。

（原刊1922年8月《小说月报》第13卷第8号）

生

我底生活好像一棵龙舌兰，一叶一叶慢慢地长起来。某一片叶在一个时期曾被那美丽的昆虫做过巢穴；某一片叶曾被小鸟们歇在上头歌唱过。现在那些叶子都落掉了！只有瘢楞的痕迹留在干上，人也忘了某叶某叶曾经显过底样子；那些叶子曾经历过底事迹惟有龙舌兰自己可以记忆得来，可是他不能说给别人知道。

我底生活好像我手里这管笛子。他在竹林里长着底时候，许多好鸟歌唱给他听；许多猛兽长啸给他听；甚至天中底风雨雷电都不时教给他发音底方法。

他长大了，一切教师所教底都纳入他底记忆里。然而他身中仍是空空洞洞，没有什么。

做乐器者把他截下来，开几个气孔，搁在唇边一吹，他从前学底都吐露出来了。

（原刊 1922 年 8 月《小说月报》第 13 卷第 8 号）

公理战胜

那晚上要举行战胜纪念第一次底典礼①，不曾尝过战苦底人们争着要尝一尝战后底甘味。式场前头底人，未到七点钟，早就挤满了。

那边一个声音说："你也来了！你可是为庆贺公理战胜来底？"这边随着回答道："我只来瞧热闹，管他公理战胜不战胜。"

在我耳边恍惚有一个说话带乡下土腔底说："一个洋皇上生日倒比什么都热闹！"

我底朋友笑了。

我郑重地对他说："你听这愚拙的话，倒很入理。"

"我也信——若说战神是洋皇帝的话。"

人声，乐声，枪声，和等等杂响混在一处，几乎把我们底耳鼓震裂了。我底朋友说："你看，那边预备放烟花了，我们过去看看罢。"

我们远远站着，看那红黄蓝白诸色火花次第地冒上来。"这真好，这真好！"许多人都是这样颂扬。但这是不是颂扬公理战胜？旁边有一个人说："你这灿烂的烟花，何尝不是地狱底火焰？若是真有个地狱，我想其中的火焰也是这般好看。"

我底朋友低声对我说："对呀，这烟花岂不是从纪念战死底人而来底？战死底苦我们没有尝到，由战死而显出来底地狱火焰我们倒看见了。"

---

① 第一次世界大战结束后，中国作为战胜国，1918 年 11 月 14 日在天安门召开庆祝大会，庆祝所谓的公理战胜强权。

我说："所以我们今晚的来，不是要趁热闹，乃是要凭吊那班愚昧可怜的牺牲者。"

谈论尽管谈论，烟花还是一样地放。我们底声音常是沦没在腾沸的人海里。

（原刊1922年8月《小说月报》第13卷第8号）

面　具

人面原不如那纸制底面具哟！你看那红的，黑的，白的，青的，喜笑的，悲哀的，目眦怒得欲裂底面容，无论你怎样褒奖，怎样嫌弃，他们一点也不改变。红的还是红，白的还是白，目眦欲裂底还是目眦欲裂。

人面呢？颜色比那纸制底小玩意儿好而且活动，带着生气。可是你褒奖他底时候，他虽是很高兴，脸上却装出很不愿意底样子；你指摘他底时候，他虽是懊恼，脸上偏要显出勇于纳言底颜色。

人面到底是靠不住呀！我们要学面具，但不要戴他，因为面具后头应当让他空着才好。

（原刊1922年8月《小说月报》第13卷第8号）

落 花 生

我们屋后有半亩隙地。母亲说："让他荒芜着怪可惜，既然你们那么爱吃花生，就辟来种做花生园罢。"我们几姊弟和几个小丫头都很喜欢——买种底买种，动土底动土，灌园底灌园；过了不几个月，居然收获了。

妈妈说："今晚我们可以做一个收获节，也请你们爹爹来尝尝我们底新花生，如何？"我们都答应了。母亲把花生做成了好几样底食品，还吩咐这节期要在后园底茅亭里举行。

那晚上底天色不大好，可是爹爹也到来，实在很难得。爹爹说："你们爱吃花生么？"

我们都争着答应："爱！"

"谁能把花生底好处说出来？"

姊姊说："花生底气味很美。"

哥哥说："花生可以制油。"

我说："无论何等人都可以用贱价买他来吃；都喜欢吃他。这就是他底好处。"

爹爹说："花生底用处固然很多；但有一样是很可贵的。这小小的豆不像那好看的苹果、桃子、石榴，把他们底果实悬在枝头，鲜红嫩绿的颜色，令人一望而发生羡慕底心。他只把果子埋在地底，等到成熟，才容人把他挖出来。你们偶然看见一棵花生瑟缩地长在地上，不能立刻辨出他有没有果实，非得等到你接触他才知道。"

我们都说："是的。"母亲也点点头。爹爹接下去说："所以你们要像花生，因为他是有用的，不是伟大、好看的东西。”我说：“那么，人要做有用的人，不要做伟大、体面的人了。”爹爹说：“这是我对于你们底希望。”

我们谈到夜阑才散，所有花生食品虽然都没有了，然而父亲底话现在还印在我心上。

（原刊1922年8月《小说月报》第13卷第8号）

别　话

素辉病得很重，离她停息底时候不过十二个时辰了。她丈夫坐在一边，一手支颐，一手把着病人底手臂，宁静而恳挚的眼光都注在他妻子底面上。

黄昏底微光一分一分地消失，幸而房里都是白的东西，眼睛不至于失了它们底辨别力。屋里底静默，早已布满了死底气色；看护妇又不进来，她底脚步声只在门外轻轻地跳过去，好像告诉屋里的人说："生命底步履不望这里来，离这里渐次远了。"

强烈的电光忽然从玻璃泡里底金丝发出来。光底浪把那病人底眼睑冲开。丈夫见她这样，就回复他底希望，恳挚地说："你——你醒过来了！"

素辉好像没有听见这话，眼望着他，只说别的。她说："嗳，珠儿底父亲，在这时候，你为什么不带她来见见我？"

"明天带她来。"

屋里又沉默了许久。

"珠儿底父亲哪，因为我身体软弱、多病底缘故，教你牺牲许多光阴来看顾我，还阻碍你许多比服事我更要紧底事。我实在对你不起。我底身体实不容我……。"

"不要紧的，服事你也是我应当做的事。"

她笑。但白的被窝中所显出来底笑容并不是欢乐底标识。她说："我很对不住你，因为我不曾为我们生下一个男儿。"

"哪里底话！女孩子更好。我爱女的。"

凄凉中底喜悦把素辉身中预备要走底魂拥回来。她底精神似乎比前强些，一听丈夫那么说，就接着道："女的本不足爱：你看许多人——连你——为女人惹下多少烦恼！……不过是——人要懂得怎样爱女人，才能懂得怎样爱智慧。不会爱或拒绝爱女人底，纵然他没有烦恼，他是万灵中最愚蠢的人。珠儿底父亲，珠儿底父亲哪，你佩服这话么？"

这时，就是我们——旁边底人——也不能为珠儿底父亲想出一句答辞。

"我离开你以后，切不要因为我就一辈子过那鳏夫底生活。你必要为我底缘故，依我方才的话爱别的女人。"她说到这里把那只几乎动不得的右手举起来，向枕边摸索。

"你要什么？我替你找。"

"戒指。"

丈夫把她底手扶下来，轻轻在她枕边摸出一支玉戒指来递给她。

"珠儿底父亲，这戒指虽不是我们订婚用的，却是你给我底。你可以存起来，以后再给珠儿底母亲，表明我和她底连属。除此以外，不要把我底东西给她，恐怕你要当她是我；不要把我们底旧话说给她听，恐怕她要因你底话就生出差别心，说你爱死的妇人甚于爱生的妻子。"她把戒指轻轻地套在丈夫左手底无名指上。丈夫随着扶她底手与他底唇边略一接触。妻子对于这番厚意，只用微微睁开底眼睛看着他。除掉这样的回报，她实在不能表现什么。

丈夫说："我应当为你做底事，都对你说过了。我再说一句，无论如何，我永久爱你。"

"咦，再过几时，你就要把我底尸体扔在荒野中了！虽然我不常住在我底身体内，可是人一离开，再等到什么时候，在什么地方才能互通我们恋爱底消息呢？若说我们将要住在天堂底话，我想我也永无再遇见你底日子，因为我们底天堂不一样。你所要住底，必不是我现在要去底。何况我还不配住在天堂？我虽不信你底神，我可信你所信底真理。纵然真理有能力，也不为我们这小小的缘故就永远把我们结在一块。珍重罢，不要爱我于离别之后。”

丈夫既不能说什么话，屋里只可让死的静寂占有了。楼底下恍惚敲了七下自鸣钟。他为尊重医院底规则，就立起来，握着素辉底手说：“我底命，再见罢，七点钟了。”

“你不要走，我还和你谈话。”

“明天我早一点来，你累了，歇歇罢。”

“你总不听我底话。”她把眼睛闭了，显出很不愿意底样子。丈夫无奈，又停住片时，但她实在累了，只管躺着，也没有什么话说。

丈夫轻轻蹑出去。一到楼口，那脚步又退后走，不肯下去。他又蹑回来，悄悄到素辉床边，见她显着昏睡的形态。枯涩的泪点滴不下来，只挂在眼睑之间。

（原刊 1922 年 8 月《小说月报》第 13 卷第 8 号）

爱流汐涨

月儿底步履已踏过嵇家底东墙了。孩子在院里已等了许久，一看见上半弧底光刚射过墙头，便忙忙跑到屋里叫道："爹爹，月儿上来了，出来给我燃香罢。"

屋里坐着一个中年的男子，他底心负了无量的愁闷。外面底月亮虽然还像去年那么圆满，那么光明，可是他对于月亮底情绪就大不如去年了。当孩子进来叫他底时候，他就起来，勉强回答说："宝璜，今晚上不必拜月，我们到院里对着月光吃些果品，回头再出去看看别人底热闹。"

孩子一听见要出去看热闹，更喜得了不得。他说："为什么今晚上不拈香呢？记得从前是妈妈点给我底。"

父亲没有回答他。但孩子底话很多，问得父亲越发伤心了。他对着孩子不甚说话。只有向月不歇地叹息。

"爸爸今晚上不舒服么？为何气喘得那么厉害？"

父亲说："是，我今晚上病了。你不是要出去看热闹么？可以教素云姐带你去，我不能去了。"

素云是一个年长底丫头。主人底心思、性地，她本十分明白，所以家里无论大小事几乎是她一人主持。她带宝璜出门，到河边看看船上和岸上各样底灯色，便中就告诉孩子说："你爹爹今晚不舒服了，我们得早一点回去才是。"

孩子说："爹爹白天还好好地，为何晚上就害起病来？"

"唉，你记不得后天是妈妈底百日吗？"

"什么是妈妈底百日？"

“妈妈死掉，到后天是一百天底工夫。”

孩子实在不能理会那“一百日”底深层意思。素云只得说：“夜深了，咱们回家去罢。”

素云和孩子回来底时候，父亲已经躺在床上，见他们回来，就说：“你们回来了。”她跑到床前回答说：“二爷，我们回来了，晚上大哥儿可以和我同睡，我招呼他，好不好？”

父亲说：“不必。你还是睡你底罢。你把他安置好，就可以去歇息，这里没有什么事。”

这个七岁底孩子就睡在离父亲不远底一张小床上。外头底鼓乐声，和树梢底月影，把孩子嬲得不能睡觉。在睡眠底时候，父亲本有命令，不许说话，所以孩子只得默听着，不敢发出什么声音。

乐声远了，在近处底杂响中，最刺激孩子底，就是从父亲那里发出来底啜泣声。在孩子底思想里，大人是不会哭底，所以他很诧异地问：“爹爹，你怕黑么？大猫要来咬你么？你哭什么？”他说着就要起来，因为他也怕大猫。

父亲阻止他，说：“爹爹今晚上不舒服，没有别的事。不许起来。”

“咦，爹爹明明哭了！我每哭底时候，爹爹说我底声音像河里水声溁瀰溁瀰地响；现在爹爹底声音也和那个一样。呀，爹爹，别哭了，爹爹一哭，教宝璜怎能睡觉呢？”

孩子越说越多，弄得父亲底心绪更乱。他不能用什么话来对付孩子，只说：“璜儿，我不是说过，在睡觉时不许说话么？你再说时，爹爹就不疼你了。好好地睡罢。”

孩子只复说了一句：“爹爹要哭，教人怎样睡得着呢？”以后他就静默了。

这晚上底催眠歌，就是父亲底抽噎声。不久，孩子也因着这声就发出微细的鼾息；屋里只有些杂响伴着父亲发出哀音。

（收入商务印书馆 1925 年 6 月版《空山灵雨》）

无法投递之邮件

给诵幼

▲不能投递之原因——地址不明，退发信人写明再递。

诵幼，我许久没见你了。我近来患失眠症。梦魂呢，又常困在躯壳里飞不到你身边，心急得很。但世间事本无容人着急的余地，越着急越不能到，我只得听其自然罢了。你总不来我这里，也许你怪我那天藏起来，没有出来帮你忙的缘故。呀，诵幼，若你因那事怪了我，可就冤枉极了！我在那时，全身已抛在烦恼的海中，自救尚且不暇，何能顾你？今天接定慧的信，说你已经被释放了，我实在欢喜得很！呀，诵幼，此后须要小心和男子相往来。你们女子常说“男子坏的很多”，这话诚然不错。但我以为男子的坏，并非他生来就是如此的，是跟女子学来的。诵幼，我说这话，请你不要怪我。你的事且不提，我拿文锦的事来说罢。他对于尚素本来是很诚实的，但尚素要将她和文锦的交情变为更亲密的交情，故不得不胡乱献些殷勤。呀，女人的殷勤，就是使男子变坏的砒石哟！我并不是说女子对于男子要很森严、冷酷，像怀霄待人一样，不过说没有智慧的殷勤是危险的罢了。

我盼望你今后的景况像湖心的白鸽一样。

给贞蕤

▲不能投递之原因——此人已离广州。

自走马营一别，至今未得你底消息。知道你底生活和行脚僧一样，所以没有破旅愁的书信给你念。昨天从杭香处听见你底近况，且知道你现在住在这里，不由得我不写这几句话给你。

我底朋友，你想北极底冰洋上能够长出花菖蒲，或开得像尼罗河边的王莲来么[①]？我劝你就回家去罢。放着你清凉而恬淡的生活不享，飘零着找那不知心的“知心人”，为何自找这等刑罚？纵说是你当时得罪了他，要找着他向他谢罪，可是罪过你已认了，那温润不挠、如玉一般的情好岂能弥补得毫无瑕疵？

我底朋友，我常想着我曾用过一管笔，有一天无意中把笔尖误烧了（因为我要学篆书，听人说烧尖了好写），就不能再用它。但我很爱那笔，用尽许多法子，也补救不来；就是拿去找笔匠，也不能出什么主意，只是叫我再换过一管罢了。我对于那天天接触的小宝贝，虽舍不得扔掉，也不能不把它藏在笔囊里。人情虽不能像这样换法，然而，我们若在不能换之中，姑且当做能换，也就安慰多了。你有心牺牲你底命运，他却无意成就你底愿望，你又何必？我劝你早一点回去罢，看你年少的容貌或逃镜影中，在你背后的黑影快要闯入你底身里，把你青春一切活泼的风度赶走，把你光艳的躯壳夺去了。

我再三叮咛你，不知心的“知心人”，纵然找着了，只是加增懊恼，毫无用处的。

---

① 王莲：莲花的一种，属睡莲科，是水生有花植物中叶片最大的植物。

给小峦

▲不能投递之原因——此人已入疯人院。

绿绮湖边底夜谈，是我们所不能忘掉的。但是，小峦，我要告诉你，迷生决不能和我一样，常常惦念着你，因为他底心多用在那恋爱底遗骸上头。你不是教我探究他的意思吗？我昨天一早到他那里去，在一件事情上，使我理会他还是一个爱底坟墓底守护者。若是你愿意听这段故事，我就可以告诉你。

我一进门时，他垂着头好像很悲伤的样子，便问："迷生，你又想什么来？"他叹了一声才说："她织给我底领带坏了！我身边再也没有她底遗物了！人丢了，她底东西也要陆续地跟着她走，真是难解！"我说："是的，太阳也有破坏的日子，何况一件小小东西，你不许它坏，成么？"

"为什么不成！若是我不用它，就可以保全它，然而我怎能不用？我一用她给我留下的器用，就藉那些东西要和她交通，且要得着无量安慰。"他低垂的视线牵着手里底旧领带接着说："唉，现在她底手泽都完了！"

小峦，你想他这样还能把你惦记在心里么？你太轻于自信了。我不是使你失望，我很了解他，也了解你，你们固然是亲戚，但我要提醒除你疏淡的友谊外，不要多走一步。因为，凡最终的地方，都是在对岸那很高、很远、很暗，且不能用平常的舟车达到的。你和迷生底事，据我现在的观察，纵使蜘蛛底丝能够织成帆，蜣螂底甲能够装成船，也不能渡你过第一步要过的心意底海洋。你不要再发痴了，还是回向莲台，拜你那低头不语的偶像好。你常说我给麻醉剂你服，不错的！若是我给一毫一厘的兴奋剂你服，恐怕你要起不来了。

答劳云

▲不能投递的原因——劳云已投金光明寺，在岭上，不能递。

中夜起来，月还在座，渴鼠蹑上桌子偷我笔洗里的墨水喝，我一下床它就吓跑了。它惊醒我，我吓跑它，也是公道的事情。到窗边坐下，且不点灯，回想去年此夜，我们正在了因底园里共谈，你说我们在万本芭蕉底下直像草根底下斗鸣的小虫。唉，今夜那园里的小虫必还在草根底下叫着，然而我们呢？本要独自出去一走，怎奈院里鬼影历乱，又没有侣伴，只得作罢了。睡不着，偏想茶喝，到后房去，见我底小丫头被慵睡锁得很牢固，不好解放她，喝茶底念头，也得作罢了。回到窗边坐下，摩摩窗棂，无意摩着你前月的信，就仗着月灯再念了一遍，可幸你底字比我写得还要粗大，念时，尚不费劲。在这时候，只好给你写这封回信。

劳云，我对了因所说，哪得天下荒山，重叠围合，做个大监牢——野兽当逻卒，古树作栅栏，烟云拟桎梏，茑萝为索链，——闲散地囚禁你这流动人愁怀的诗犯？不想你真要自首去了！去也好，但我只怕你一去到那里便成诗境，不是诗牢了。

你问我为什么叫你做诗犯，我自己也不知其所以然。我觉得你底诗虽然很好，可是你心里所有的和手里写出来的总不能适合；不如把笔摔掉，到那只许你心儿领会的诗牢去更妙。遍世间尽是诗境，所以诗人易做。诗人无论遇着什么，总不肯静嘿着，非发出些愁苦的诗不可。真是难解。譬如今夜夜色，若你在时，必要把院里所有的调戏一番，非教它们都哭了，你不甘心。这便是你底过犯了。所以我要叫你做诗犯，很盼望你做个诗犯。

一手按着手电灯，一手写字，很容易乏，不写了。今夜起来，本不是为给你写回信，然而在不知不觉中，就误了我半小时，不能和我那个“月”默谈。这又是你底罪过！

院里底虫声直如鬼哭，听得我毛发尽竦。还是埋头枕底，让那只小鼠畅饮一场罢。

给琰光

▲不能投递之原因——琰光南归就婚，嘱所有男友来书均退回。

你在我心中始终是一个生面人，彼此间再也不能有什么微妙深沉的认识了。这也是难怪的。白孔雀和白熊虽是一样清白，而性情底冷暖各不相同，故所住的地方也不相同。我看出来了！你是白熊，只宜徘徊于古冰峥嵘的岩壑间，当然不能与我这白孔雀一同飞翔于缨藤缕缕、繁花树树的森林里。可惜我从前对你所有意绪，到今日落得寸断毫分，流离到踪迹都无。我终恨我不是创作者呀！怎么连这刹那等速的情爱时间也做不来？

我热极了，躺在病床上，只是同冰作伴。你底情愫也和冰一样，我愈热，你愈融，结果只使我戴着一头冷水。就是在手中的，也消融尽了。人间第一痛苦就是无情的人偏会装出多情的模样，有情的倒是缄口束手，无所表示！启芳说我是泛爱者，劳生说我是兼爱者，但我自己却以为我是困爱者。我实对你说，我自己实不敢作，也不能作爱恋业，为困于爱，故镇日颠倒于这甜苦的重围中，不能自行救度。爱底沉沦是一切救主所不能救的。爱底迷蒙是一切“天人师”所不能训诲开示的[1]。爱的刚愎是一切“调御丈夫”所不能降伏的。

病中总希望你来看看我，不想你影儿不露，连信也不来！似游丝的情绪只得因着记忆的风挂搭在西园西篱，晚霞现处。那里站着我儿时曾爱，现在犹爱的邕。她是我这一生第一个女伴，二十四年

① “天人师”：与下文的“调御丈夫”，都是佛教创始人释迦牟尼的尊号。

的别离，我已成年，而心象中的邕还是两股小辫垂在绿衫儿上。毕章是别离好呵！别离的人总不会老的，你不来也就罢了，因为我更喜欢在旧梦中寻找你。

你去年对我说那句话，这四百日中，我未尝忘掉要给你一个解答。你说爱是你的，你要予便予，要夺便夺。又说要得你底爱须付代价。咦，你老脱不掉女人底骄傲！无论是谁，都不能有自己底爱，你未生以前，爱恋早已存在，不过你偷了些少来眩惑人罢了。你到底是个爱底小窃；同时是个爱底典质者。你何尝花了一丝一忽的财宝，或费了一言一动的劳力去索取爱恋，你就想便宜得来，高贵地售出？人间第二痛苦就是出无等的代价去买不用劳力得来的爱恋。我实在告诉你，要代价的爱情，我买不起。

焦把纸笔拿到床边，迫着我写信给你，不得已才写了这一套话。我心里告诉我说，从诚实心表见出来的言语，永不至于得罪人，所以我想上头所说的不会动你底怒。

给憬然三姑

▲不能投递之原因——本宅并无“三姑”称谓。

我来找你，并不是不知道你已嫁了，怎么你总不敢出来和我叙叙旧话？我一定要认识你的“天”以后才可以见你么？三千里的海山，十二年的隔绝，此间：每年、每月、每个时辰、每一念中都盼着要再会你。一踏入你底大门，我心便摆得如秋千一般，几乎把心房上底大脉震断了。谁知坐了半天，你总不出来！好容易见你出来，客气话说了，又坐我背后。那时许多人要与我谈话，我怎好意思回过脸去向着你？

合卺酒是女人的懡兜汤[①]，一喝便把儿女旧事都忘了，所以你

① 懡兜汤：即孟婆汤，传说中人死后在进入阴间的路上要喝孟婆汤，喝过此汤就会忘掉生前的事情。

一见了我，只似曾相识，似不相识，似怕人知道我们曾相识，两意三心，把旧时的好话都撇在一边。

那一年底深秋，我们同在昌华小榭赏残荷。我底手误触在竹栏边底仙人掌上，竟至流血不止。你从你底镜囊取出些粉纸，又拔两根你香柔而黑甜的头发，为我裹缠伤处。你记得那时所说的话么？你说："这头发虽然不如弦底韧，用来缠伤，足能使得，就是用来系爱人底爱也未必不能胜任。"你含羞说出的话真果把我心系住，可是你底记忆早与我底伤痕一同丧失了。

又是一年底秋天，我们同在屋顶放一只心形纸鸢。你扶着我底肩膀看我把线放尽了。纸鸢腾得很高，因为风力过大，扯得线儿欲断不断。你记得你那时所说的话么？你说："这也不是'红线'①，容它断了罢。"我说："你想我舍得把我偷闲做成的'心'放弃掉么？纵然没有红线，也不能容它流落。"你说："放掉假心，还有真心呢。"你从我手里把白线夺过去，一撒手，纸鸢便翻了无数的筋斗，带着堕线飞去，挂在皇觉寺塔顶。那破心底纤维也许还存在塔上，可是你底记忆早与当时的风一样地不能追寻了。

有一次，我们在流花桥上听鹧鸪，你底白袜子给道傍底曼陀罗花汁染污了。我要你脱下来，让我替你洗净。你记得当时你说什么来？你说："你不怕人笑话么，——岂有男子给女人洗袜子的道理？你忘了我方才用栀子花蒂在你掌上写了我底名字么？一到水里，可不把我底名字从你手心洗掉，你怎舍得？"唉，现在你底记忆也和写在我掌上的名字一同消灭了！

真是！合卺酒是女人底懵兜汤，一喝便把儿女旧事都忘了。但一切往事在我心中都如残机底线，线线都相连着，一时还不能断尽。我知道你现在很快活，因为有了许多子女在你膝下。我一想起你，也是和你对着儿女时一样地喜欢。

---

① 红线：我国旧时传说，人间的婚姻是月下老人用红线拴定的，故有此说。

给爽君夫妇

▲不能投递之原因——爽君逃了，不知去向。

你底问题，实在是时代问题，我不是先知，也不能决定说出其中底奥秘。但我可以把几位朋友所说的话介绍给你知道，你定然要很乐意地念一念。

我有一位朋友说："要双方发生误解，才有爱情。"他底意思以为相互的误解是爱情底基础。若有一方面了解，一方面误解，爱也无从悬挂的。若两方面都互相了解，只能发生更好的友谊罢了。爱情底发生，因为我不知道你是怎么一回事，你不知道我是怎么一回事。若彼此都知道很透澈，那时便是爱情底老死期到了。

又有一位朋友说："爱情是彼此底帮助：凡事不顾自己，只顾人。"这句话，据我看来，未免广泛一点。我想你也知道其中不尽然的地方。

又有一位朋友："能够把自己的人格忘了，去求两方更高的共同人格便是爱情。"他以为爱情是无我相的，有"我"的执著不能爱，所以要把人格丢掉；然而人格在人间生活的期间内是不能抛弃的，为这缘故，就不能不再找一个比自己人格更高尚的东西。他说这要找的便是共同人格。两方因为再找一个共同人格，在某一点上相遇了，便连合起来成为爱情。

此外有许多陈腐而很新鲜的论调我也不多说了。总之，爱情是非常神秘，而且是一个人一样的。近时的作家每要夸炫说："我是不写爱情小说，不做爱情诗的。"介绍一个作家，也要说："他是不写爱情的文艺的。"我想这就是我们不能了解爱情本体的原因。爱情就是生活，若是一个作家不会描写，或不敢描写，他便不配写其余的文艺。

我自信我是有情人，虽不能知道爱情底神秘，却愿多多地描写爱情生活。我立愿尽此生，能写一篇爱情生活，便写一篇；能写十篇，便写十篇；能写百、千、亿、万篇，便写百、千、亿、万篇。立这志愿，为的是安慰一般互相误解、不明白的人。你能不骂我是爱情牢狱底广告人么？

这信写来答复爽君。亦雄也可同念。

复诵幼

▲不能投递之原因——该处并无此人。

“是神造宇宙、造人间、造人、造爱；还是爱造人、造人间、造宇宙、造神？”这实与“是男生女，是女生男”的旧谜一般难决。我总想着人能造的少，而能破的多。同时，这一方面是造，那一方面便是破。世间本没有“无限”。你破璞来造你底玉簪，破贝来造你底珠珥，破木为梁，破石为墙，破蚕、棉、麻、麦、牛、羊、鱼、鳖底生命来造你底日用饮食，乃至破五金来造货币、枪弹，以残害同类、异种的生命。这都是破造双成的。要生活就得破。就是你现在的“室家之乐”也从破得来。你破人家亲子之爱来造成的配偶，又何尝不是破？破是不坏的，不过现代的人还找不出破坏量少而建造量多的一个好方法罢了。

你问我和她底情谊破了不，我要诚实地回答你说：诚然，我们底情谊已经碎为流尘，再也不能复原了；但在清夜中，旧谊底鬼灵曾一度蹑到我记忆底仓库里，悄悄把我伐情的斧——怨恨——拿走。我揭开被褥起来，待要追它，它已乘着我眼中底毛轮飞去了。这不易寻觅的鬼灵只留它底踪迹在我书架上。原来那是伊人底文件！我伸伸腰，揉着眼，取下来念了又念，伊人底冷面复次显现了。旧的情谊又从字里行间复活起来。相怨后的复和，总解不通从前是怎么一回事，也诉不出其中的甘苦。心面上底青紫惟有用泪洗濯而已。有涩泪可流的人还算不得是悲哀者。所以我还能把壁上底琵琶抱下来弹弹，一破清夜底岑寂。你想我对着这归来的旧好必要弹些高兴的调子。可是我那夜弹来弹去只是一阕《长相忆》，总弹不出《好事》！这奈何，奈何？我理会从记忆底坟里复现的旧谊，多年总有些分别。但玉在她底信里附着几句短词嘲我说：

噫，说到相怨总是表面事，
心里的好人儿仍是旧相识。
是爱是憎本容不得你做主，
你到底是个爱恋底奴隶！

她所嘲于我的未免太过。然而那夜的境遇实是我破从前一切情愫所建造的。此后，纵然表面上极淡的交谊也没有，而我们心心底理会仍可以来去自如。

你说爱是神所造，劝我不要拒绝，我本没有拒绝，然而憎也是神所造，我又怎能不承纳呢？我心本如香水海，只任轻浮的慈惠船载着喜爱的花果在上面游荡。至于满载痴石嗔火的簰筏，终要因它底危险和沉重而消没净尽，焚毁净尽。爱憎既不由我自主，那破造更无消说了。因破而造，因造而破，缘因更迭，你哪能说这是好，那是坏？至于我的心迹连我自己也不知道，你又怎能名其奥妙？人到无求，心自清宁，那时既无所造作，亦无所破坏。我只觉我心还有多少欲念除不掉，自当勇敢地破灭它至于无余。

你，女人，不要和我讲哲学。我不懂哲学。我劝你也不要希望你脑中有百“论”、千“说”、亿万“主义”，那由他“派别”，辩来论去，逃不出鸡子方圆的争执。纵使你能证出鸡子是方的，又将如何？你还是给我讲讲音乐好。近来造了一阕《暖云烘寒月》琵琶谱，顺抄一份寄给你。这也是破了许多工夫造得来的。

复真龄

▲不能投递之原因——真龄去国，未留住址。

自与那人相怨后，更觉此生不乐。不过旧时的爱好，如洁白的寒鹭，三两时间飞来歇在我心中泥泞的枯塘之岸，有时漫涉到将干未干的水中央，还能使那寂静的平面随着她底步履起些微波。唉，爱姊姊和病弟弟总是孪生的呵！我已经百夜没睡了。我常说，我底爱如香洌的酒，已经被人饮尽了，我哀伤的金罍里只剩些残冰底融液，既不能醉人，又足以冻我齿牙。你试想，一个百夜不眠的人，若渴到极地，就禁得冷饮么？

“为爱峦而去的人终要循着心境底爱迹归来。”我老是这样地颠倒梦想。但两人之中，谁是为爱恋先走开的？我说那人，那人说我。谁也不肯循着谁底爱迹归来。这委是一件胡卢事！玉为这事也和你一样写信来呵责我，她真和她眼中底瞳子一样，不用镜子就映不着自己。所以我给她寄一面小镜去。她说：“女人总是要人爱的”，难道男子就不是要人爱的？她当初和球一自相怨后，也是一样蒙起各人底面具，相逢直如不识。他们两个复和，还是我底工夫，我且写给你看。

那天，我知道球要到帝室之林去赏秋叶，就怂恿她与我同去。我远地看见球从溪边走来，借故撇开她，留她在一颗枫树下坐着，自己藏在一边静观。人在落叶上走是秘不得的。球底足音，谅她听得着。球走近树边二丈相离的地方也就不往前进了。他也在一根横卧的树根上坐下，拾起枯枝只顾挥拨地上底败叶。她偷偷地看球，不做声，也不到那边去。球底双眼有时也从假意低着的头斜斜地望她。他一望，玉又假做看别的了。谁也不愿意表明谁看着谁来。你知道这是很平常的事。由爱至怨，由怨至于假不相识，由假不相识也许能回到原来的有情境地。我见如此，故意走回来，向她说：

"球在那边哪!"她回答:"看见了。"你想这话若多两个字"钦此",岂不成这娘娘底懿旨?我又大声嚷球。他底回答也是一样地庄严,几乎带上"钦此"二字。我跑去把球揪来,对他们说:"你们彼此相对道道歉,如何?"到底是男子容易劝。球到她跟前说:"我也不知道怎样得罪你。他迫着我向你道歉,我就向你道歉罢。"她望着球,心里愉悦之情早破了她底双颊冲出来。她说:"人为什么不能自主到这步田地?连道个歉也要朋友迫着来。"好了,他们重新说起话来了!

她是要男子爱的,所以我能给她办这事。我是要女人爱的,故毋需去瞅睬那人,我在情谊底道上非常诚实,也没有变动,是人先离开的。谁离开,谁得循着自己心境底爱迹归来。我哪能长出千万翅膀飞入苍茫里去找她?再者,他们是醉于爱的人,故能一说再合。我又无爱可醉,犯不着去讨当头一棒底冷话。您想是不是?

给怀霄

▲不能投递之原因——此信遗在道旁,由陈斋夫拾回。

好几次写信给你都从火炉里捎去。我希望当你看见从我信笺上出来那几缕烟在空中飘扬的时候,我底意见也能同时印入你底网膜。

怀霄,我不愿意写信给你的缘故,因为你只当我是有情的人,不当我是有趣的人。我常对人说,你是可爱的,不过你游戏天地的心比什么都强,人还够不上爱你。朋友们都说我爱你,连你也是这样想,真是怪事!你想男女得先定其必能相爱,然后互相往来么?好人甚多,怎能个个爱恋他?不过这样的成见不止你有,我很可以原谅你。我底朋友,在爱底田园中,当然免不了三风四雨。从来没有不变化的天气能教一切花果开得斑斓,结得磊砢的。你连种子还没下,就想得着果实,便是办不到的。我告诉你,真能下雨的云是一声也不响的。不掉点儿的密云，雷电反发射得弥满天地。所以人家的话，不一定就是事实，请你放心。

男子愿意做女人底好伴侣、好朋友，可不愿意当她们底奴才，供她们使令。他愿意帮助她们，可不喜欢奉承谄媚她们，男子就是男子，媚是女人的事。你若把“女王”、“女神”底尊号暂时收在镜囊里，一定要得着许多能帮助你的朋友。我知道你底性地很冷酷，你不但不愿意得几位新的好友，或极疏淡的学问之交，连旧的你也要一个一个弃绝掉。嫁了的女朋友，和做了官的男相识，都是不念旧好的。与他们见面时，常竟如路人。你还未嫁，还未做官，不该施行那样的事情。我不是呵责你，也不是生气，——就使你侮辱我到极点，我也不生气。我不过尽我底情劝告你罢了。说到劝告，也是不得已的。这封信也是在万不得已的境遇底下写的，写完了，我还是盼望你收不到。

复少觉

▲不能投递之原因——受信人地址为墨所污，无法投递。

同年的老弟：我知道怀书多病，故月来未尝发信问候，恐惹起她底悲怨。她自说：“我有心事万缕，总不愿写出、说出。到无可奈何时节，只得由它化作血丝飘出来。”所以她也不写信告诉我她到底是害什么病。我想她现时正躺在病榻上呢。

唉，怀书底病是难以治好的。一个人最怕有“理想”。理想不但能使人病，且能使人放弃他底性命。她甚至抱着理想的理想，怎能不每日病透二十四小时？她常对我说：“有而不完全，宁可不有。”你想“完全”真能在人间找得出来的么？就是遍游亿万尘沙世界，经过庄严劫，贤劫，星宿劫，也找不着呀！不完全的世界怎能有完全的人？她自己也不完全，怎配想得一个完全的男子？纵使世间真有一个完全的男子，与她理想的理想一样，那男子对她未必就能起敬爱。罢了！这又是一种渴鹿趋阳焰的事，即令他有千万蹄，每蹄各具千万翅膀，飞跑到旷野尽处，也不能得点滴的水。何况她还盼望得到绿洲做她底憩息饮食处？朋友们说她是“愚拙的聪明人”，诚然！她真是一个万事伶俐，一时懵懂的女人。她总没想到“完全”是由妖魔画空而成，本来无东西，何能捉得住？多才、多艺、多色、多意想的人最容易犯理想病。因为有了这些，魔便乘隙于她心中画等等极乐；饰等等庄严；造等等偶像；使她这本来辛苦的身心更受造作安乐的刑罚。这刑罚，除了世人以为愚拙的人以外，谁也不能免掉。如果她知道这是魔底诡计，她就泗近解脱底岸边了，“理想”和毒花一样，眼看是美，却拿不得。三家村女也知道开美丽的花的多是毒草，总不敢取来做肴馔，可见真正聪明人还数不到她。自求辛螫的人除用自己底泪来调反省的药饵以外，再没有别样灵方。医生说她外表似冷，内里却中了很深的繁花毒。由毒生热恼，恼极成劳，故呕心有血。我早知她的病原在此，只恨没有神变威力，幻作大白香象，到阿耨达池去，吸取些清凉水来与她灌顶，使她表里俱冷。虽然如此，我还尽力向她劝说，希望她自己能调伏她理想的热毒。我写到这里，接朋友底信说她病得很凶，我得赶紧去看看她。

（原刊1923年4月、5月《小说月报》第14卷第4、5号，
收入《缀网劳蛛》）

无法投递之邮件（续）

一　给怜生

偶出郊外，小憩野店，见绿榕叶上糁满了黄尘。树根上坐着一个人，在那里呻吟着。袅说大概又是常见底那叫化子在那里演着动人同情或惹人憎恶底营生法术罢。我喝过一两杯茶，那凄楚的声音也和点心一齐送到我面前，不由得走到树下，想送给那人一些吃底用底。我到他跟前，一看见他底脸，却使我失惊。怜生，你说他是谁？我认得他，你也认得他。他就是汕市那个顶会弹三弦底瞽师。你记得他一家七八口就靠着他那十个指头按弹出底声音来养活底。现在他对我说他底一只手已留在那被贼格杀底城市里。他底家也教毒火与恶意毁灭了。他见人只会嚷："手——手——手！"再也唱不出什么好听底歌曲来。他说："求乞也求不出一只能弹底手，白活着是无意味的。"我安慰他说："这是贼人行凶底一个实据，残废也有残废生活底办法，乐观些罢。"他说："假使贼人切掉他一双脚，也比去掉他一个指头强。有完全底手，还可以营谋没惭愧底生活。"我用了许多话来鼓励他。最后对他说："一息尚存，机会未失。独臂擎天，事在人为。把你底遭遇唱出来，没有一只手，更能感动人，使人人底手举起来，为你驱逐丑贼。"他沉吟了许久，才点了头。我随即扶他起来。他底脸黄瘦得可怕，除掉心情底愤怒和哀伤以外，肉体上底饥饿、疲乏和感冒，都聚在他身上。

我们同坐着小车，轮转得虽然不快，尘土却随着车后卷起一阵阵的黑旋风。头上一架银色飞机掠过去。殷师对于飞机已养成一种自然的反射作用，一听见声音就蜷伏着。袅说那是自己的，他才安心。回到城里，看见报上说，方才那机是专载烤火鸡到首都去给夫人、小姐们送新年礼底[①]。好贵重底礼物！他们是越过满布残肢死体底战场，败瓦颓垣底村镇，才能安然地放置在粉香脂腻底贵女和她们底客人面前。希望那些烤红底火鸡，会将所经历底光景告诉她们。希望它们说：我们底人民，也一样地给贼人烤着吃咧！

二 答寒光

你说你佩服近来流行底口号：革命是不择手段底。我可不敢赞同。革命是为民族谋现在与将来的福利底伟大事业，不像泼一盆脏水那么简单。我们要顾到民族生存底根本条件，除掉经济生活以外，还要顾到文化生活。纵然你说在革命的过程中文化生活是不重要的，因为革命便是要为民族制造一个新而前进的文化，你也得做得合理一点，经济一点。

革命本来就是达到革新目的底手段。要达到目的地，本来没限定一条路给我们走。但是有些是崎岖路，有些是平坦途，有些是捷径，有些是远道。你在这些路程上，当要有所选择。如你不择道路，你就是一个最笨的革命家。因为你为选择了那条崎岖又复辽远的道路，你岂不是白糟蹋了许多精力、时间与物力？领导革命从事革命底人，应当择定手段。他要执持信义、廉耻、振奋、公正等等精神的武器，踏在共利互益的道路上，才能有光明的前途。要知道不问手段去革命，只那手段有时便可成为前途最大的障碍。何况反革命者也可以不问手段地摧残你底工作？所以革命要择优越的、坚强的与合理的手段，不择手段的革命是作乱，不是造福。你赞同我的意思罢！写到此处，忽觉冷气袭人，于是急闭窗户，移座近火，

---

① 此处当指国民党要人的太太、小姐从夏威夷空运火鸡至重庆以应节。

也算卫生上所择底手段罢，一笑。

雍来信说她面貌丑陋，不敢登场。我已回信给她说，戏台上底人物不见得都美，也许都比她丑。只要下场时留得本来面目，上场显得自己性格，涂朱画墨，有何妨碍？

三　给华妙

瑰容她底儿子加入某种秘密工作。孩子也干得很有劲。他看不起那些不与他一同工作底人们，说他们是活着等死。不到几个月，秘密机关被日人发现，因而打死了几个小同志。他幸而没被逮去，可是工作是不能再进行了，不得已逃到别处去。他已不再干那事，论理就该好好地求些有用的知识，可是他野惯了，一点也感觉不到知识底需要。他不理会他们底秘密底失败是由组织与联络不严密和缺乏知识，他常常举出他底母亲为例，说受了教育只会教人越发颓废，越发不振作，你说可怜不可怜！

瑰呢？整天要钱。不要钱，就是跳舞；不跳舞，就是……总而言之，据她底行为看来，也真不像是鼓励儿子去做救国工作底母亲。她底动机是什么，可很难捉摸。不过我知道她底儿子当对她底行为表示不满意。她也不喜欢他在家里，尤其是有客人来找她底时候。

前天我去找她，客厅里已有几个欧洲朋友在畅谈着。这样的盛会，在她家里是天天有底。她在群客当中，打扮得像那样的女人。在谈笑间，常理会她那抽烟、耸肩、瞟眼底姿态，没一样不是表现她底可鄙。她偶然离开屋里，我就听见一位外宾低声对着他底同伴说："她很美，并且充满了性的引诱。"另一位说："她对外宾老是这样的美利坚化。……受欧美教育底中国妇女，多是擅于表欧美的情底，甚至身居重要地位底贵妇也是如此。"我是装着看杂志，没听见他们底对话，但心里已为中国文化掉了许多泪。华妙，我不是反对女子受西洋教育。我反对一切受西洋教育底男女忘记了自己是什么样人，自己有什么文化。大人先生们整天在讲什么"勤俭"、

“朴素”、“新生活”、“旧道德”，但是节节失败在自己底家庭里头，一想起来，除掉血，还有什么可呕底？

（原刊1940年1月22日、3月15日、5月16日香港《大公报》，收入《危巢坠简》）

一封公开的信

中国晚报主笔先生及张春风先生：

八月一日贵报登出《出卖肉麻》一文，讥评×××女士造像义展，眼光卓越，佩服之至。这篇“巨文”，我始终未读过，因为我曾签名赞成此事，所以一读张先生大文之后便希望原作者能够再向大众申明一下，可惜等了这许多天毫无动静，不得已得向二位先生说明几句。

我现在把签名底经过与我对于这事底意见叙述一番，如有不对之处，还求指教。

一个月前，在全国文艺界抗战协会留港会员开会底一个晚上，会员们约了些漫画家，音乐家，电影家来凑热闹，×××女士当晚也被邀到会唱歌，同时有一二位会员拿出一个卷子请在座诸君赞助×××女士造像义展会。据说是她要将自己底各种照片展览出卖，以所得款项献给国家，特要我做赞助人。我当时觉得义不容辞，便签了名，可没看见有“怀江山而及丽质，睹香草而思美人”那篇文章。若是见了当然也是不合我底脾胃，我必会建议修改的。

我很喜欢张先生指出传统的滥调，如江山，丽质，香草，美人一类的词句，是肉麻的。这个证明作者写不出所要办底事情底真意，反而引起许多恶劣的反感。但在作者未必是有意说肉麻的话，他或者只知道那是用来描写美人底最好成语。所以修辞不得法，滥用典故成语，常会吃这样的亏。

不过我以为文章拙劣，当与所要办底事分开来看。张先生讥评那篇启文是可以的，至于斥造像义展为不然，我却有一点不同的意见。此地我要声明我并不是捧什么伶人，颂什么女优。此女士也是当晚才见过底，根本上不能说有什么交情，也没想要得着捧颂底便宜。我底意见与张先生不同之处，如下所述。

唱戏，演电影，像我们当教员当主笔底一样，也是正当的职业。我一向是信从职业平等底。我对于执任何事业底都相当地尊重他们。看优伶为贱民，为身家不清白，正是封建意识底表现。须知今日所谓身家不清白，所谓贱，乃是那班贪官污吏，棍徒赌鬼，而非倡优隶卒之流。如果一个伶人为国家民族愿意做他所能做底，我们便当赋同情于他。捧与颂只在人怎样看，并不是人人都存着这样的心。在张先生底大文里以为替伤兵缝棉衣，在国破家亡底时候，是每个男女国民所当负底责任，试问我国有多少男女真正负过这类或相等的责任？现在在中国底夫人小姐们不如倡优之处很多，想张先生也同我一样看得到。塘西歌姬底义唱，净利全数献给国家。某某妇女团体组织义演，入款万余元，食用报销掉好几千！某某文化团体“七七”卖花，至今账目吐不出来。这些事，想张先生也知道罢。我们不能轻看优伶，他们简单的情感，虽然附着多少虚荣心，却能干出值得人们注意底事。

一个演电影底女优，她底色是否与她底艺一样重要？（依我底标准，×××女士并不美。此地只是泛说。）若是我们承认这个前提，那么“色相”于她，当等于学识于我们，一样是职业上的一种重要的工具，能显出所期底作用底。假如我们义卖文章，使国家得到实益，当然不妨做做。同样地，申论下去，一个女优义卖她底照片，只要有人买，她得到干净的钱来献给国家，我们便不能说她与抗战和民族国家无关，更不能说会令人肉麻。如果我们还没看见她要展卖底都是什么，便断定是“肉麻”，那就是侮辱她底人格，也侮辱了她底职业。

×××女士底“造像”我一幅也没见过，据说是她底戏装和电影剧装居多。我想总不会有什么肉麻的裸体像。纵然会有，也未必能引青年去“看像手淫”。张先生若是这样想，就未免太看不起近代的青年了。色欲重的人就是没有像××××××，对着任何人底像，甚至于神圣的观音菩萨，也可以手淫底。张先生你说对不对？她卖“造像”×××××××××，人们底亵行与可能的诱惑，与她所卖底照片并没关系。当知她卖自己底造像是手段，得钱献给国家是目的。假如一个女人或男人生得貌美而可以用本人底照片去换钱底话，只要有人要，未尝不可作为义展底理由。我们只能羡慕他或她得天独厚，多一道生利之门罢了。某人某人底造像卖给人做商标，卖给人做小囡模型，租给人做画稿，做雕刻模型，种种等等，在现代的国家里并没人看这些是肉麻或下贱无耻。

捧戏子，颂女优，如果意识是不干净的，当然是无聊文人底丑迹。但如彼优彼伶所期望办理的事是值得赞助底话，我们便当尊重他们，看他们和我们一样是有人格底，不能以其为优伶，便侮辱他们。我们当存君子之心，莫动小人之念，才不会失掉我们所批评底话底价值。我以为对于他人所要做底事情，如见其不可，批评是应该有的，不过要想到在这缺乏判断力底群众中间，措词不当，就很容易发生一犬吠影百犬吠声底事，于其他的事业，或者也会得到不良的影响。

谢谢二位先生费神读这封长信。我并不是为做启文底人辩护，只是对于以卖自己底照片为无耻的意思提出一点私见来。先生们若是高兴指教底话，我愿意就这事底本身，再作更详尽的客观的讨论。

许地山谨白。

（原刊1939年8月18日香港《中国晚报》，收入《杂感集》）

危巢坠简

一　给少华

近来青年人新兴了一种崇拜英雄底习气，表现底方法是跋涉千百里去向他们献剑献旗。我觉得这种举动不但是孩子气，而且是毫无意义。我们底领袖镇日在戎马倥偬、羽檄纷沓里过生活，论理就不应当为献给他们一把废铁镀银底、中看不中用底剑，或一面铜线盘字底幡不像幡、旗不像旗底东西，来耽误他们宝贵底时间。一个青年国民固然要崇敬他底领袖，但也不必当他们是菩萨，非去朝山进香不可。表示他底诚敬底不是剑，也不是旗，乃是把他全副身心献给国家。要达到这个目的，必要先知道怎样崇敬自己。不会崇敬自己底，决不能真心崇拜他人。崇敬自己不是骄慢地表现，乃是觉得自己也有成为一个有为有用底人物底可能与希望，时时刻刻地，兢兢业业地鼓励自己，使他不会丢失掉这可能与希望。

在这里，有个青年团体最近又举代表去献剑，可是一到越南，交通已经断绝了。剑当然还存在他们的行囊里，而大众所捐底路费，据说已在异国底舞娘身上花完了。这样的青年，你说配去献什么？害中国底，就是这类不知自爱底人们哪。可怜，可怜！

二　给樾人

每日都听见你在说某某是民族英雄，某某也有资格做民族英雄，好像这是一个官衔，凡曾与外人打过一两场仗，或有过一二分勋劳底都有资格受这个徽号。我想你对于“民族英雄”底观念是错误的。曾被人一度称为民族英雄底某某，现在在此地拥着做“英雄”地时期所榨取于民众和兵士底钱财，做了资本家，开了一间工厂，驱使着许多为他底享乐而流汗底工奴。曾自诩为民族英雄底某某，在此地吸鸦片，赌轮盘，玩舞女和做种种堕落的勾当。此外，在你所推许底人物中间，还有许多是平时趾高气扬，临事一筹莫展底“民族英雄”。所以说，苍蝇也具有蜜蜂底模样，不仔细分辨不成。

魏冰叔先生说：“以天地生民为心，而济以刚明通达沉深之才，方算得第一流人物。”凡是够得上做英雄底，必是第一流人物，试问亘古以来这第一流人物究竟有多少？我以为近几百年来差可配得被称为民族英雄底，只有郑成功一个人，他于刚明敏达四德具备，只惜沉深之才差一点。他底早死，或者是这个原因。其他人物最多只够得上被称为“烈士”、“伟人”、“名人”罢了。《文子·微明篇》所列底二十五等人中，连上上等底神人还够不上做民族英雄，何况其馀的？我希望你先把做成英雄底条件认识明白，然后分析民族对他底需要和他对于民族所成就底勋绩，才将这“民族英雄”底徽号赠给他。

三 复成仁

来信说在变乱的世界里，人是会变畜生底。这话我可以给你一个事实的证明。小汕在乡下种地底那个哥哥，在三个月前已经变了马啦。你听见这新闻也许会骂我荒唐，以为在科学昌明底时代还有这样的怪事。但我请你忍耐看下去就明白了。

岭东底沦陷区里，许多农民都缺乏粮食，是你所知道底。即如没沦陷底地带也一样地闹起米荒来。当局整天说办平粜，向南洋华侨捐款，说起来，米也有，钱也充足，而实际上还不能解决这严重的问题，不晓得真是运输不便呢，还是另有原由呢？一般率直的农民受饥饿底迫胁总是向阻力最小、资粮最易得底地方奔投。小汕底哥哥也带了充足的盘缠，随着大众去到韩江下游底一个沦陷口岸，在一家小旅馆投宿，房钱是一天一毛，便宜得非常。可是第二天早晨，他和同行底旅客都失了踪！旅馆主人一早就提了些包袱到当铺去。回店之后，他又把自己幽闭在账房里数什么军用票。店后面，一股一股的卤肉香喷放出来。原来那里开着一家卤味铺，卖底很香的卤肉、灌肠、熏鱼之类。肉是三毛一斤，说是从营盘批出来底老马，所以便宜得特别。这样便宜的食品不久就被吃过真正马肉底顾客发现了它底气味与肉味都有点不对路，大家才同调地怀疑说：大概是来路的马罢。可不是！小汕底哥哥也到了这类的马群里去了！变乱的世界，人真是会变畜生的。

这里，我不由得有更深的感想。那使同伴在物质上变牛变马，是由于不知爱人如己，虽然可恨可怜，还不如那使自己在精神上变猪变狗底人们。他们是不知爱己如人，是最可伤可悲的。如果这样的畜人比那些被食底人畜多，那还有什么希望呢？

（原刊 1940 年 7 月 10 日、8 月 24 日香港《大公报》，
收入《危巢坠简》）

旅印家书*

一

六　妹：

那天从蓝沙丹尼下船，和你告别后，看船已出港，便即搭泉州船往澳门。本不想到李家去，想自己去看看，第二天便回广州。可巧在船上就遇见那学生，他一定要我到他家去。他父母极意款待，一连两天，不让我走，每食必火锅，真是过意不去。到走底时候，还给我买船票又送饼食很多，真是却之不恭，受之有愧。澳门地方很有趣味，很像南欧洲城市，商业不盛，政府依赌为生。回省后，又换了十镑做船费，因为船票须三百二十元英洋。你只交一百九十元给我。今日到香港，明天开船，船名 Takada，英邮船也。日本船终不可搭。信到时想你已在家，家人安否？祈函知。地址（略）

想你！

夫　字　二月三日广州

二

六　妹：

前天下午四时从香港出海，现在已离香港四百余浬，但距新加

---

* 这是作者 1934 年在印度游学考察时写给妻子周俟松的信。

坡还有三日夜底路程。天气渐热起来，在香港已吃到西瓜，今早早餐已开了电风扇。海上仍是阴沉，北风从后面追来，弄得船有些摆荡。船上搭客不多。去年夏天在北京饭店住的，那位匈牙利人华义，亦搭此船，故每日与他闲谈，颇能消寂。此次到香港，除到莫君家去吃饭以外，哪里都没去。船行那天，找不到电报局，也就没打电报，船上海字两块多，大可以不必打。在海上五天，北风很紧，船虽摇荡，于我无伤。船中只看些书，并不能写什么。晚上与同舱二位先生（一位卢，一位刘，都是岭南中学教员）闲谈。卢先生能弹古琴，程度很高，有时也讲爱经。有时与华义谈北京那女古董家。不觉又看见新加坡了。今天是九号，从香港到此为一千四百四十四浬，足走了五天五夜，大概要后天才能开船到槟榔屿。到仰光还得七天，到时再通知。夜间老睡不着，到底不如相见时争吵来得热闹。下一封信，咱们争吵好不好？

即询

全家安好

蕙君来了没有？我也想她。七妹子呢？

老太爷喜欢我底礼物不？不要回信，我到普那当电知。

地山　二月九日

三

六　妹：

昨天下午四点又离开新加坡，还要一天才到槟榔屿。昨天与林元英夫妇到植物园去。前天找了几个旧朋友到游艺场玩。九点半回船，天气已不热，但没有睡好，今天有点头痛，不想吃东西，大概是晚上想事多所致。

我们到星洲那天，正值陈嘉庚公司倒闭，因为旧历年关在即，债主不肯通融，不得已要想别的方法，但除宣告破产以外没有别的法子。林元英在此，月薪约合华币一千，但不甚够用。他想回南京去。他已有两个男孩，夫人也老成一点了。

离港以前听罗文干说，日俄邦交恐怕在今年六七月间会破裂，北京听见什么消息没有？

今天是我生日，大概家里也没有什么举动。船已到了，今晚开到仰光去，三天后才能到埠。现在要上岸去寄这封信，顺便去看几个朋友。这信到时，你便可以写回信到普那去。

地山　二月十四日

四

六　妹：

到仰光第三天，便又上船到上缅甸曼德来去。船走了七天，到昨天才到，现住在一家云南人开底南洋中外旅舍。什么都不方便，因为缅甸古物保存会底主任，为我定了参观底日程，料想得住三天才能回仰光去。这时候是采玉石底季候，从中国来了许多璞商，玉山离此地约有四天路程，市上有些云南人在那里卖，价钱非常便宜。买璞比较磨好底便宜，不过，好不好不管保。我很想买一两块，不晓得会上当不会？心想不买，引诱实在太大，宝山空回，是多么可惜呢！在船上又成了一篇小说，不久誊好寄回去。此地疫症正发，东西又不干净，今天起来有一点不舒服（头痛），大概不要紧。从前没觉得一个人出门难过，自从有了你，心地不觉变了。现在一天都想家，想得厉害，尤其是道中，有一个月没得你底信，心又急。我想赶到普那去，但此地可研究底东西实在多，又舍不得去。离仰光时，必打电给你。

地山　元宵在瓦城

家人都好

Mandalay 是缅甸旧王都，近云南。

五

六 妹：

昨从瓦城回仰光，要到本星期六，才有船到印度去，所以这信是在缅甸最后发底信了。在瓦城寄上一书说玉石很贱，那玉商非要我买一两件不可，于是我便买四颗翠玉，都是玻璃的，那大的可以镶戒指或扣针，小的做耳环。公遂说，可以用保险信封寄，所以依他底话冒险装在信里，我想你一定很喜欢。我本想买一两件给蕙君与七妹，只怕不好，反为不美，故未敢办。此地旧友很多，原定三月初到印，因为他们一留，现在就要十几才能到了。楙新功课如何，甚念。北平局势若是不好，就得早想法子。在瓦城时，有旧友林希成君想要些北京底香瓜、梨瓜种籽，他想在缅甸试种。希即到市场替他买几种，要多些，还有怎种，也请详说。林君地址即囊玉的信封上所印的，照写照寄便得。

孩子们都好？哥真想他们，更想你。老太爷顺此问候。小说稿下期寄。

我是你的哥哥　三月七日

六

六妹妹：

三月七日寄你一信并在保险信中寄去翠玉四颗，不知收到否？你喜欢吗？

你来信说北师大仍要继续聘请我教历史，记得过去上历史课时，你来到课堂坐在最后一排听我讲课。你后来对我说：“你讲课清楚，对历史分析得深透有启发，教得好！”这个评语使我很高兴，也是鼓励吧。来信说：“有些青年说历史是远水解不了近渴，不解决当前的问题。”你应对他们说，“你们要好好学习英国科学家培根说过的‘读史使人明智’，那是很有见地很有道理的。”因为历史有助于我们清理思想，借鉴历史经验检查过去，指导现实。正可以帮助我们对中国深受帝国主义侵略，沦为殖民地半殖民地的痛苦经验，也对祖国某些方面落后的原因有所了解，从事实对比中吸取教训，提高认识，激发起爱国热情，反对封建反对帝国主义，努力为祖国建设出力。读历史不是可以变得聪明起来，不是可以明智吗？你说我讲的对不对，你也是教师，应对有些青年涉世不深，生活经验缺乏、对历史不了解、容易崇洋迷外，我们当教师的，有责任指导他们。

我的好妹妹、好教师。

地山　三月十二日

七

六妹子：

到普那已经四天了，现在还是住在客栈里，一天要十个卢比左右（一卢比合大洋一元二毛）。吃底是洋餐，真难吃，又贵，早茶十二安（一元），早饭 R.1.80（二元五毛），中饭 R.2.00（三元），午后茶 R.0.80（七毛），晚饭 R.3.00（三元六毛），房钱在外，不吃还不成！此地没有别的客栈，是这家专利，栈主拿外国人都当财主，真可恶。明天或后天，巴先生才能给我想法子，搬到学校或印度公仆会宿舍去，那里要用多少，还不知道。总而言之，没有预料的那么省。前几年我住波罗奈城，一个月不过花三十个卢比，那时候卢比贱，三十卢比不过大洋二十一元左右。现在在这里算来，至少也得用八十卢比（依巴先生替我算最省的数），合大洋也得百元左右。我身边现还可以支持两个月（不算学费，我还没找着老师，学费多少，没把握）。如果××先生的款有着，我想在这里留三个月，到六月中离开此地，用一个月功夫游历。我还不敢到处去，许多应到的地方，都候着钱才能动。

到的那天，打了一封电报，就用去十四个卢比。此后信件还是由 Dr. N. B. Parulekar 转，他是 Sakal（报纸名）底主笔，如打电报汇款，写 Hsotishan，c/o Sakal，Poonagndia 便可达到，Sakal 也是该报底电码。信封可以写详细一点 c/o Dr. N. B. Parulekar，The Sakal，Poona，gndia。

自己一个人，钱用得真容易。我现在才理会，好妹妹你在身边，是多么大的帮助。我的口袋不能有过五元是真的，真的常常莫名其妙地便用完了。在道上理发，招得耳后长癣，花了些钱买药，现在治好了。常头痛，大概是那原故。你底腿，回家后好了没有？若不好，还得上协和看看去。自从与你分别后，只看过两次电影，一次在广州，一次在仰光。也没有什么消遣地方可去，所以每天除看书，便是写东西。《春桃》原来想名《咱们底媳妇》，因为偏重描写女人方面，那两男子并不很重要，所以改了。本来想直接寄给东华，但我愿意妹妹先看，我没第二副本，最好另抄一本寄到上海去。

我想你和孩子们，一天老没得好好用功夫，大概是相离这么久，没得你底信所致。老太爷好吗？过两天把事情安排好了，写封信给他。七妹子和蕙君好，我也想她们。我打算五月到 Goa 去，那是天主教的圣地，头一个到东方来传教的圣方济（St Franrisavien）的墓在那里，圣方济死在澳门附近底上川岛，教徒把他底尸运到印度来。问问她们要求什么，我到墓上替她们求去。

这纸是空邮用的，质量轻薄，名叫 Airmail，大概永兴也有得卖，抄稿子最好不过。

这两天抄稿把手都屈痛了，下星期一再写。我想你的第一封信最快还得一个月左右才能到，从北京到孟买得二十五天左右。如果香港有人寄飞机信，一个礼拜可以到，路程是从平飞沪，转飞广州，寄到香港（广州不能飞香港），再飞递到印度五天左右（香港印度线是从港飞西贡、仰光、加里各搭、孟买），因为中英空邮未定约，故不能直进。

再谈罢，要去吃晚饭了。

地山　三月十九日

又，Dr. N. B. Paiucieah 不久要同一个法国女士结婚，又得预备礼物。你去买一两个南京锦靠垫寄来好不好？还有王克私先生那里，你去印一张郑成功的像送给他，我不久就有信给他。

在仰光寄去的四粒翠玉，收到了没有？我想你一定喜欢那大一点的。普那底金线银线很有名，要么？

我忽然想起来，我有一个朋友的女儿嫁在香港。你若要寄飞机信，可以写信给她（用文言或英文）请她转寄。不过信皮得写“By Airmail”。从香港飞递到此地得港银五毛（五十先）。她底地址：(略)

地山　三月二十二日

八

六妹子：

二月二十一日的信已经收到，仔细看了十多遍。你没告诉我老太爷喜欢那拐杖和印色不喜欢，以后我不再送东西给他，因为他不希罕。燕京款项已函王克私及司徒二位先生，或者王先生可以帮忙说说。附上两封，一封是给那犹太学生的，他的名字叫 Jacob Rabnowits。给司徒的信可以由他转，所以你只须加上两个信封便可以。

昨天搬到学校来，此校名 Sir Parashviambhaa College，每月房租大概十卢比左右，吃一天约一卢比，学费二十卢比左右，其余十卢比左右。所以我身边的款还可以支二个月左右（还剩三百卢比）。我已决定六月十五左右离开此地。如有钱早些回家；没钱，不回家！你得想法子，××处已写信，也是今天寄飞机去。前信想已接到，如《春桃》稿还没寄，在最后一段，最后一句应加“过不一会，连这微音也沉寂了。”一句。

暑假后如打算搬到海甸，现在便当与谢景升到总务处交涉。祝先生婚事想已成功。

此地吃饭用手，吃不惯，买了一把叉子，一条勺子。没肉吃，个个都是吃素的，坐在地下，没椅也没桌。

地山　三月二十六日

《道教史》合同如签好，可以商量预支版税，还可以去找振铎。《说明书》请转寄。《说明》有些自吹，这便是我恨做买卖的一个原故。

九

好妹妹：

相片和信都收到了，寄相片得用硬纸夹住，不然，都折坏了，这次好在没折着你的脸，还可以挂挂。上星期的信，附给司徒雷登先生底，是要放在那犹太学生底信里，由他转，最好你还是去见见司徒。我此地足短二千元左右。近几年来，印度样样东西都贵得厉害，一个香瓜往时一安（合华币一毛六），现在卖到二安（印度一卢比合十六安，每安四铜子，铜子为单位，一铜子合三贝，但不用，1R －upte ＝16annas；lanua ＝1/4anuo）。坐一坐车得四安，真是不得了，吃底东西不好又贵，此校学生，每月膳费十五卢比（合十九元五毛左右），一天两顿，通个月没见半块肉或一条小鱼，净素，每月不改。一盘饭，一小碗加里茄，或南瓜、小椰菜之类，芋叶、香蕉花、苦瓜、黄瓜，算是好东西，不轻易吃得起。衣服一件，洗工一安。连学费算起来，总要百卢比一个月。所以这信到的时候，我底钱也就快完了。在这里有一样事顶自由，你猜是什么？平常在家，你不许我吃底东西，在此地天天大吃特吃，吃了上下都有味，他们说有益，所以我就大胆吃起来。一天洗两次澡，有时还多。里衣裤每天自己洗，比刘妈还洗得干净。此地地势很高，白天热度在一百零五左右，风是热的，像理发馆吹头发机器所出底一样，晚上倒可以过得去。

上个星期到 Bhor 国，这是印度还没亡底一个小国。地方不过百里。国王请我们吃大餐（坐在地上吃），又教我同他父子照了一个相。附上底照片，是那国王底父亲底陵前一条小溪，石头很好看，水很静，像镜一样。站在床后的那张，很像我父亲底样子。那蚊帐架子很特别，一面有四个钩，可以挂蚊帐，随时可以取下。照这法子，咱们底铜床也可以做，用木头做，可以叠起来，晚上支上。上头底方框，也可以拆，冬天不用可以收起来。(附图略)。

种籽一包，是此地底野花，可以交给楙新种，等我回去看。小黑籽是刺罂粟，开黄花，像虞美人，不过全身是刺，宜于种在篱笆下，可以为虞美人配种，使花底颜色改变，刺少一点。像榆钱底是一种小树，开黄花像喇叭。有毛底是蒲公英（各种颜色都有），比中国底大四五倍。还有小黄扁籽，也带絮，是小金盏，此花台湾、广东也有，不香，可很好看。

下星期再谈吧！我的亲妹妹。

哥，你的伴　四月一日

十

六妹子：

又是两个星期没接到你底信了。燕京款项交涉，结果如何？现在我身边只剩二百三十卢比左右，这月底不来钱，可了不得。上海那套《大藏经》寄到广州去没有？此地有个印度人想买。梵文教师已找着，每月束脩，大约在二十卢比，一星期三次。这两天正忙着咧。在此地又变成纯粹的素食者。印度人多半食素，除去回教徒以外，简直没有食肉底，连鸡子都要到很远去买，我有三个星期没尝过鸡子和肉底气味了。他们底素食，滋养料很充足，主要是饭、黄油、醍醐、酪。我一天吃两顿。早餐没有人吃，十一点半一顿，晚上八点一顿，下午喝一杯茶。每顿吃差不多一碗饭。两杯牛乳，一张饼，没有什么菜，稠豆浆照例有。虽然吃不多，精神却很好。

关于咱们底房子问题，交涉了没有？我想若是学校下年辞退许多教员，当局必不会给我们原先看定底那所房子（史密斯的房子）。住在南大地或东大地，未免不方便（老太爷方面）。现住底房子无论如何是不能要，因为租钱太贵，又没花园可以给孩子玩。我始终还是想住海甸。

燕京大学无线电台每星期一、五两日与仰光通电。你如要打电给我，可以请那犹太学生（刘育才）Mr Jacob Rafinowily 替你打①，不用花钱。打到仰光请许魔力先生给转到我这里便可以。刘育才住城里，电文得用英文，可以请蕙君写。再谈。

哥　四月九日

十一

好妻子：

今早接到你三月十九底信，心花都开了。好妻子，我知道你苦闷，我应不离开你。以后若是要到别的地方去，一定和你同行。

此地一切均已就绪，不过时间太短，恐怕学不着多少。近几天来，每想燕京底事情，以后是靠不住的。“君子见机而作”，应当早想法子。哈佛燕京社底钱，他们不拿来用在真正国学底研究上。我们几个人，除我懂外国话可以抬杠以外，其余颉刚、希白二位是不闻问底，所以我会成为他们底眼中钉。不晓得到什么时候，他们要开除我。这几天，我想到一个方法，就是自己找些钱，开个研究院……

寄去照片其中，一张是我底卧房，墙上挂着你底像，后面是我买底一个美女（画）。另二张是我在此校底膳堂里吃饭底样子。他们都坐在地上，用手抓饭吃。印度人吃饭，照例是脱衣服，赤脚。我底脚，比起他们底，是又小又白净。他们说我底脚像女人底一样

① Rafinowily：和第八封信中的 Rabnowits 系同一人。

（他们说美得像辨才天女底一样），但他们底女人底脚并不小，也不白净。膳堂底尽头便是厨房，你可以看见那厨子在地上烙饼，两张不同样，一张可以给文子，吃完，把盘子（请客时，用蕉叶，或别的大树叶）推进坐底方几里头，到外面洗手，吃槟榔；又一张是在澳门贾梅士纪念碑底下照的。贾梅士（Camoens）是葡萄牙底最大诗人，明末到澳门来，在白鸽巢写他最伟大的 The Jusiad。此诗为葡国最美的作品，所以欧洲名人，每到此瞻拜他底遗迹，石壁上刻了许多名人底题记。此片是给王克私先生底，请转给他。回家时，可以教给你洗像。（学费二百元，给得起吗？）

你底腿现在怎样啦，好了没有？我想原因是前几年在塘沽摔倒所致，并不关牙底事。英国近出了一种药，名 Elaito，专治腿痛，不晓得北京有卖底没有？如没有，可请蕙君写信到伦敦去买一瓶试试，或照底下拟底信寄（去略）。此药每瓶五先令，无邮费，故寄五先令便可以。药是内服，从血液医治。到底怎样，我没见过。我在此，因为吃素底原故，没屙过血，痔疮也渐小了。我想以后，我不再食肉了，最多可以吃鸡子或肉汤。我已理会肉类对我底身体不合式。咱们都吃素，好不好？

地山　四月十五日

十二

六　妹：

上函寄出后告诉你我到此一切就绪，想必你会为我心安。远隔重洋，一字值千金，望你多给我写信，以慰时刻在想念你们的游子。

记得我在一九二六年由英国回国时，特意绕道印度去拜访诗圣泰戈尔，那时我住在印度波罗奈城印度大学，搭车去加尔各答附近的圣蒂尼克泰戈尔创办的国际大学参观，同时也去泰戈尔家里看望，他是我一向敬仰的知音长者。还带回来他送给我的照片和纪念品吉祥物白磁象。交给你，你还很宝贵的收藏着。我回忆起泰戈尔肩披有波纹的长发，飘洒着美丽的银须，谈笑风生，举止优雅。他的形影至今还深刻地留在我脑里。他建议我编写一本适合中国人用的梵文辞典，既为了交流中印学术，也为了中印友谊，我回国后即着手编纂。字典稿存在燕京大学我的书房里，你空时去燕京看看该没有散乱那些卡片吧？我本想再去看看泰戈尔，告诉他我遵循他的嘱咐在编梵文辞典，他一定会很高兴的。可是我打听到他现在不在家，到别处讲学去了，也不知是去到哪里，所以我就没法去看他。我留印度不会久的，恐怕没有机会再见面了，除非他再到中国来，一九二四年他来中国时我在牛津，失去了相见的机会，所以我回国时一定绕道印度去看他。至终如愿以偿是很高兴的事。现在近在咫尺未能再见深为遗憾。真是人生聚散无常呵！我在外心里的事无可告诉，坐下来把它写下告诉你，泰戈尔是我的知音长者，你是我知音的妻子，我是很幸福的，得一知音可以无恨矣。对吗？

你底四哥　四月二十日

十三

六　妹：

昨天接到你三月二十七底信，一切知道，钱如筹到，即请电汇。燕京如不再给，是真对我不住，使我对于他们更失信仰，我实在不想同他们再混下去。燕京当局老抱着一种“要则留，不要则请便”政策对付教员，这是我最反对的。来年裁底人固然有许多该走底，但也有很好的教员在里头（未见着名单，谁被裁总知道一点）。几个大头闹意见，拉拢教员，巴结学生，各树党羽。在我看来，无一是处。我想还是另找事情，北大，或南京，或广西，湖南都可以。我不再找清华了，这次要走得远一点。前次的信所说，组织电影经理处底事，我越想越有把握，虽然我不会做买卖，我却信这事可以办。

我来此已一个多月了，对于此地风土人情也多知些。有些印度人底责任心浅薄，应许的事，每不去做。有时我得自己出马，连当差底也用不得，不好好干事，只想要钱。此地个个都以为我是财主，他们想，若没钱，怎能到外国？两三个同住底半教员半学生底印度人老是向我要这样，要那样。比如一块胰子（我不懂本地话，自己去买得到很远去，坐车得花差不多两块大洋来回），你若托他们去买，他们总没工夫，可是等我自己去买回来，他们又来借，连牙膏牙签也可以借！若是他们领我去看地方，好！什么都得我解囊！我怕得不但不敢约他们，连自己去也不敢叫他们知道。

我屋里的臭虫简直没办法，一天总要治死十几只。印度臭虫特别大。他们多不杀生，见我底行为，都很诧异。有些人身上还养臭虫，以为是一种功德，所以你如看见别人身上有臭虫，最好别去管，若不然，有时候你便要听见“由它罢，那是我养活的”。若是你不喜欢臭虫，把它拈起来，送到门外去，所以结果不是爬回来，便是到别人身上去。我在写字，臭虫满桌上爬，真像小油虫一样，走动得很灵敏，你要拈它，它马上就藏起来。

此地的蝙蝠也非常的大。每到黄昏，一群一群飞出来觅食，翅膀张起来，约有四尺，歇着的时候，就像一只小狐狸。绿鹦哥（会说话的）很多，市上卖得很贱，一钱银（合三毛多大洋）可以买一只。孔雀也便宜，十几卢比一对，不过都不好带，在半道上常饿死了。

照片四张，有一张是广州小北门外，我大姊底坟，临离开广州底前二天找到底，坟砖都被人偷了。偷者算还有良心，还留下墓碑与后土位，找到的时候，土埋到“显妣”底地方。我找人随便挖开，照了这相。其余已请叶启芳经管，修理总要五六十元（最少）。此片可以转寄给敦谷。其余三张是上星期底成绩（自洗自晒）：“象”是到远地给你买一个最好的镜框，挂上以后照底。“看书”是在我床上照底。还有一张“看书”，墙上挂底是洗姑娘底画和甘地底浮像。这样的手段，可以开照相馆吧？……

四哥　四月二十四日

十四

六妹妹:

这封信一定与二十四那封同时到，因为此地空邮提早了一天，所以上星期底信件，都归入这星期发。翠玉四块，本来不大，不能做得什么，当时也想到买些大的，只怕钱都用完，没法往前走。买璞更便宜，不过得懂，才有把握，一块可以琢成手镯之翠玉璞也不过三十盾左右，琢出来也许就值一千，也许满不是那么一会事。那四块小翠玉一共花了十四卢比（十五元左右)，顶大块的十一卢比，其余每件一卢比。我到底时候正是中国商人（多半自广州来）到玉山去采璞底季候。所以有底旧货，人都争着出脱，可惜没钱，不然真可买得好的。缅甸还产红宝石和绿宝石。我知道你不大喜欢红的东西，所以没问价钱。至于怎样处置那四块小东西，我以为可以镶胸针或项串，若把那大的镶戒指，不成吗?

七妹子决意出家，我早料到，机会命运把她放在那样的生活里，你想有什么路可以走，除去当姑子以外？不过当姑子并不算什么伤心。人都得有个职业，她要专心办学，自然出家比嫁人更好。在学校当过五六年校长，不嫁，还不是和姑子一样？更好的是，若她当了正式姑子，她可以享许多利益（办事上的和学业上的)，当然是好。我总想着，她若离开那样的环境，也许不至于出家，但往哪里去找更合式、更永久的事给她呢？不必伤心，提防蕙君跟她学，那是要紧。

上次寄给你的那印度女子（像)，她父亲已经给她找着一个女婿，不过还没下定。此地风俗，嫁女得预备很多钱。因为女婿可以要求陪嫁（不是嫁妆)，有时要求过多，娘家不能给，婚事便吹了。此女已找过几主，人家要她两千陪嫁，她父亲出不起，所以没成。陪嫁是交给女儿带过来底现款，除此以外，礼费妆奁还要。所以女儿在此真是“赔钱货”。男子可以不送聘金，得妻兼得财。我也很想干一干，你说好不好？

昨天晚上去看印度戏，是翻译欧洲底剧本。情趣与中国底新剧一样，男女合演，在他们是破天荒。

我想在六月中旬离开此地，若没钱就一直回国，若有富裕，便到各处走走（期间两星期左右）。我还没到当到的地方去咧。此信到时还可以回信，若过五月二十，请不要寄常信，信走四星期才能到此，寄飞机信或打电报都可以。

现在要到一个花园去同那女子照相。她哥哥要我代她照一个好的，为底是可以给人看。

告诉小苓这是爸爸[①]。

丑　四月二十九日

十五

妻　子：

我四月二十四日去信大致说了燕京大学不是久留之地，总有一天他们会开除我。你知道，我读在燕京，我教在燕京，我生活在燕京，我尊敬燕京的老师，我爱护燕京的学生，对母校燕京是有感情的。但对燕京当局的种种措施不能容忍，我决心要离开。我告诉过你，缅甸大学邀我去教书，我又想组织电影经理处，又想办研究院。最后决定还是办一个中学切合实际，中学是基础教育，可以为高一级学校或专科学校培养后备军。而且你又是中学教师，我们同心协力建设一个最理想的中学。这个建议你赞同吗？来信告诉我。

你问我除研究梵文和印度哲学外还做些什么，你知道我一天总是在图书馆的时候多，过去在牛津大学人们开玩笑叫我书虫，书虫是蛀书的，但是读书读到深邃倒是我所乐为的，假使我的财力和事业能允许我，我愿意在牛津做一辈子书虫，做书虫也是不容易的，

---

① 原信后有许地山自画像。

须要具备许多条件。我没有条件，只是抱着读得一日便得一日之益的心志。

好人！你看我的书斋名面壁斋，过去我没向你解释，就是心无二用、目无斜视的读书。这样才能专心致志，武装自己的头脑，才能广博知识，明析道理，坚持革命精神经久不惑且愈坚。

我除读书外还写写小说，过去在家里写好了你代我抄，现在写好了还要自己抄，有时抄得手腕都痛起来。我想还是把初稿寄给你，你代抄，还可以让你先看看，也可以提提修改的意见。

今日就写到这里。

地山　四月三十日

十六

六　妹：

昨天才寄你一信，今天一早起来，想起了是五一国际劳动节。这个节日是我们夫妇喜庆的日子。你记得吗？是我们结婚底第六周年纪念日。不知你们在家庆祝没有？我们每个纪念日全家都照一张照片，等我回家时再照吧。

记得我在日记本上写的“风和日丽，我们幸福地开始共同生活”。你建议在中山公园来今雨轩举行婚礼，为纪念我同郑振铎等十二人创办文学研究会成立大会的所在。那些参加祝贺的朋友亲戚们如蔡孑民、陈援庵、熊佛西、朱君允和田汉、周作人等如仍在北京，有空去拜访拜访他们，也代我向他们致意。

你底好伴地山哥　五月一日

十七

六妹，好伴儿：

今天接到你四月十三日底信，想那封飞机信是丢了。昨天接北京汇来英金三十镑，大概是燕京来底，今天不能取，到明天才能知道。那封丢了底信，你大概是告诉我小说稿接到了。方才又接到上海底信，傅东华来的，说小说稿已接到，登在七月号上。上两信给你说底电影计划，进行了没有？我看是很有希望，你想怎样？哥七月底准到家，若钱来得早，早走，也许六月初离此地，游行二星期，七月中到平。

（原信中脱落一段）……妹看好不好？妹请人写起来，挂在卧房里，好不好？“①夫妇间，凡事互相忍耐；②如意见不合，在说大声话以前，各人离开一会；⑧各以诚意相待；④每日工作完毕，夫妇当互给肉体和精神的愉快；⑤一方不快时，他方当使之忘却；⑥上床前，当互省日间未了之事及明日当做之事。”还有一两条，不甚重要，不必写。妹妹，你想这几条好不好，咱们试试吧。哥实在没给妹委屈，平心而论。但以后，无论如何，咱们不会再争吵了，我敢保，我知道妹真爱我。

妹，你应当告诉我底许多事，都没告诉我，我在此地，要像在家一样知道家里底事。蕙君常来吗，老太爷心境如何？楙，为何不写信？

丑　五月六日

十八

六妹子：

等你的信，到如今还未接到，我有一点着急了。这几个月用了不少钱，只希望佛教会能津贴一点，但到如今，一点信息也没有。××先生也没回信，“轻诺必寡信”是意中事，我决定钱来便走。地方也不多走了。家里还有许多手尾未了，如道教史、厌胜钱，印度小说等等都要赶着做，所以早回家也好。此信到时，如还筹不着钱，即想法电汇四十镑做路费到上海，回家后再说。今天是十四，此信大概得六月初才能到平，所以在这封信到时，没有给你回信底时间了。香港来信说你寄去五元，信没收到，钱却收到了，等你的信哪。

昨天上狮子堡去。此堡离城不远，出海四千多尺，风景很好。那个印度女子到别底地方去了，她父亲因为有一主要求嫁妆太多，又没成功，所以又带着她到孟买去。在印度生女，真是个“赔钱货”，嫁妆论钱，并非像中国底家私，并且是给女婿的！所以一不成，为父亲的得带着女儿到处去找“主儿”。通常女子是要受男子或男家人试验和面看底。我不喜欢她哥哥和她父亲，因为他们净占我便宜，一进我屋里，能吃底，不问主人，都给吃光了。我早没想到印度是个馋地方，馋到连苍蝇也吃起盐来了！在饭厅里，我真没法轰它们，酱和油盐一不留意，准有苍蝇来光顾。虫犹如此，何况人乎！她父亲教我写信给你，寄点北京酱品来给他吃，真不客气！我没见过这样人。……

地山　五月十四日

十九

六妹子：

接到五月一日底飞递信。同时收到燕京两封，一是傅晨光先生的，一是会计处的，说的都是关于钱的事。学校只应许借，因为原许的二千美金已经用完，金水落得厉害，所以不敷。这也不能怪学校，不过借薪水在此地用，有点不上算，还是去催催 ×××，多少总筹一点来做路费。燕京借钱照例要算利息，你得提防，你告诉傅晨光，我把《道教史》交给商务印书馆，他写信来说我应当先问哈佛燕京社要不要，因为所有我的作品，哈佛燕京有权先印。这一来，连小说都要算在内。咱吃他几百块，还要吐东西还给他，实在有点不愿意。我要写信给傅晨光先生，如果学社要，得给钱。告诉吴文藻先生，说不要给我定功课，我来学年不教书。我真想自己出来干一干，燕京是靠不住的。

钱到得早时，我准于六月中（此信到时）离开孟买，一直到香港。我还要回漳州把那些东西带回家，所以七月十日左右便可以到家。至于写信怎寄的问题，我以后定了船期，你便可以由船公司转。以后再告诉你吧。近来心烦得很，有时自己生气。

哥　五月二十一日

二十

六妹子：

五月九日和十四日的信都接到了，我现在只等款，款一来，马上就走。这封是最后的飞机信，此后还是每星期一给你信，你可以不必回信。若我的船位定好了，你可由飞机递到各埠船公司转给我。

写信给老太爷，我自从到这里来，一步也没走开，没什么可报告的。许多地方应当去的都还没去。上星期赶着雨季之前到阿前多和伊罗去参拜佛教遗迹，用了一百元左右。在伊罗洞外约十里的丛林中遇见一只约一丈长（连尾巴）的大豹，险些性命丢给豹做大餐。那天（五月二十七）在道上遇见许多小野兽，因为洞离城市十七英里，我同一个学生坐马车去底，马车走三点钟才到。回来时，日已平西，过那丛林，已不见太阳，正是猛兽出来找吃的时候。车上三个人，一面走一面谈，忽然车夫嚷说："看！老虎在道上走，怎办？"那时已是黄昏后，幸亏是月明时候，车夫也有经验，他说："坐定了，提防着！"把马鞭了一下，走近那大豹约十码之地，车夫鞭车篷，发出大响声。那豹一双大眼睛看着我们，摇着尾巴，慢慢走到溪边去了。车夫看的是老虎，我看的是豹，可惜光不足，不然照一张相片回家，多么有意思！当时并不觉危险，事后越想越玄，几乎晚上都睡不着，回家躺了好几天。那同走的学生太不关心，在走以前，我买了一本指导书（本地文）教他先看，看明白了再走，他没看。到那晚上，回家，他才翻起来看，说："指导书里也说在太阳未落山以前就得离开洞口，道上时常有野兽来往。”我听了，真是有气。印度人底不负责任，从这二点就可以看出来。还有一种爱占便宜底习惯，更令人看不惯。这宿舍，因为暑假，只住着四个人（连我算），那三个人，短什么东西，都到我屋里来借、来取，像我是他们底管家。胰子、牙膏、洋蜡、墨水、邮票、信封、信纸等等，凡日用所需，应备底都不自己去买，等我买回来，他们要现成。有时自己有，留着，先用别人底。有一天，出门，用旱伞，那个女学生底哥哥来说：“请把旱伞借我使使。”我说：“我底旱伞有一点破，不好使，你还是使你自己的罢。”因为我知道他有。他说：“我底也有点破，反正你是要修理底，多裂一点，并不多花钱。”从我手里硬夺过去。你说世上真有这样人！出门去玩，吃东西，坐车，若是用他们的钱，回家一个子也算得清清楚楚，若是用我底，就当我请了客！在这里住底，个个家里都是十几廿万家事底子弟，还是这样酸，其他可想。所以这几个月，住在此地，天天都有气，我又面软，不便说什么，又不愿意得罪他们，这使他们想着我比他们更有钱。

燕京底房子，是不是“四美轩”或“三松堂”后面底那座？没自来水，可以把现在的抽水机移出去，钱要燕京花，把那水机送燕京都可以，但要高水池和水管。海甸地低，用不着打多深，所以水柜可以放在房顶上。

《藏经》消息又沉了，我想还是找李镜池，分期交款办法本可以办，你主张（一次交款）不成，也许他们不要了，你可写信到上海。叫有骞先把书寄去，我到广州再同镜池交涉，或是你写信给镜池，应许他分期交款，看他怎回答。那书不卖，恐怕以后越难出去。日本金水跌得低，他们也许可以直接去订。

我定十五六离开此地，到孟买去定船。看这光景，是不能游历了。到现在钱还没来，教我真没办法。这次买船票先到香港广州再住几天，转回漳州，把几盆兰花带回来。我还要到南京去，找几个朋友。所以顶快也得七月中才能到家。

我身边只剩下三百卢比，若买三等票，也可以到香港。这两天就得定船位，下星期若钱还不来，真得定三等。日本船便宜，可不敢坐。欧洲船三等，不晓得怎样，还得打听。如有美国总统船，三等也可以。大概我会搭三等回家，我想我没来由借钱坐二等。

再谈吧。

地山　六月九日

正要发信，又接你五月十五底信，知道燕京许补一千。我想这便够了，不必再求什么人了。佛教会，有也好，没便罢，用人底钱又得为人做报告。汤芗铭先生可以去见见。××底话是靠不住底，他也是找朱子桥。

二十一

六妹子：

五月二十八底信收到了，我定于后天到孟买去，过几天再回普那见见甘地，然后到戈亚为七妹子和蕙君求福去。从戈亚再到麻德拉斯探探古黄支国底遗迹，有工夫再到南海普陀落迦山（真普陀山）去拜拜观音菩萨。从普陀山到那伽拔檀城搭船到槟榔屿，大概这个月底可以到槟榔，从那里渡海到苏门搭拉拜先父（你底公公），和祖宗的墓，再回到槟榔屿候船回国。在槟榔屿有中国船往来厦门、仰光间，二等船不过一百元左右，所以为省钱起见不得不等。我会住在旧友陈少苏先生家里，若是船期不合式，也许住长一些，但最多不过两星期，不用花什么钱，时间是现成，住几天怕什么？七月中准在广州，住一两天，回厦门取东西，住两三天，有船便走，大概得七月底才能到家。七月中你可以寄信到香港陈作熙先生处转给我。我上船把行李放在他那里，进广州去一下。何椿年要我带些南洋果种，去交割清楚，马上上船。也许随着原船到厦门（中国船在香港多半停三天）。槟榔屿地址，可以不必给你，因为写信来不及。但万一有要紧事，要打电报，即将陈少苏先生转（地址略）。英文用厦门话拼音，南洋以福建话为国语。五妹回家有何贵干？恐怕我到平，蕙君已回青岛去，你留着她，等到我回来好不好？我也要到山东去一去。因为我这次底游记，用孔子做主角。我是跟孔子游历底人，书名大概就用《孔子西游记》。漂亮不漂亮？内容丰富，裕有兴趣，没眼睛底可以不用看。曲阜没到过，所以头一章还没动手。

我已打电给燕京，叫把款电汇来此，我就用这三十镑做路费了，别的财源恐怕要等到黄河清才能出现吧。

此信由陈作熙转飞递，想可早到。方才看报，日本副领事在南京失踪，恐怕又要出乱子。

地山　六月十三日

二十二

六妹子：

因为燕京底钱来迟了，昨天开的船搭不上，又要等两个星期才有船，你看这耽误多少事！我定底是十六离开此地，十九在麻德拉斯上船（普那到麻德拉斯就像北京到上海那么远），到昨天才接银行底通知单，今天下午去取，无形中叫我损失两镑电费，还加上两星期的用费。到槟榔后，船期又不一定，也许还要等两个星期。中国船便宜，我不得不等，所以顶快得八月初才能到家，越想越有气。现在定二十四离开此地到戈亚去，十七八到麻德拉斯，七月三日下船，十二到槟榔屿，假如十五六有船，那就最好不过，不然，要等到二十几也不一定。那时候，恐怕路费又不够了，怎办？出外耽误一天，就会生出许多意外的麻烦。本来可以从孟买走，不过从那里走的都是大船，价钱贵得多。日本船不敢搭，不然，本月二十六有一只到上海去。

离开麻德拉斯不再打电了，打一次得花二十元左右。到槟榔屿给你寄飞机信，但在七月十三日左右准在槟榔，有信寄前信所给地址便可以。

地山　普那　六月二十日

二十三

六　妹：

戈亚底信想已收到。到麻城已三日，船明天走，十三到槟城，住几天，再到日里去省墓，离槟城时当在本月底也。（谁教你不寄钱?）

在戈亚，买了些东西给七妹子和蕙君，在麻城买了些给文子和小苓底东西，花了二十多卢比，回家要同你算账。此地人心太坏，动不动就要赏钱，车夫随时随地都想介绍女人给你，他说："又省钱又美，先生也找一个罢!"可惜你没来，不然咱们可以多看些怪象。

昨天到古黄支国去，走了一天，到深夜才回来。今天下午青年会要我谈中国，义不容辞，就得卖力。还是普那那位咱们送他东西底 Parulekar 先生好，临走时送我五十大卢比程仪，了不得的人情，若没有他送我底那笔钱，戈亚是去不了底。

再谈罢。多等几天，吾就到家了。

你的哥　七月二日

二十四

六妹子：

在船上十天，十二到槟榔屿，二十左右有一只船（中国船）到厦门去，所以得在此地候十几天。我打算下星期二（十七）到棉兰去看父亲的坟墓，十九回来搭船，一切都已办妥了。进荷兰属地要钱和人担保，钱是合中国钱二百元，人要殷商。我身上只剩一百元左右，朋友已为我想了法子。中国船我可以坐三等，到厦门不过七八十元，可是慢，比英法邮船要迟到一个星期，钱又省一百多，大概在二十七八船能到香港。你有话可以由陈家转。

仰光大学要我去当汉文教授，我暂时不发表意见，先回家看看情况再说。此地风景极佳，全岛十分之八是中国人，以福建人为多。我住底地方是中国人开的中学（钟灵中学），位于 Macatisterst，许多国民党要人都在此住过，因为本来是间革命党的阅书报社。

中国情形，阅报可知一二。

即颂

时祉

地山　七月十四日

二十五

六妹子：

昨天到棉兰，看看父亲的坟地，那地点虽然不错，可是坟做得太坏，连碑字都刻错了。老二当时在这里，我不晓得他监的是什么工。看报知道刘半农于前天逝世，他曾应许我要给我厌胜钱看，他收底也很多，恐怕他身后家里底人又卖出去。（原信缺）……

今天搭船去槟榔屿，明天有船开厦门，是一只中国船“丰庆”。我买底是统舱，大概十几块钱便可以从槟榔到厦门。若搭外国船，一定不能坐三等，二等最少也得二十五镑，你看差多远。不过此船很慢，比起外国船要迟到三四天，船又老，在海上常出险。除此以外，倒没什么。若是明天开船的话，二十一到得了新加坡，三十左右到香港，八月三日左右到厦门，到漳州取兰花，住三两天，有船到上海便走，大概十几才能到家，等着罢。（这是大熬人！）意大利船从新加坡五天可到上海，多快！

在苏门答拉棉兰爱同俱乐部

地山爷　七月十八日

二十六

六妹：

今天到香港，接你催人回家的信。当然不敢在外久留，船明天开厦门，大后天（八月一日）可到。到厦门有船便走，大概芒沙力或芒沙丹尼走星期五，所以下下星期一（六七号）可到上海。如船到得早，便赶车直上北京。此行带了一个新加坡的华侨学生，姓林底，他哥哥底意思是要他住在咱们家里，他要考清华或燕京。我想你叫作新想想法子，住辅仁也成。这林姓学生纨绔气很重，不过他哥哥是老二和我底老朋友，大义难辞，得为他想法子。海行十余天，有点疲，今天打算住客栈（香港大雨，弄得我像落水鸡。现在陈作熙先生处，他家没地方），别的朋友也不想找了，麻烦人家，有点过意不去。也许我到家时此信还没到呢，漫写而已。

老太爷到底是什么病，要紧不？等我回来，他也许好了。

专此敬颂

妆安

地山　七月二十七日

劳动的究竟

要问劳动底究竟在哪里，就得先问人生底究竟到底是什么？我知道些个问题因着个人不同的意见，定要发出许多相异的回答。若是照愚见，可就要抱“安乐”这两个字拿来做答案了。何以故呢？因为一切生物都是向着安静娱乐那方面迈步，遇着不得已的情形才肯冒险、奋斗和劳动。在平常的日子虽然会发生好些冒险、奋斗和劳动底事实，但是从根本研究起来还是离不了为将来的安乐底预备。人性好安乐更是不可逃底事实。我一用功念书，就有好些朋友问我：“你不累吗？”我一动手工作，也就有人问我：“你为什么不觉得累呢？……那是快活事吗？”问人家“累不累”是表明哀悯别人过于劳动底意思，所以说，人类生来就好安乐是定然的。写到这里，可又发生许多冲突的问题，就是：“人类生来既然是好安乐，为什么亘东、西、南、北、过去、现在的人都以勤劳为道德的义务呢？为什么社会不赞美安逸和怠惰呢？”这问题是不难回答底，我们往后研究一下就可以解决了。

原来我们寄身在这微尘似的天体上面，它底自身是常动不息底。它要动身才能支持它在太空里底位置，由它底动而生底力就激刺一切的生物教它们不能不动。所以人也要动才能在这天体上面站得住。人类一方面受自然力底影响，一方面又要求自己底安乐，因此不能不想方法去调和两方面底冲突，结果就生出一种“欲逸先劳”底道德观念来。我们当然会吃，不会做人做“行尸”，也是看人在世间不适应自然的势力，像死体一般地不会动作是不成底；说到适应底话，除了用劳力去整理，去争战，可就没有别的方法了。

整理自然力，和与自然力角胜负，为底是什么呢？是想要得着一个主宰底地位，想在宇宙内得着一切的享受。有享受才会有安乐，战胜一分自然力就是得着一分的享受。因此可以说劳动是得着安乐底手段。但是自然非常之大，集合人类全体劳动底气力来和它比一比，简直以扶摇风和蚊蚋底呼吸相较一般。“一劳永逸”底工作方法是骗人底说话，是教我们安于懈怠底动原。因为我们用尽九牛二虎的力量才能够在这动的天体上面取得一点享受，算来还不及那无漏的安乐底万一咧。围绕我们底安乐既然那么大，故此得它底手段也得常常用。简单说一句：自然力无限，我们底劳动也不息。

我们既以劳动为取得安乐底手段，就可以说不劳动则无安乐，也可以说劳动与安乐是相因依底。从前对于劳动底见解，以为要两手执着工具去工作才能算为劳动；就是劳动问题也是局限于制造厂底工人待遇、工资和工作时间底问题。但是现在的劳动问题扩大了，或用心力或体力去和自然界斗争底都可以算做劳动家。日日和我们接近底人——除了行尸以外——都可用“劳动家”底徽号来给他们。因为劳动家底种类不同，劳动底形式复杂，人类现在又没有通天晓地的本领，所以各人要尽自己底能量（Capacity）向各方面去发展他底工作，为底是要教人类底全体能够速速地得着几分安乐。

有人问：“人类底劳动既是要得着安乐，那么，安乐是在劳动底时候能够同时得着底呢？是在劳动以后才能得着呢？或说同时可以得着安乐罢，又不大见得；若说在劳动以后才能得着罢，在个人底享受又很有限，何必苦苦地去求它呢？”我要回答说，在劳动底时间里头本来可以得着快乐，而劳动以后所得底是安心。我们要注意底不是劳动以后底安心，乃是与劳动同时发生底快乐，因为教劳动家在劳动时间内感受快乐是很要紧的，现在的人在劳动底时候没有十分大的快感底原故：是因为他们底劳动是奴隶的，不是主人的；是机械的，不是灵智的。精神，身体两方面受人支配底劳动家，用力去挣脱苦痛的束缚还怕不能支持得住，那所谓安乐底感觉自然是没有底。

机械的劳动是什么呢？好像大制造厂里头底工人，有些整天只是安螺丝钉底，有些整天只是在每块木板上钻几个窟窿底，天天是这样，月月是这样，必定会发生不耐烦底心事，见着劳动就厌恶起来。有这样的现象，纵然减少劳动底时间，增加工资，也不能鼓励他们，教他们对于所做底工夫充分的热诚和快感。

要使劳动者对于制造厂底工作发生快感是很难的。要改革制造厂底制度，教他没有分工底趋向，也是办不到底。所能做底事情，除了减少机械的劳动，增加灵智的劳动以外，没有更好的方法。灵智的劳动就是教工人在应该做底事情以外有得着发展智力底机会，借此养成他们底创造力。由创造的劳动那方面去着想，工人才能觉得他们工作愉快。因为创造是可乐的，工人对着由他们底创造力所得劳动底产物，满可以安慰他们，减少他们那种机械的劳动底痛苦。

养成工人底创造力底办法，最好是在每星期内数小时底工夫将工人应具底常识讲给他们听，教他们底头脑因此清楚一点。至于给他们有灵智的劳动底机会这一层，可以量才让他们共同管理厂内等等的事务；对于有创造力底工人可以让给他们或是借给他们应用底工具和材料，或是教他们自己组织一个灵智劳动底团体，在那里头供给一切应用底东西，就不致于侵害到厂里资财。这样办起来，劳动者必不会觉得他们底工作所有的痛苦，而且要当工作是一件快乐的事。卖力底人和买力底人冲突也可以减少了。

以上几段话是专指着制造厂底劳动家说。其余底人因为劳动底形式不同，所以对待底方法也不能一样。大概在制造厂以外底劳动者比较容易感受快乐，也不必特别地替他们打什么算盘。此外可以说底还有灵智的制造厂——学校——底劳动问题：

现在的学校——中等教育以下居多——待遇学生有些地方和旧式的制造厂待遇工人底方法差不多。即如每日底功课几乎全是用脑底，至于注意身手底发达到底是很少；纵然有，也不过是一星期有四五时底体操和手工，——体操不能算为正式的劳动——还有些地方连手工也没有底。这样多用脑力底结果也是会变成机械的劳动，至终教学生感受痛苦底。普通的学生常不喜欢兵式体操，也是因为这样的操法含有机械性的原故。所以我们要想方法去增加学生在课内课外底灵智的劳动，和减少别的不关紧要底课程，教他们对于劳力所得底出品能够快快活活地享受；如果照着这样行，一定要比那有规则的体操和形式的手工还要强得多多哪。

总之，我们对于等等劳动底见解，必要看看它做创造的，和灵智的；而劳动底自身就是得着安乐底手段，在劳动底进行时也可以得着愉快。凡没有创造和灵智的能力底劳动，须要排斥它。那么，在劳动底时候虽然肉体上有时觉得不舒服，也不能因此就失掉快乐，而且会鼓励他在越困难底时候有劳动的精神。就使他自己暂时不能得安乐，也可以教他想着他底劳动是为公众的福利起见底。他看见众人得着安乐，也就把劳动底困难忘记了。

再结一句说：劳动底究竟是要得着安乐，而安乐又是随时伴着劳动而生底。记得番禺林伯桐先生底话："人生未必有不求乐者：以乐为乐，非知乐者也；以忧为乐，非可乐者也；乐之实在于能劳。……今夫农夫作劳，人人所知。当其耕耘，暑雨不敢避，饥渴不暇顾，其劳至矣。然计日以待其所劳劳者，未几而苗矣，而秀矣，而实矣。服田力劳，乃亦有秋则乐矣。岁晚务间，役车其休，诵蟋蟀之诗，歌瓠叶之章，则乐不可支矣。彼草之宅，禽之飨不能与良农同此乐者，由其不昏作劳耳……"（见《供冀小言·劳乐》）念这几句话，我们更可以理会劳动底究竟在一切的事情上头都是如此底。

（原刊 1920 年 4 月 11 日《新社会》第 17 号）

“五一”与“五四”

“五一”是劳动运动底纪念节；“五四”是学生运动底纪念节。两个节期底历史想读者诸君都十分知道，不必记者饶舌。现在要说底就是把这两个运动底成败略略地观察一下，教我们对于将来的进行不致于陷到一个盲动的地位。

“五一”运动比“五四”运动早三十多年，它底成绩和经验自然是深远得多，但“五四”运动在这一年所得底效果也有一点可说底。因为“五一”是世界的运动，而“五四”只是邦国的，所以它们底影响有大小底分别，它们底成绩虽然除掉年龄底关系也是不一样底。我们现在只可以在它们相同的标点中间把它们经过底成败情形提一提便了。

原来这两种运动都是根于反对强权——“五一”是反经济的强权，“五四”是反对政治的强权——而生底，所以它们相同底特点就是和强权争战。工人和学生为着将来社会底福利计，就起了一种救护的悲愿；因这个悲愿，就先后起了这两种底运动。我们从形式上看，这两种运动似乎是专为反对经济和政治底偏颇而生，但从精神上看去，就知道凡是强权不合人道底事情在这两种运动里头已经有了推倒它们底潜势力。这潜势力在工人和学生底自身大半也能够觉得出来。这势力虽想是推倒强权底利器，若是把它滥用起来，就变成阻碍它们进行底魔力了。

“五一”运动和“五四”运动底强处在能够指挥人人向文化运动那条路上前进，激动一般的野心家教他们觉悟。工人和学生底言论和行为虽然在很短的时间可以收着些微的效果，而要紧的地方却在自己底经验和学识底养成，他们底运动所以失败底原故，就是在主观方面忽略了，所以现在要说底不是赞美这两个运动底强处，乃是要把里头失败底根源摘出来，教我们不要因着成功就骄慢起来，而且忘记了自己软弱底地方。

我们由这两种运动底精神看去既然有相同底标点，那么它们容易显出来底弱点也是差不多底；现在就把它们相同底弱点略略地说几样：

（1）所求过奢　要得着大报酬自然先有大牺牲才成，工人和学生所用底示威运动老是脱不了“一本万利”底思想，他们指望借着小小的游行或罢工罢课就想得着他们理想中底大利益，孰不知所求底还得不到手，而自己底损失已经多到了不得！那班经济的和政治的野心家岂能因为这个就完全退让吗？工人方面对于资本家还有连带的关系，至于学生底功课上与不上在政治上有什么影响呢？结果不过是自己少得一点学问罢了。这都是根于小牺牲要得着大报酬底奢望来底，我们决要想别的法子替代它们才好。

（2）眼光不远　工人和学生因为种种运动得着目前底胜利，就陷在一个机械动作底地步。凡事都要去干涉，都要有表示，以为等等示威运动是万能的，只要一直地做去就可以得着他们所要求底。这不是别底毛病，就是自己学问不足，眼光不远，不能应付等等的事情，只想着用从前的举动来敷衍，结果必致失败底多而成功底少。所以无论等等举动都要把眼界放宽了才成，放宽眼界底利器最好的是有学问。可见工人不求学和学生罢课于事实上底益处是很少底，它会陷我们到一个狭陋的深坑里头。

（3）乏精进心　小成功是给人家懒惰底动原。在学生这面看，自“五四”运动以来学生所做底事情在图表上除了多办几份杂志外，其余如检货，讲演，自修，等等底曲线都是向下行底。这虽然是由于外面势力底压迫，但自己底惰性也不能不负一点责任。我们不能用明显的方法去讲演，或是找工夫自修，岂能因此就放弃了吗？我们不能想好的方法来继续我们底工作，就是我们没有精进心底原故。

（4）自私心重　有好些人都是要借着群众底名义来餍足自己底欲望。所以于自己有利底就拼命地去干，若是稍微不对也不惜用工夫去破坏它。用罢课这件事情来说，主事底明知是没有结局底，然而他们却要罢课，你道是什么原故呢？大概是因为他们好些功课补不上来，或是办事办得太累，不得已就出这个下策，教大家都陪他们歇息一下。这种心地，无论如何我必要说他们是自私底。工人底罢工有时也会陷在不顾社会安宁底地步，然而他们底自私却有不得已底苦衷，至于学生，又何必呢？

我将这几层说出来，是要指明我们底运动还不能完全，非得把等等的弱点改过来才可以，盼望以后“五一”和“五四”运动底精神能够彻底地发展，决不可再用罢工罢学来表现。

（原刊1920年5月1日《新社会》第19号）

“五七”纪念与人类

“五四”运动纪念底声浪刚刚过去，“五七”国耻纪念底声音又来了。这些纪念都是强权和帝国主义给我们底好礼物，我们应该时时牢记在心里底。

我们对于“五七”这一天切莫做成一种消极的和形式的纪念，也不要专想敌人底不对，因为这样一方面能够陷我们底精神于麻醉底地步，一方面会激动我们残忍、暴躁和复仇底凶德。我们要从积极的和精神的方面来纪念它，那就是，扶助自己底工商业，和鼓舞一般的人为民治的、和平的运动，教等等不合人道底主义在世界上绝迹。

我们常想着各国底国耻都是邦国的，甲国底耻就是乙国底荣，其实这意见是不对底。我想凡属羞耻底纪念都是人类的和世界的。怎样讲呢？我们试看那仗力欺人底恶徒，整天横冲直撞地闯祸，从没有见他所做底事就赞美他会欺凌人，反要怜悯他底兽性犹存，或是以与他同籍为耻，就是那恶徒底良心有时也会不安底。个人在社会上尚且如此，何况邦国呢？这样看来，甲国欺凌乙国不是甲乙二国底荣辱关系，乃是全世界底关系。进一步说，欺凌者底自身也要陷于羞耻底地步，因为今日的国家既要挂“文明”底招牌，自当服从世界的公义底仲裁，断不能再像野蛮的军国时代以诡谋或武力来待遇他国；若是用诡谋或武力来待遇他国，必不配称为文明的国家，所以说欺凌者底自身也不能免掉羞耻。

“五七”底纪念从这里想，就知道我们所受底委曲和羞辱不是我们自己底，不过是在人类共受底羞辱中间，我们多受几分便了。

我们不必为这个日子啼哭忧伤。应当把人道在昏睡之中摇醒，叫它起来将一切的耻厚灭掉。我们能够这样做，虽然是蒙羞，还是有福底。我们暂且把一切人类底羞耻负在背上罢！不要忘记了它们是我们底重荷。人类啊！把你们底羞耻暂时负起来，不要忘记了它们是催促世界进化底奋兴剂。

（原刊1920年9月1日《燕京大学季刊》第1卷第3号）

造成伟大民族底条件

——对北京大学学生讲

有一天，我到天桥去，看那班“活广告”在那里夸赞自己的货色。最感动我底是有一家剃刀铺底徒弟在嚷着“你瞧，你瞧，这是真钢！常言道：要买真钢一条线，不买废铁一大片”。真钢一条线强过废铁一大片，这话使我连想到民族底问题。民族底伟大与渺小是在质，而不在量。人多，若都像废铁，打也打不得，铸也铸不得，不成材，不成器，那有什么用呢？反之，人少，哪怕个个像一线底钢丝，分有分底用处，合有合的用处。但是真钢和废铁在本质上本来没有多少区别，真钢若不磨砺锻炼也可以变为废铁。废铁若经过改造也可以变为真钢。若是连一点也炼不出来，那只可称为锈，连名叫废铁也有点够不上。一个民族底存在，也像铁一样，不怕锈，只怕锈到底。锈到底的民族是没有希望底。可是要怎样才能使一个民族底铁不锈，或者进一步说，怎能使它永远有用，永远犀利呢？民族底存在，也像“逆水行舟，不进则退”，退到极点，便是灭亡。所以这是个民族生存底问题。

民族，可以分为两种，就是自然民族与文化民族。自然民族是“不识不知，顺帝之则”底。这种民族像蕴藏在矿床里底自然铁，无所谓成钢，也无所谓生锈。若不与外界接触，也许可以永远保存着原形。文化民族是离开矿床底铁，和族外有不断的交通。在这种情形底下，可以走向两条极端的道路。若是能够依民族自己的生活的理想与经验来保持他底生命，又能采取他民族底长处来改进他底生活，那就是有作为，能向上的。这样的民族底特点是自觉的，自给的，自卫的。若不这样，一与他民族接触，便把自己的一切毁灭掉，忘掉自己，轻侮自己，结果便会走到灭亡底命运。我们知道自古到今，可以够得上称为文化民族底有十个。

第一，苏摩亚甲民族（Sumerian Akkadian）[①]。这民族文化发展底最高点是从西纪前三二〇〇年到一八〇〇年。

第二，埃及民族（Egyptian）。发展底顶点是从西纪前二八〇〇年到一二〇〇年。

第三，赫代亚述民族（Hittite－Assyrian）。起自小亚细亚中部，最后造成大利乌王（Darius）底伊兰帝国。发展底顶点是从西纪前一八〇〇年到八〇〇年。

第四，中华民族。发展底顶点是从周到汉，就是西纪前一一二六年到西纪二二〇年。

第五，印度民族。发展的时代也和中华民族差不多，但是降落得早一点。

第六，希拉罗马民族。这两民族文化是一线相连底，所以可以当做一个文化集团看。发展底顶点是从西纪前约一二〇〇年起于爱琴海岸直到罗马帝国底末运，西纪二九五年。

第七，犹太天方民族。这民族底文化从西纪前六〇〇年起于犹太直到回教建立以后几百年间。

第八，摩耶民族（Maya）。发生于美洲中部，时间或者在西纪前六〇〇年，到新大陆被发现后，西班牙人把这民族和文化一齐毁灭掉。

第九，西欧民族。包括日耳曼，高卢，盎格鲁撒逊诸民族。发展底顶点从西纪九〇〇年直到现在。

第十，史拉夫民族。这民族底文化以俄罗斯为主，产生于欧战后，时间离现在太近，还不能定出发展底倾向来。

我们看这十个文化民族，有些已经消灭，有些正在衰落，有些在苟延残喘，有些还可以勉强支持，有些正在发生。在这十个民族

---

① 此处的苏摩亚甲及下文的赫代亚述、希拉罗马、摩耶、史拉夫，今一般译作苏美尔—阿卡德、赫梯—亚述、希腊罗马、玛雅、斯拉夫。

以外，当然还有文化民族，像日本民族，斯干地那维安民族，北美民族，等都是。但严格地说起来，维新以前底日本文化不过是中华文化底附庸，维新后又是属于西欧的。所以大和的文化或者还在孕育的时期罢。同样，北美和北欧底民族也是承受西欧底统系，还没有建立为特殊的文化。美利坚虽然也在创造新文化底行程上走，但时间仍是太短，未能如史拉夫民族那么积极和显明。此地并不是要讨论谁是文化民族和谁不是，只是要指出所举底民族文化发荣时期好像都在一千几百年间，他们底兴衰好像都有一定的条件。若合乎兴盛底条件，那民族便可以保存，不然，便渐次趋到衰灭。所以一种文化能被维持得越久长，传播越广远就够得上称为伟大。伟大的和优越的文化存在于伟大的民族中间。所谓伟大是能够包容一切美善的事物底意思，所谓优越是凡事有进步，不落后底意思。包容底范围有广狭，进步底程度有迟速，在这里，文化民族间底优劣就显出来了。进步得慢，包容得狭，还可以维持，怕底不能够容而且事事停顿。停顿就是退步，就容易被高文化底民族，甚至于野蛮民族所征服。然则要怎样才能使文化不停顿呢？不停顿的文化是造成伟大民族的要素。所以我们可以换一句话来问，要具什么条件才能造成伟大的民族？现在且分列在下面。

一　凡伟大的民族必拥有永久性底典籍和艺术

典籍与艺术是连续文化底线。线有脆韧，这两样也有久暂。所谓永久性是说在一个民族里，从他的世界观与人生观所产出底典籍多寓“恒久之至道，不刊之鸿教”(《文心雕龙·宗经》)；艺术作品在无论在什么时代都能“奋至德之光，动四气之和，以著万物之理”，乃至能使人间“耳目聪明，血气和平，移风易俗，天下皆宁”(《礼记·乐记》)。典籍和艺术虽然本身含有永久性，也得依赖民族自己底信仰，了解，和爱护才能留存。古往今来，多少民族丢了他们宝贵的文化产品，都由于不知爱惜，轻易舍弃。我们知道一个民族底礼教和风俗是从自有的典籍和艺术底田地发育而成底。外来的理想和信仰只可当做辅成的材料，切不可轻易地舍己随人。民族灭亡底一个内因，是先舍弃自己的典籍和艺术，由此，自己的礼俗也随着丧失。这样一代一代自行摧残，民族的特性与特色也逐渐消灭，至终连自己底生存也陷入危险的境地，所以永久性是相对的，一个民族当先有民族意识然后能保持他底文化的遗产。

二 凡伟大的民族必不断地有重要的发明与发见

学者每说“须要是发明之母”，但是人间也有很须要而发明不出来底事实。好像汽力和电力，飞天和遁地底器具，在各民族间不能说没须要。汽力和电力所以代身体的劳力，既然会用牛马，便知人有寻求代劳事物底须要，但人间有了很久的生活经验，却不会很早地梦想到利用它们。飞天和遁地底玄想早已存在，却要到晚近才实现。可见在须要之外，应当还有别的条件。我权且说这是“求知欲”与“求全欲”。人对于宇宙间底物与则当先有欲知底意志；由知而后求透澈的理解，由理解而后求完全的利用。要如此发明与发见才可以办到。凡能利用物与则去创物，既创成又能时刻改进，到完美地步都是求知与求全底欲望所驱使底。中华民族底发明与发见能力并不微弱，只是短少了求全底欲望，因此对于所创底物，所说底物，每每为盲目的自满自足。一样物品或一条道理被知道以后，再也没有进前往深追究底人。乃至凡有所说，都是推磨式的，转来转去，还是回到原来那一点上。血液循环底原理在中国早已被发见，但“运行血气”底看法于医学上和解剖学上没有多少贡献。木鸢飞天和飞车行空底事情，自古有其说，最多只能被认为世界最初会放风筝底民族，我们却没有发展到飞机底制造。木牛流马没有发展到铁轨车，火药没用来开山疏河，种种等等，并非不须要，乃因想不到。想不到便是求知与求全底欲望不具备底结果。想不到便是不能继续地发明与发见底原因。

然则，要怎样才能想得到呢？现代的发现与发明，我想是多用手的原故。人之所以为人，能用手是主要的条件之一。由手与脑连络便产生实际的知识。古代文明与现代文明底区分，只是偏重脑与偏重手底关系。古人以手作为贱役，所以说劳力者是役于人底。他们所注重底是思想，偏重于为人间立法立道，使人有文有礼，故此哲学文学艺术都有相当的成就。现代人不以手作劳动为贱役，他们一面用手，一面用心，心手相应底结果便产出纯正的科学。不用手去着实做，只用脑来空想，绝不会产生近代的科学。没有科学，发明与发见也就难有了。我们可以说旧文化是属于劳心不劳力底有闲者所产，而新文化是属心手俱劳底劳动者底。而在两者当中，偶一不慎便会落到一个也不忙，也不闲，庸庸碌碌，浑浑沌沌底窠臼里。在这样的境地里，人做什么他便跟着做什么；人说什么他便随着说什么。我们没有好名称送给这样的民族文化，只可说是“嘴唇文化”，“傀儡文化”，或“鹦鹉禅的文化”。有这样文化底民族，虽然可以享受别人所创底事物，归到根柢，他便会萎靡不振，乃至于灭亡，岂但弱小而已！

三　凡伟大的民族必具有充足的能力足以自卫卫人

一个伟大的民族是强健的，威武的。为维持正义与和平当具有充足的能力。民族底能力最浅显而具体的是武备，所以说，“兵者，国之大事，死生之地，存亡之道，不可不察也。”（《孙子·始计》）伟大民族底武备并不是率禽兽食人或损人肥己底设施。吴起说兵底名有五种：“一曰义兵，二曰强兵，三曰刚兵，四曰暴兵，五曰逆兵。禁暴救乱曰义；恃众以伐曰强；因怒兴师曰刚；弃礼贪利曰暴；国乱人疲，举事动众曰逆。”（《吴子·图国》）战争是人类还没离禽兽生活底行为，但在距离大同时代这样道阻且长的情形底下，人不能不戒备，所以兵是不可少的。禁暴救乱是伟大民族底义务。他不能容忍人类受任何非理的摧残，无论族内族外，对于刚强暴逆诸兵，不恤舍弃自己去救护。要达到这个地步，民族自己的修养是不可缺乏底。他要先能了解自己，教训自己，使自己底立脚处稳固，明白自己所负底责任，知道排难解纷并不是由于恚怒和贪欲，乃是为正义上的利人利己。我们可以借佛家底教训来说明自护护他底意义。“若自护者，即是护他；若护他者，便成自护。云何自护即是护他？自能修习。多修习故，有所证悟。由斯自护，即是护他。云何护他便成自护？不恼不恚，无怨害心，常起慈悲，愍念于物。是名护他变成自护。”（《有部毗奈耶下十八》）能具有这种精神才配有武备。兵可以为义战而备，但不一定要战，能够按兵不动，用道理来折服人，乃是最高的理想。孙子说：“百战百胜，非善之善者也；不战而屈人之兵，善之善也。”（《谋攻》）这话可以重新地解说。我们生在这有武力才能讲道义底时代，更当建立较高的理想，但要能够自护才可以进前做。如果自己失掉卫护自己底能力那就完了。摩耶民族底文化被人毁灭，未必是因为当时底欧洲人底道德高尚或理想优越，主要原因还是自卫底能力低微罢了。

四　凡伟大的民族须有多量的生活必须品

物质生活是生物绝对的需要。所以天产底丰敛，与民族生产力底强弱，也是决定民族命运底权衡。我们可以说凡伟大的民族都是自给的，不但自给，并且可以供给别人。反过来说，如果事事物物仰给于人，那民族就像笼中鸟，池里鱼，连生命都受统制，还配讲什么伟大？假如天赐底土地不十分肥沃，能进取底民族必要用心手去创造，不达到补天开物底功效不肯罢休。就拿粮食来说罢，“民以食为天”，没得粮食是变乱和战争底一个根源。若是粮食不足，老向外族求籴，那是最危险不过底事。正当的办法是尽地力，尽天工，尽人事。能使土地生产量增加是尽地力。能发见和改善无用的植物使它们成为农作物是尽天工。能在工厂里用方法使一块粘土在很短的期间变成像面粉一样可以吃得底东西是尽人事。中华古代底社会政策在物质生活方面最主要的是足食主义。“国无九年之蓄曰不足；无六年之蓄曰急；无三年之蓄曰国非其国也。”（《礼记·王制》）无三年之蓄即不能成国，何况连一日之蓄都没有呢？在理想上，应有九年之蓄，然后可以将生产品去供给别人，不然，便会陷入困难的境地，民族底发展力也就减少了。

五　凡伟大的民族必有生活向上底正当理想，不耽于物质的享受

物质生活虽然重要，但不能无节制地享用。沉湎于物质享受底民族是不会有高尚的理想底。一衣一食，只求其充足和有益，爱惜物力，守护性情，深思远虑，才能体会他和宇宙的关系。人类底命运是被限定的，但在这被限定底范围里当有向上底意志。所谓向上是求全知全能底意向，能否得到且不管它，只是人应当努力去追求。为有利于人群，而不教自己或他人堕落与颓废底物质享受是可以有底。我们也可说伟大的民族没有无益的嗜好，时时能以天地之心为心。古人所谓“明明德，止至善”，便是这个意思。我信人可以做到与天同体，与地合德底地步，那只会享受不乐思惟底民族对于这事却不配梦想。

六　凡伟大的民族必能保持人生底康乐

人生底目的在人人能够得到安居乐业。人对于他底事业有兴趣才会进步。强迫的劳作或为衣食而生活是民族还没达到伟大的境地以前所有底事情。所谓康乐并不是感官的愉快，乃是性情底满足，由勤劳而感到生活底兴趣。能这样才是真幸福。在这样的社会里，虽然免不了情感上的与理智上的痛苦，而体质上的缺陷却很少见。

到这境地人们底情感丰富，理智清晰，生无贪求，死无怨怼，他们没有像池边底鹭鸶或街旁底瘦狗那样底生活。

以上六条便是造成伟大民族底条件。现存的民族能够全备这些条件底，恐怕还没有。可是这理想已经存在各文化民族意识里，所以应有具备底一天。我们也不能落后，应当常存着像《礼记·杂记》中所记底“三患”和“五耻”底心，使我们底文化不致失坠。更应当从精神上与体质上求健全，并且要用犀利的眼，警觉的心去提防克服别人所给底障碍。如果你觉得受人欺负而一时没力量做什么，便大声疾呼要“卧薪尝胆”，你得提防敌人也会在你所卧底薪上放火，在所尝底胆里下毒药。所以要达到伟大底地步，先得时刻警醒，不要把精力闲用掉，那就有希望了。

冰森对我说这稿曾有笔记稿寄到报馆去，因为详略失当，错漏多有，要我自己重写出来。写完之后，自己也觉得没有新的见解，惭愧得很，请读者当随感录看吧。

作者附记

（原刊1935年2月8日《北晨学园》，收入《杂感集》）

英雄造时势与时势造英雄

在危急存亡的关头容易教人想到英雄，所以因大风而思猛士不独是刘邦一个人底情绪①，在任何时代都是有底。我们底民族处在今日的危机上，希望英雄底出现比往昔更为迫切。但是“英雄”这两个字底意义自来就没有很明确的解释，因此发生这篇论文所标底问题——到底英雄是时势造底呢？还是时势是英雄造底呢？“英雄”这两个字底真义须要详细地分析才能得到。固然我们不以一个能为路边底少女把宝饰从贼人底手里夺回来底人为英雄，可是连这样的小事都不能做底有时候也会受人崇拜。在这里，我们不能不对于英雄底意义画出一个范围来。

古代的英雄在死后没有不受人间底俎豆，崇拜他们为神圣底。照《礼记·祭法》底规定，有被崇拜底资格底不外是五种。第一是“法施于民”底，第二是“以死勤事”底，第三是“以劳定国”底，第四是“能御大灾”底，第五是“能捍大患”底。法施于民是件使民有所，能依着他所给底方法去发展生活，像后稷能殖百谷，后土能平九州，后世底人崇祀他们为圣人。（所谓圣人实际也是英雄底别名。）以死勤事是能够尽他底责任到死不放手，像舜死在苍梧之野，鲧死于洪水，也是后世所崇仰底圣人。以劳定国是能以劳力在国家危难底时候使它回复到平安底状态，像黄帝，禹汤底功业一样。御大灾，捍大患，是对于天灾人患能够用方法抵御，使人民得到平安。这些是我们底祖先崇拜英雄底标准。大体说起来，

---

① 相传刘邦作有《大风歌》，其辞曰：“大风起兮云飞扬，威加海内兮归故乡，安得猛士兮守四方。”

以死勤事，是含有消极性底，以劳定国，能御大灾，捍大患，也许能用自己底智能，他们是介在消极与积极中间底。惟有法施于民底才是真正的圣人，他必需具有超人的智能才成。

看来，我们可以有两种英雄：一是消极的。二是积极的。消极的英雄只是保持已成的现状，使人民过平安的日子，教他们不受天灾人患底伤害，能够在不得已的时候牺牲自己的一切。积极的英雄是能为人群发明或发现新事和新法度，使他们能在停滞的生活中得到进步，在痛苦的生活中减少痛苦，换一句话，就是，他能改造世界和增进人间的幸福。今日一般人心目中底英雄多半不是属于第二类，并且是属于第一类中很狭窄的一种，就是说，只有那为保护人民不惜生命底战士才被称为英雄。这种英雄不一定能造时势，甚或为时势所造。因为这类底英雄非先有一个时势排在他面前，不能显出他底本领，所以时势底分量比英雄本身来得重些。反过来说，积极的英雄并不等到人间生活发生什么障碍，才把他制造出来。人们看不到底痛苦，他先看到，人们还没遇到困难，他先想象出来。他在人们安于现成生活底时候他们创制新生活，使他们向上发展。也许时势造出来底英雄也能达到这个目的，但是可能性很小。

真英雄必定是造时势者。时势被他造得成与不成，于他底英雄本色并无妨碍，事底成败不足为英雄底准度。通常的见解每以为成功者便是英雄，那是不确的。成功或由于机会好。“河无大鱼，小虾称王”，在一个没有特出人才底时境，有小本领便可做大事。这也是时势所造底一种英雄。还有些是偶然的成功，作者本身也梦想不到他会有那么样底成就。他对于自己的事业并没有明了的认识，也没有把握，甚至本来是要保守，到头来却变成革命，因为一般的倾向所归，他也乐得随从。这也是时势所造底一种英雄。还有些是剥削或榨取他人底智力或体力来制造自己的势力和地位。他的成功与受崇敬完全站在欺骗和剥削底黑幕前面。有时自己做不够，还要自己底家人亲戚来帮他做，揽到国家大权，便任用私人，培植爪牙。可怜的是浑浑沌沌的群众不会裁制他，并不是他真有英雄底本领。这也是时势所造底一种英雄。

我们细细地把历史读一遍，便觉得时势所造底英雄比造时势底英雄更多。这中间有一条很大的道理。我们姑且当造时势底英雄是人间所需求底真英雄，而这种英雄本是天生的。真英雄是超人，但假英雄或拟英雄也许是中人以下底“下人”（Underman）。所谓假英雄是指那班偶然得到意外的成功底投机家而言。所谓拟英雄是指那班被时势所驱遣，迫得去做轰轰烈烈的事业底苦干者而言。所谓下人是对于超人而言。他的智力与体质甚至不及中人。在世间里，中人都很少，超人更谈不上，等到黄河清也不定等得到一个出现。人间最可怜悯的是下人太多，尤其是从下人中产生出来底英雄比较多。这类的英雄若是过多，就于国族有害。怎么讲呢？因为他们没有中人底智力而作超人底权威，自我的意识太重，每持着群众的生命财产智能是为他们底光荣和地位而有底态度。这样损多数人以利少数人底情形便是封建制度。英雄与封建制度本来有密切的关系，但这里应当分别底是古代的封建英雄于其同时底一般群众中确实具有超人的能力，而现代的封建英雄只是靠机缘。哪怕他是乳臭未除，只要家里有人掌大权，他便是了不得的人物。哪怕他智能低劣，只要能够联络权要，他便是群众底领袖。他底方法是利用新闻和金钱来替他鼓吹，甚至神化一个过去的人物来做他底面具。一个人生时碌碌无奇，死后或者会被人当做“民族英雄”来崇拜，其原因多半在此。这类神化的民族英雄实际等于下劣民族底咒物。今日全世界人类底智力平均起来恐怕不及高等小学底程度，所以凡有高一点的知识而敢有所作为底都有做领袖或独裁者底可能。不过这并不是群众底福利。我们讲英雄底事业应当以全世界民众底福利为对象，损人利己固不足道，乃至用发展自己民族底口号去掠夺他民族底土地底也不能算是英雄。今日世界时局底困难多半由于这类的英雄所造成。如果我们缩小范围来讲一下我们底英雄，我们也会觉得有许多是下人中所产出是。他们底要求是金钱与名誉。金钱可以使他们左右时势，若说他们是造时势底英雄，其原动力只是这样，并非智能。名誉使他们享受群众底信仰，欺骗到万古流芳底虚荣。他们底要求既是如此低下，无怪他们只会把持武力，操纵金融，结党营私，持权逐利，毁群众底福利来增益自己。他们只会享受和浪费，并无何等远虑，以善巧方便得到金钱名誉之后，便走到海外去做寓公，将后半生事业付与第二帮民贼。

我们讲到假英雄之多，便想到在人群中是否个个有做英雄底可能。现在人间还是在一个不平等的情况底下过日子。不但是人所享受底不平等，最根本的是智力与体力底差异太甚。英雄是天生吗？不。英雄是依赖先天的遗传与后天的训练所造成底。英雄是有种的。我们应当从优生学的原理研求人种底改善，凡是智力不完，体质有亏的父母都不许他们传后代。反之，要鼓励身心健全的男女多从事于第二代民众底生育。这样，真英雄底体质与理智底基础先打稳固，造成英雄底可能性便多。否则生来生去，只靠“碰彩”，于人间将来的改进是毫无把握底。第二步还要使社会重视生育，好种底男女一生下来当要特意看护他们，注意训练他们，使他们底身心得以均衡地发展。现在已有科学家注意到食物与体质性格与寿命底关系，可是最重要的还是选种，否则用科学方法来培养下人，延长他们底生命，使他们剥削群众底时间更长，那就不好了。

真英雄是不受时势所左右底。因为他是一个“形全于外，心全于中”底人，他底主见真而正，他底毅力恒而坚。他能时时检察自己，看出自己底弱点，而谋所以改善底步骤。事业底成败不是他所计较底，惟有正义与向上是要紧的。今日我们所渴望底是这样的英雄。我们对于强敌底侵略，所希望底抗敌英雄也要属于这一类底人物。战争在假英雄底眼光里是赌博底一种，但在真英雄底心目中，这事是正义底保障。为正义而战，虽不胜也应当做，毫无可疑的。

最后，我们还是希望造时势底英雄出现，惟有他才能拯民众于水火之中。等到人人底智力能够约束自己与发展自己，人间真正平等出现底时候，我们才不需要英雄。英雄本是蛮社会遗下底名目，在智能平均与普遍发展像蜂蚁底社会可以说个个都是英雄，因为其中没有一个不能自卫，没有一个不能为群众牺牲自己。所以我想无论个个人达到身心健全，能利益群众底时代是全英雄时代，也是无英雄时代。

这篇是去冬在广州岭南大学底演讲稿，没工夫多写，未能详尽地发挥，抱歉之至。

（原载1938年3月《大风》旬刊第3期，收入《杂感集》）

“七七”感言

欧洲有些自然科学家，以为战争是大自然底镰刀，用来修削人类中底枯枝败叶底。我不知道这话底真实程度有多高，我所知底是在人类还未达到“真人类”底阶段，战争是不能避免底。这所谓“真人类”，并非古生物学的，而是文化的。文化的真人是与物无贪求，于人无争持底。因为生物的人还没进化到文化的人，所以他底行为，有时还离不开畜道。在畜道上才有战争，在人道与畜道相遇时也有战争。畜生们为争一只腐鼠，也可以互相残啮到膏滴血流，同样地，它们也可以侵犯人。它们是不可以理喻底。在人道底立脚点上说，凡用非理的暴力来侵害他人底，如理论道绝底期候，当以暴力去制止它，使畜道不能在光天化日之下猖獗起来。

说了一大套好像不着边际底话，作者到底是何所感而言呢！他觉得许多动物虽名为人，而具有牛头马面狼心狗肺底太多，严格说起来还不能算是人，因此连想到畜道在人间底传染。童话里底“熊人”，“虎姑”，“狐狸精”，不过是“畜人”。至于“人狼”，“人狗”，“人猫”，“人马”，这简直是“人畜”。这两周年底御日工作也许会成将来很好的童话资料，我们理会暴日虽戴着“王道”底面具，在表演时却具足了畜道底特征。我们不可不知在我们中间也有许多堕在畜道上。此中最多的是“狗”和“猫”。我们中间底“人狗”、“人猫”，最可恶的有吠家狗引盗狗，饕餮猫与懒惰猫。两年间的御日工作可以说对得人住，对得祖宗天地住。但是对于打狗轰猫这种清理家内底工作却令人有点不满意。

在御×工作吃紧底期间，忽然从最神圣的中枢里发出类乎向×

乞怜底狺声，或不站在自己底岗位，而去指东摘西底，是吠家狗。甘心引狼入宅，吞噬家人底是引盗狗。我们若看见海港里运来一切御×时期所不需底货物，尤其是从“××船”来底，与大批的原料运到东洋大海去，便知道那是不顾群众利益，只求个人富裕底饕餮猫底所行。用公款做投机事业，对于国家购入底品物抽取回扣，或以劣替优，以贱充贵，也是饕餮猫底行径。具有特殊才干，在国家需要他底时候，却闭着眼，抚着耳，远远地躲在安全地带，那就是懒惰猫。这些人狗，人猫，多如牛毛，我们若不把它们除掉就不能脱离畜道在家里横行，虽有英勇的国士在疆场上与狼奋斗着，也不能令人不起功微事繁底感想。所以我们要加紧做打狗轰猫底工作。

又有些人以为民众知识缺乏，所以很容易变成迷途的羔羊，而为猫狗甚至为狼所利用。可是知识是不能绝对克服意志底，我们所怕底是意志薄弱易陷于悲观底迷途的牧者。在危难期间，没有迷途的羔羊，有底是迷途的牧者。我底意思不是鼓励舍弃知识，乃是要指出意志要放在知识之上，无论成败如何，当以正义底扶持为准绳，以人道底出现为极则。人人应成为超越的男女，而非卑劣的羔羊。人人在力量上能自救，在知识上能自存，在意志上能自决，然后配称为轩辕底子孙。这样我们还得做许多积极工作。一方面要摧毁败群的猫狗，一方面要扶植有为的男女，使他们成为优越的人类，非得如此，不能自卫，也不能救人，不配自卫，也不配救人。所以此后我们一部分的精神应贯注在整理内部，使我们底威力更加充实。那么，就使那些比狼百倍厉害底野兽来侵犯我们，我们也可以应付得来。为人道努力底人们，我们应当在各方面加紧工作，才不辜负两年来为这共同理想而牺牲底将士和民众。

（原刊 1939 年 7 月 7 日香港《大公报》，收入《杂感集》）

今　天

陈眉公先生曾说过①，“天地有一大帐簿：古史，旧帐簿也；今史，新帐簿也。”他底历史帐簿观，我觉得很有见解。记账底目的不但是为审察过去的盈亏来指示将来的行止，并且要清理未了底账。在我们底“新帐簿”里头，被该底账实在是太多了。血账是页页都有，而最大的一笔是从三年前底七月七日起到现在被掠去底生命，财产，土地，难以计算。我们要擦掉这笔账还得用血，用铁，用坚定的意志来抗战到底。要达到这目的，不能不仗着我们底“经理们”与他们手下底伙计底坚定意志，超越智慧，与我们股东底充足的知识，技术，和等等底物质供给。再进一步，当要把各部分底机构组织到更严密，更有高度的效率。

“文官不爱钱，武将不惜死”底名言是我们听熟了底。自军兴以来，我们底武士已经表现他们不惜生命以卫国底大牺牲与大忠勇的精神。但我们文官底中间，尤其是掌理财政底一部分人，还不能全然走到“不爱钱”底阶段，甚至有不爱国币而爱美金的。这个，许多人以为是政治还不上轨道底现象，但我们仍要认清这是许多官人底道德败坏，学问低劣，临事苟办，临财苟取底结果。要擦掉这笔“七七”底血账，非得把这样的坏伙计先行革降不可。不但如此，在这抵抗侵略底圣战期间，不爱钱，不惜死之上还要加上勤快和谨慎。我们不但不爱钱，并且要勤快办事；不但不惜死，并且要谨慎作战。那么，日人底凶焰虽然高到万丈，当会到了被扑灭底

① 陈眉公：即陈继儒（1558—1639），明代文学家、书画家。字仲醇，号眉公。有《陈眉公全集》传世。

一天。

在知识与技术底供献方面，几年来不能说是没有，尤其是在生产底技术方面，我们的科学家已经有了许多发明与发现（请参看卓芬先生底近年生产技术的改进。香港《大公报》二十九年七月五日特论）。我们希望当局供给他们些安定的实验所和充足的资料，因为物力财力是国家底命脉所寄，没有这些生命素，什么都谈不到。意志力是寄托在理智力上头底。这年头还有许多意志力薄弱的叛徒与国贼民贼底原因，我想就是由于理智底低劣。理智低劣底人，没有科学知识，没有深邃见解，没有清晰理想，所以会颓废，会投机，会生起无须要的悲观。这类底人对于任何事情都用赌博底态度来对付。遍国中这类赌博底人当不在少数。抗战如果胜利，在他们看来，不过是运气好，并非我们底能力争取得来底。这样，哪里成呢？所以我们要消灭这种对于神圣抗战底赌博精神。知识与理想底栽培当然是我们动笔管底人们底本分。有科学知识当然不会迷信占卜扶乩，看相算命一类的事，赌博精神当然就会消灭了。迷信是削弱民族意志力底毒刃，我们从今日起，要立志扫除它。

物质的浪费是削弱民族威力底第二把恶斧。我们都知道我们是用外货底国家，但我们都忽略了怎样减少滥用与浪费底方法。国民底日用饮食，应该以“非不得已不用外物”为宗旨。烟酒脂粉等等消耗，谋国者固然应该设法制止，而在国民个人也须减到最低限度。大家还要做成一种群众意见，使浪费者受着被人鄙弃底不安。这样，我们每天便能在无形中节省了许多有用的物资，来做抗建底用处。

我们很满意在这过去的三年间，我们底精神并没曾被人击毁，反而增加更坚定的信念，以为民治主义底卫护，是我们正在与世界底民主国家共同肩负着底重任。我们底命运固然与欧美的民主国家有密切的联系，但我们底抗建还是我们自己的，稍存依赖底心，也许就会摔到万丈底黑崖底下。破坏秩序者不配说建设新秩序。新秩序是能保卫原有的好秩序者底职责。站在盲的蛮力所建底盟坛上底自封自奉的民主，除掉自己仆下来，盟坛被拆掉以外，没有第二条路可走，因为那盟坛是用不整齐，没秩序和腐败的砖土所砌成底。我们若要注销这笔“七七”底血账，须常联合世界的民主工匠来毁灭这违理背义的盟坛。一方面还要加倍努力于发展能力底各部门，使自己能够达到长期自给，威力累增底地步。

祝自第四个“七七”以后的层叠胜利，希望这笔血账不久会从我们底新帐簿擦除掉。

（原刊 1940 年 7 月 7 日香港《大公报》，收入《杂感集》）

谈《菜根谭》

《大公晚报》近日连刊一部旧书名叫《菜根谭》。这部书对于个人的修养上很有益处。在十四岁的时候，我第一次读它，到现在还有好些教训盘据在心中。我最初读的是一部日本人著的《菜根谭通解》，当时虽不全看得懂，却也了解了不少。

这书是明朝万历年间的洪应明所著的①。应明字自诚，号还初道人，家世事业，无传可稽。他的著作现存的有《仙佛奇踪》四卷和《菜根谭》二卷。《仙佛奇踪》，《四库全书》收入小说家类，前二卷记仙事，后二卷记佛事，可知作者是个精研佛道的人。这书与《菜根谭》一卷同被收入民国十六年涉园排归的《喜咏轩丛书》戊编里。《菜根谭》的刊本很多，内容也有增减。道光十三年北京红螺山资福寺翻刻乾隆三十三年岫云寺本，名《重刻增订菜根谭》分为五篇：修省四十二章，应酬五十八章，评议五十二章，“闲适”五十章，“概论”二百零三章，共四百零五章。光绪二年刊本分为前后集二卷，前集说处世要诀，二百四十章，后集示守静修德的要谛，一百三十四章。全书共三百五十八章。各刊本的章数颇有加减，我所见最多的是岫云寺本。

《菜根谭》的命名是取宋汪革所说“能咬得菜根断，则百事可做”的语意。全书咀嚼儒释道三教的要旨，教人以处世与自处的方法。论它的性质是格言；论它的谈吐是从晋代的清谈演变出来的。自诚能把三教教理融溶在一起，读起来感觉得作者的文章的超脱而

① 洪应明：明代文人，大约生活于明万历年间，早年热衷于仕途功名，晚年归隐山林，洗心礼佛。

有风韵。全书用押韵与对类写成，辞句的秀丽，意义的幽奥，真可以令人一诵一击节，一读一深思。不过里头有些是消极的格言与闲人的哲学，很不适于向上思想的。“评议”第二十章：“廉官多无后，以其太清也。痴人每多福，以其近厚也。故君子虽重廉介，不可无含垢纳污之雅量；虽戒痴顽，亦不必有察渊洗垢之精明。”应酬第三十八章：“‘随缘’便是遣缘，似舞蝶与飞花共适。顺事自然无事，若满月偕盂水同圆。”“闲适”第二章：“世事如棋局，不着的才是高手。人生似瓦盆，打破了方见真空。”第五十章：“夜眠八尺，日啖二升，何须百般计较？书读五车，才分八斗，未闻一日清闲。”诸如此类的文句很多，读过了很易令人发起消极的反感，所以我主张选载比较全刊好些。

（原刊 1940 年 9 月 27 日香港《大公报》，收入《杂感集》）

青年节对青年讲话

在二十二年前底今日也是个星期日，我还在燕京大学读书。当日在天安门聚齐，怎样向东交民巷交涉，怎样到栖凤楼去，到现在还很明显地一桩一件出现在我底回忆里。不过今天我没工夫对诸位细说当日底情形与个人底遭遇，所要说底只是“五四”运动底意义，与今后我们青年人所当努力底事情。大学生对于社会与政治底关心，是我们自古以来底传统理想，因为求学目的是在将来能为国家服务，同时也是训练各人对于目前的政治与社会问题底态度与解答。当国家在危难时期，尤其需要青年对于种种问题，与实况有深切的了解与认识。他们得到刺激之后，更能为国认真向学，与努力做人。我们常感觉到年长的执政们，有时候脑筋会迟钝一点，对于当前问题底感觉未必会像青年人那么敏锐，又因为他们底生活安定了，虽然经验与理智告诉他们应当怎样做，他们却不肯照所知所见，与所当走底路途去做去行。因此，青年人底政治意见底表示，就很可以刺激他们，使他们详加考虑和审慎地决断。“五四”运动底意义是在这点上头，不幸事件底发生，不过是偶然的。若以打人烧屋来赞扬“五四”运动当日底学生，那就是太低看了那次底学生行为了。

“五四”运动底光荣是过去了。好汉不说当年勇，我们有为的青年应当努力于现在与将来，使中国能够发展成为一个近代的国家。我每觉得我们国民底感觉太迟钝，做事固然追不上时间，思想更不用说，在教育界中间甚至有些人一点思想，一毫思想都没有。教书底人没有教育良心，读书底人没有学习毅力，互相敷衍，互相标榜，互相欺骗。当日“五四”底学生，今日有许多已是操纵国运底要人，试问他们有了什么成绩，有许多人甚且回到科举时代底习尚，以为读书人便当会做诗，写字，绘画，不但自己这样做，并且鼓励学生跟着他们将有用的时间，费在无用或难以成功底事情上。他们盲目地鼓吹保存国粹，发展中国固有文化，不知道他们所保存底只是国渣滓而已。试拿保存中国文字一件事来说，我如果不认定文字不过是传达思想底工具，就会看它为民族底神圣遗物，永远不敢改变它，甚至会做出错误的推理说，有中国文字然后有中国文化，但是我们要知道中国文字并未发展到科学化的阶段便停止了。生于现代而用原始的工具，无论如何是有害无利的。现代的文明是速度的文明，人家底进步一日万里，我们还在抱残守阙，无论如何，是会落后的。中国文字不改革，民族底进步便无希望。这是我敢断言底。我敢再进一步说，推行注音字母还不够，非得改用拼音字不可。现在许多青年导师，不但不主张改革中国文字，反而提倡书法，以为中国字特别具有艺术价值，值得提倡。说这样话底人们，大概没到过欧美图书馆去看看中古时代，僧侣们写底圣经和其他稿本。写的文字形式一样可以令人发生美感。古人闲得很，可以多用工夫消磨在写字上。现代人若将时间这样浪费，那就不应当了。文字形式底美，与其他器具，如椅桌等底一样，它底美底价值与纯艺术，如绘画雕刻等不同，因为它主要目的在用而不在欣赏。我们要将用来变成欣赏也未尝不可，甚至欣赏到无用而有害的东西，如吸烟，打麻啡之类，也只得由人去做，不过不是应当青年人提倡底种种。近日有人教狗虱做戏，在技巧方面说是可以的，若是当它做艺术看那就太差了。提倡书法也与提倡做狗虱戏一样无关大雅，近日人好皮毛的名誉，以为能写个字，能画两笔，便是名家。因此，不肯从真学问处下工夫，这是太可惜太可怜了。

青年节是含有训练青年人底政治意识与态度底作用底。我们底民族正入到最危难的关头，国民对于民族生存底大目标固然要一致，为要达到生存底安全也要一致地努力，但对于国家前途底计划，意见纵然不一致，也当彼此容忍，开诚布公，使磨擦减少。须知我们自己若不能相容，我们便不配希望人家底帮助与同情。我们对内底严重症结在贪污与政治团体底意见分歧与互相猜忌，国防只是党防，抗战不能得预期的效果多半是由于被上头所指出底贪污底绳与猜忌底索的绊缠。这样下去，那能了得？前几日偶然翻到日本平凡社刊行底百科大事汇，在缅甸一条里，论者说缅甸人性好猜忌，是亡国民族底特征。编者对缅甸人底观察与判断我不敢赞同。但亡了国之后，凡人类所有的劣根性都会意外地被指摘出来。我也承认亡国民族有他底特征，而这些都是积渐发展而来底。前七八年我写了一篇伟大民族底条件底论文，在北平晨报发表过，我底中心意见是以为伟大民族不是天生成的，须要劣根性排除，自己努力栽培自己使他习惯成自然，自然就会脱离蛮野人与鄙野人底境地。我现在要讲亡国民族底特征，除了上头所讲底两点以外，我们可以说还有五点。一，嫉妒。没落的民族底个人总是希望人家底能力学力等等都不如他。凡有比他好的，就是一分一毫，他也很在意。他专会对别人算帐，自己的胡涂帐却不去问，总要拿自己来与人家比，看不得一件好事情一个好见地给别人做了或提出来了，他非尽力破坏不可。这是亡国民族底一个特征。二，好名。亡国民族底个人因为地位上已有高下，尤其喜欢得着虚名，但由自己的努力得来底名誉是很少见的。名誉底来到，多是由于同党者底互相标榜。做事不认真，却要得到人家底赞美。现在单从学术的研究来说，我们常常看见报上登载底某某发明什么东西比外国发明更好。更好，固然是应该，但要不鼓吹。东西真是超越，也不必鼓吹。而且许多与国防上有关底发明，若是这样大吹大擂地刊报出来，岂不是大有损害？我们看见这样大吹大擂底报，总会感觉到只是发明家底好名，并非他真有所发明。三，无恒。亡国底民族个人多半不肯把一件事情做好。他做事多半为名为利，从不肯牢站在自己的岗位。凡事，只要能使他底生括安适一点，不一定是能使他底事业更有成就底，他必轻易地改变他底职业。这样永远只能在人支配之下讨生活，永不会有什么成就底。四，无情。中国一讲到无情便连想到无义，所以无情无义是相连的。一个人对别人底痛苦艰难，毫不关心，甚至只知道自己的利益与安适，不顾全大局，间接地吃人肉，直接地掠人财。在这几年底抗战期间，出了一批发国难财底“官商”，与“商官”！他们底假公济私，对于民众需要的生存与生活资料用巧妙的方法榨取与禁制，凡具有些少人心底人，对于他们无不痛恨。这种不同情心底情形，在亡国底民族中更显现得明白。五，无理想。每一个生存着和生长着底民族必定有他底生存理想。远大的理想本来不容易生产，不过要有民族永远的生存就得立一个共同的理想。在亡国民族中间，“理想”是什么还莫名其妙，那讲什么理想呢？因为自己没有理想，所以自己的行为便翻来覆去，自己的言论便常露出矛盾的现象。女人们都要争妇女地位，反对纳妾，可是有多少受高等教育底女子们，愿意去做大官阔贾底“夫人”，只要“如”字不要，便可以自欺欺人。她们反对男子纳妾，自己却甘心作妾。还有许多政客官僚，为自己底地位与权力，忘记了他们平日底主张，在威迫利诱之下，便不顾一切，去干卖国卖群底勾当。“五四”时代热心青年中间不少是沉沦了底，这里我也不愿意多说了。

以上所讲底几点，不是说我们底民族中间都已有了这些特征，只是为要提醒我们，教大家注意一下。我们不要想着亡了国是和古时换了一个朝代一样。现代的亡国现象，决不是换朝代，是在种族上被烙上奴隶底铁印，子子孙孙永远挣扎不起来。在异族统治底下，上头所举底几个劣根性，要特别地被发展起来。颓废的生活，自我的享受，成为一般亡国民族底生活型。因为在生活底，进展底机会上，样样是被统治了底。第一是学术统制。近代的国家，感觉到将来的战争会趋于脑力高下底争斗，凡有新知识，已经秘藏了许多。去外国留学已不如从前，那么容易得人家底高深学问，将来可以料想得到，除掉街头巷尾可以买得到底教科书以外，稍为高等和专门一点的书籍，恐怕也要被统制起来，非其族人，决不传授。这样的秦皇政策，我恐怕在最近就会渐渐施行起来底。学力比人差，当然得死心塌地地受人家支配，做人家底帮手。第二是职业会受统制。就使你有同等学力与经验，在非我族类底原则底下，你是不能得到相当的职业底。有许多事业，人家决不会让你去做，一个很重要的机关，你当然不能希望进得去那门槛。就是一件普通的事业，也得尽先用自己的人，这样你纵然有很大的才干，也是没有机会发展出来了。第三是经济的统制。在奴主关系民族中间，主民族底生活待遇不用说是从奴民族榨取底。所以后者所受底待遇决不能比前者好。主人吃的是肉，狗啃底是骨头，是永世不易的公例。经济能力由于有计划底统制，越来便会越小，越小就越不敢生育。纵使生育子女，也没有力量养育他们，这样下去，民族底生存便直接受了影响。数百年后，一个原先繁荣底民族，就会走到被保存底地步。我很怕将来的中华民族也会像美洲底红印第安人一样，被划出一个地方，作为民族底保存区域，留一百几十万人，作为人类过去种族与一种文化民族遗型，供人家底学者来研究。三时五时到那区域去，看看中国人怎样用毛笔画小鸟，写草字，看看中国人怎样拜祖先和打麻雀。种种色色，我不愿意再往下说了。我只要提醒诸位，中国底命运是在青年人手里。青年现在不努力挣扎，将来要挣扎就没有机会了。将来除了用体力去换粥水以外，再也不能有什么发展了。我真是时时刻刻为中国底前途捏一把冷汗。

青年节本不是庆祝的性质，我们不是为找开心来底。我们要在这个时节默想我们自己的缺点，与补救底方法。我们当为将来而努力，回想过去，乃是帮助我们找寻新路径底一个方法。所以青年节对于我们是有意义底。若是大家不忘记危亡底痛苦，大家努力向前向上，大家才配纪念这个青年节。我们可以说“五四”过去的成绩，是与现在的青年没有关系底。我们今后底成绩，才与现在青年节有关系。

（原刊 1941 年 5 月 20 日香港《大公报》，收入《国粹与国学》）

上景山

无论那一季，登景山，最合宜的时间是在清早或下午三点以后。晴天，眼界可以望到天涯底朦胧处；雨天，可以欣赏雨脚底长度和电光底迅射；雪天，可以令人咀嚼着无色界底滋味。

在万春亭上坐着，定神看北上门后底马路（从前路在门前，如今路在门后），尽是行人和车马，路边底梓树都已掉了叶子。不错，已经立冬了，今年天气可有点怪，到现在还没冻冰。多谢芰荷底业主把残茎都去掉，教我们能看见紫禁城外护城河底水光还在闪烁着。

神武门上是关闭得严严地。最讨厌是楼前那枝很长的旗竿，侮辱了全个建筑底庄严。门楼两旁树它一对，不成吗？禁城上时时有人在走着，恐怕都是外国的旅人。

皇宫一所一所排列着非常整齐。怎么一个那么不讲纪律底民族，会建筑这么严肃的宫廷？我对着一片黄瓦这样想着。不，说不讲纪律未免有点过火，我们可以说这民族是把旧的纪律忘掉，正在找一个新的咧。新的找不着，终久还要回来底。北京房子，皇宫也算在里头，主要的建筑都是向南底，谁也没有这样强迫过建筑者，说非这样修不可。但纪律因为利益所在，在不言中被遵守了夏天受着解愠的熏风，冬天接着可爱的暖日，只要守着盖房子底法则，这利益是不用争而自来的。所以我们要问，在我们底政治社会里有这样的熏风和暖日吗？

最初在崖壁上写大字铭功底是强盗底老师，我眼睛看着神武门上底几个大字，心里想着李斯。皇帝也是强盗底一种，是个白痴强盗。他抢了天下，把自己监禁在宫中，把一切宝物聚在身边，以为他是富有天下。这样一代过一代，到头来还是被他底糊涂奴仆，或贪婪臣宰，讨，瞒，偷，换，到连性命也不定保得住。这岂不是个白痴强盗？在白痴强盗底下才会产出大盗和小偷来。一个小偷，多少总要有一点跳女墙钻狗洞底本领，有他底禁忌，有他底信仰和道德。大盗只会利用他底奴性去请托攀缘，自赞赞他，禁忌固然没有，道德更不必提。谁也不能不承认盗贼是寄生人类底一种，但最可杀的是那班为大盗之一底斯文贼。他们不像小偷为延命去营鼠雀底生活；也不像一般的大盗，凭着自己的勇敢去抢天下。所以明火打劫底强盗最恨底是斯文贼。这里我又联想到张献忠。有一次他开科取士，檄诸州举贡生员后至者妻女充院，本犯剥皮，有司教官斩，连坐十家。诸生到时，他要他们在一丈见方底大黄旗上写个帅字，字画要像斗底粗大，还要一笔写成。一个生员王志道缚草为笔，用大缸贮墨汁将草笔泡在缸里，三天，再取出来写。果然一笔写成了。他以为可以讨献忠底喜欢，谁知献忠说，“他日图我必定是你。”立即把他杀来祭旗。献忠对待念书人是多么痛快。他知道他们是寄生底寄生。他底使命是来杀他们。

东城西城底天空中，时见一群一群旋飞底鸽子。除去打麻雀，逛窑子，上酒楼以外，这也是一种古典的娱乐。这种娱乐也来得群众化一点。它能在空中发出和悦的响声，翩翩地飞绕着，教人觉得在一个灰白色的冷天，满天乱飞乱叫底老鸹底讨厌。然而在刮大风底时候，若是你有勇气上景山底最高处，看看天安门楼屋脊上的鸦群，噪叫底声音是听不见，它们随风飞扬，直像从什么大树飘下来底败叶，凌乱得有意思。

万春亭周围被挖得东一沟，西一窟。据说是管宫底当局挖来试看煤山是不是个大煤堆，像历来的传说所传底，我心里暗笑信这说底人们。是不是因为北宋亡国底时候，都人在城被围时，拆毁艮岳底建筑木材去充柴火，所以计划建筑北京底人预先堆起一大堆煤，万一都城被围底时，人民可以不拆宫殿。这是笨想头。若是我来计划，最好来一个米山。米在万急的时候，也可以生吃，煤可无论如何吃不得。又有人说景山是太行底最终一峰。这也是瞎说。从西山往东几十里平原，可怎么不偏不颇，在北京城当中出了一座景山？若说北京底建设就是对着景山底子午，为什么不对北海底琼岛？我想景山明是开紫禁城外底护城河所积底土，琼岛也是垒积从北海挖出来底土而成底。

从亭后底树缝里远远看见鼓楼。地安门前后底大街，人马默默地走，城市底喧嚣声，一点也听不见。鼓楼是不让正阳门那样雄壮地挺着。它底名字，改了又改，一会是明耻楼，一会又是齐政楼，现在大概又是明耻楼吧。明耻不难，雪耻得努力。只怕市民能明白那耻底还不多，想来是多么可怜。记得前几年“三民主义”“帝国主义”这套名词随着北伐军到北平底时候，市民看些篆字标语，好像都明白各人蒙着无上的耻辱，而这耻辱是由于帝国主义底压迫。所以大家也随声附和，唱着打倒和推翻。

从山上下来，崇祯殉国底地方依然是那棵半死的槐树。据说树上原有一条链子锁着，庚子联军入京以后就不见了。现在那枯槁的部分，还有一个大洞，当时的链痕还隐约可以看见。义和团运动底结果，从解放这棵树，发展到解放这民族。这是一件多么可以发人深思底对象呢？山后底柏树发出清恬底香气，好像是对于这地方底永远供物。

寿皇殿锁闭得严严地，因为谁也不愿意努尔哈赤底种类再做白痴的梦。每年底祭祀不举行了，庄严的神乐再也不能听见，只有从乡间进城来唱秧歌的孩子们，在墙外打的锣鼓，有时还可以送到殿前。

到景山门，回头仰望顶上方才所坐底地方，人都下来了。树上几只很面熟却不认得底鸟在叫着。亭里残破的古佛还坐在结那没人能懂底手印。

（原刊1934年12月《太白》第1卷第6期，收入《杂感集》）

先农坛

曾经一度繁华过底香厂，现在剩下些破烂不堪的房子，偶尔经过，只见大兵们在广场上练国技。望南再走，排地摊底犹如往日，只是好东西越来越少，到处都看见外国来底空酒瓶，香水樽，胭脂盒，乃至簇新的东洋瓷器，估衣摊上的不入时底衣服，“一块八”、“两块四”叫卖底伙计连翻带地兜揽，买主没有，看主却是很多。

在一条凹凸得格别底马路上走，不觉进了先农坛底地界。从前在坛里惟一新建筑，“四面钟”，如今只剩一座空洞的高台，四围的柏树早已变成富人们底棺材或家私了。东边一座礼拜寺是新的。球场上还有人在那里练习。绵羊三五群，遍地披着枯黄的草根。风稍微一动，尘土便随着飞起，可惜颜色太坏，若是雪白或朱红，岂不是很好的国货化妆材料？

到坛北门，照例买票进去。古柏依旧，茶座全空。大兵们住在大殿里，很好看底门窗，都被拆作柴火烧了。希望北平市游览区划定以后，可以有一笔大款来修理。北平底旧建筑，渐次少了，房主不断地卖拆货。像最近的定王府，原是明朝胡大海底府邸，论起建筑的年代足有五百多年。假若政府有心保存北平古物，决不至于让市民随意拆毁。拆一间是少一间。现在坛里，大兵拆起公有建筑来了。爱国得先从爱惜公共的产业做起，得先从爱惜历史的陈迹做起。

观耕台上坐着一男二女，正在密谈，心情的热真能抵御环境底冷。桃树柳树都脱掉叶衣，做三冬底长眠，风摇鸟唤，都不听见。雩坛边的鹿，伶俐的眼睛瞭望着过路底人。游客本来有三两个，它们见了格外相亲。在那么空旷的园囿，本不必拦着它们，只要四围开上七八尺深底沟，斜削沟的里壁，使当中成一个圆丘，鹿放在当中，虽没遮栏也跳不上来。这样，园景必定优美得多。星云坛比岳渎坛更破烂不堪。干蒿败艾，满布在砖缝瓦罅之间，拂人衣裾，便发出一种清越的香味。老松在夕阳底下默然站着。人说它像盘旋的虬龙，我说它像开屏的孔雀，一颗一颗底松球，衬着暗绿的针叶，远望着更像得很。松是中国人底理想性格，画家没有不喜欢画它。孔子说它后凋还是屈了它，应当说它不凋才对。英国人对于橡树底情感就和中国对于松树底一样。中国人爱松并不尽是因为它长寿，乃是因它当飘风飞雪底时节能够站得住，生机不断，可发荣底时间一到，便又青绿起来。人对着松树是不会失望的，它能给人一种兴奋，虽然树上留着许多枯枝丫，看来越发增加它底壮美。就是枯死，也不像别的树木等闲地倒下来。千年百年是那么立着，藤萝缠它，薜荔粘它，都不怕，反而使它更优越更秀丽，古人说松籁好听得像龙吟。龙吟我们没有听过，可是它所发出底逸韵，真能使人忘掉名利，动出尘底想头。可是要记得这样的声音，决不是一寸一尺底小松所能发出，非要经得百千年底磨练，受过风霜或者吃过斧斤底亏，能够立得定以后，是做不到的。所以当年壮底时候，应学松柏底抵抗力，忍耐力，和增进力；到年衰的时候，也不妨送出清越的籁。

对着松树坐了半天。金黄色的霞光已经收了，不免离开雩坛直出大门。门外前几年挖的战壕，还没填满。羊群领着我向着归路。道边放着一担花，卖花人站在一家门口与那淡妆底女郎讲价，不提防担里底黄花教羊吃了几棵。那人索性将两棵带泥丸底菊花向羊群猛掷过去，口里骂“你等死的羊孙子!”可也没奈何。吃剩底花散布在道上，也教车轮碾碎了。

（原刊1935年1月《太白》第1卷第9期，收入《杂感集》）

忆卢沟桥

得离北平以前，最后到卢沟桥，是在二十二年底春天。我与同事刘兆蕙先生在一个清早由广安门顺着大道步行，经过大井村，已是十点多钟。参拜了义井庵的千手观音，就在大悲阁外少憩。那菩萨像有三丈多高，是金铜铸成的，体相还好，不过屋宇倾颓，香烟零落，也许是因为求愿底人们发生了求财赔本求子丧妻底事情罢。这次底出游本是为访求另一尊铜佛而来的。我听见从宛平城来底人告诉我那城附近有所古庙塌了，其中许多金铜佛像，年代都是很古的。为知识上的兴趣，不得不去采访一下。大井村底千手观音是有著录底，所以也顺便去看看。

出大井村，在官道上，巍然立着一座牌坊，是乾隆四十年建底。坊东面额书“经环同轨”，西面是“荡平归极”。建坊底原意不得而知，将来能够用来做凯旋门那就最合宜不过了。

春天底燕郊，若没有大风，就很可以使人流连。树干上或土墙边蜗牛在画着银色底涎路。它们慢慢移动，像不知道它们底小介壳以外还有什么宇宙似的。柳塘边底雏鸭披着淡黄色底氄毛，映着嫩绿的新叶；游泳时，微波随蹼翻起，泛成一弯一弯动着底曲纹，这都是生趣底示现。走乏了，且在路边底墓园少住一回。刘先生站在一座很美丽的窣堵波上[1]，要我给他拍照。在榆树荫覆之下，我们没感到路上太阳底酷烈。寂静的墓园里，虽没有什么名花，野卉倒也长得顶得意的。忙碌的蜜蜂，两只小腿粘着些少花粉，还在采集

① 窣堵波：梵语音译，亦译浮屠等，意即塔。

着。蚂蚁为争一条烂残的蚱蜢腿，在枯藤底根本上争斗着。落网底小蝶，一片翅膀已失掉效用，还在挣扎着。这也是生趣底示现，不过意味有点不同罢了。

闲谈着，已见日丽中天，前面宛平城也在域之内了。宛平城在卢沟桥北，建于明崇祯十年，名叫“拱北城”，周围不及二里，只有两个城门，北门是顺治门，南门外便是永昌门。清改拱北为拱极，永昌门为威严门。南门外便是卢沟桥。拱北城本来不是县城，前几年因为北平改市，县衙才移到那里去，所以规模极其简陋。从前它是个卫城，有武官常驻镇守着，一直到现在，还是一个很重要的军事地点。我们随着骆驼队进了顺治门，在前面不远，便见了永昌门。大街一条，两边多是荒地。我们到预定的地点去探访，果见一个庞大的铜佛像头和些铜像残体横陈在县立学校里底地上。拱北城内原有观音庵与兴隆寺，兴隆寺内还有许多已无可考底广慈寺底遗物，那些铜究竟是属于哪寺底也无从知道。我们摩挲了一回，才到卢沟桥头底一家饭店午膳。

自从宛平县署移到拱北城，卢沟桥便成为县城底繁要街市。桥北底商店民居很多，还保存着从前中原数省入京孔道底规模。桥上底碑亭虽然朽坏，还矗立着。自从历年底内战，卢沟桥更成为戎马往来底要冲，加上长辛店战役底印象，使附近的居民都知道近代战争底大概情形，连小孩也知道飞机，大炮，机关枪都是做什么用底。到处墙上虽然有标语贴着底痕迹，而在色与量上可不能与卖药底广告相比。推开窗户，看着永定河底浊水穿过疏林，向东南流去，想起陈高底诗：“卢沟桥西车马多，山头白日照清波。毡卢亦有江南妇，愁听金人出塞歌。”清波不见，浑水成潮，是记述与事实西相差，抑昔日与今时西不同，就不得而知了。但想象当日桥下雅集亭底风景，以及金人所掠江南妇女，经过此地底情形，感慨便不能不触发了。

从卢沟桥上经过底可悲可恨可歌可泣的事迹，岂止被金人所掠底江南妇女一件？可惜桥栏上蹲着底石狮子个个只会张牙咧眦结舌无言，以致许多可以稍留印迹底史实，若不随蹄尘飞散，也教轮辐压碎了。我又想着天下最有功德的是桥梁。它把天然的阻隔连络起来，它从这岸度引人们到那岸。在桥上走过底是好是歹，于它本来无关，何况在上面走底不过是长途中底一小段，它哪能知道何者是可悲可恨可泣呢？它不必记历史，反而是历史记着它。卢沟桥本名广利桥，是金大定二十七年始建，至明昌二年（公元一一八九至一一九二）修成底。它拥有世界的声名是因为曾入马哥博罗底记述。马哥博罗记作“普利桑乾”，而欧洲人都称它作“马哥博罗桥”，倒失掉记者赞叹桑乾河上一道大桥底原意了。中国人是擅于修造石桥底，在建筑上只有桥与塔可以保留得较为长久。中国底大石桥每能使人叹为鬼役神工，卢沟桥底伟大与那有名的泉州洛阳桥和漳州虎渡桥有点不同。论工程，它没有这两道桥底宏伟，然而在史迹上，它是多次系着民族安危。纵使你把桥拆掉，卢沟桥底神影是永不会被中国人忘记底。这个在“七七”事件发生以后，更使人觉得是如此。当时我只想着日军许会从古北口入北平，由北平越过这道名桥侵入中原，决想不到火头就会在我那时所站底地方发出来。

在饭店里，随便吃些烧饼，就出来，在桥上张望。铁路桥在远处平行地架着。驮煤底骆驼队随着铃铛底音节整齐地在桥上迈步。小商人与农民在雕栏下作交易上很礼貌的计较。妇女们在桥下浣衣，乐融融地交谈。人们虽不理会国势底严重，可是从军队里宣传员口里也知道强敌已在门口。我们本不为做间谍去底，因为在桥上向路人多问了些话，便教警官注意起来，我们也自好笑。我是为当事官吏底注意而高兴，觉得他们时刻在提防着，警备着。过了桥，便望见实柘山，苍翠的山色，指示着日斜多了几度，在砾原上流连片时，暂觉晚风拂衣，若不回转，就得住店了。“卢沟晓月”是有名的。为领略这美景，到店里住一宿，本来也值得，不过我对于晓风残月一类的景物素来不大喜爱。我爱月在黑夜里所显底光明。晓月只有垂死的光，想来是很凄凉的。

还是回家罢。

我们不从原路去，就在拱北城外分道。刘先生沿着旧河床，向北回海甸去。我捡了几块石头，向着八里庄那条路走。进到阜城门，望见北海底白塔已经成为一个剪影贴在洒银底暗蓝纸上。

（原刊 1939 年 7 月《大风》旬刊第 42 期，收入《杂感集》）

燕京大学校址小史

我校占有旧睿王园佟府村，米家坟，及畅春园底一小部分。校内主要的建筑多在睿王园旧址。睿王园即明末米万钟底勺园。校里底湖就是万钟当日所浚底勺海或文水陂，故我校最初的地主实为米氏。米氏勺园为明末清初北方名园之一，其景物多为诗人所吟咏，可惜如今所存者只有文水陂上定舫底基址和几棵松树而已。

《明史》，康熙二十三年李开泰编纂底《宛平县志》，和李鸿章等纂修底《畿辅通志》都有米万钟底略传。万钟原籍关中，落籍宛平，字友石，号仲诏，明万历二十二年进士，从知县历官至江西按察使。天启五年，仲诏为魏忠贤党倪文焕所劾，因而削籍。崇祯初年，仲诏复起为太仆少卿兼理光禄寺寺丞事，卒于官。仲诏是当代一位大书画家，与临邑邢侗，晋江张瑞图，华亭董其昌齐名，时人称他们为“邢，张，米，董”，又称为“南董北米”。他底著作有《澄澹堂文集》十二卷，《澄澹堂诗集》十二卷，《易集》四卷，《石史》十六卷，《象纬兵钤》四卷，《篆隶考论》二卷。李开泰《宛平县志》卷五，米万钟底小传载，“公生平嗜石，人称友石先生，著有《澄澹堂文集》十二卷，《诗集》十二卷，《易集》四卷，《兵钤》十二卷，《右史》十六卷，及他著述甚富，行于世。”（《右史》或是《石史》之误刻。）

万钟底儿子米寿都，字吉士，明贡生，官江苏沭阳县，著有《吉士诗集》。寿都子米汉雯，字紫来，清顺治十八年进士，初官建昌县知县，康熙十八年授编修，著有《漫园诗集》，《始存集》，《宛平县志》等书。

米氏祖孙底著作，我曾向北平书坊征索，都得不着，万钟底诗文集在清代各藏书家底几种重要的目录里也没有。王崇简序《吉士诗集》有一句话说，“甲申之变，烟飘云散，迨归其新诗，而旧著一无存者。”（见《大清畿辅书征》卷一）这话很可注意，因为米万钟底园寓湛园，就在北平西苑西墙外，甲申底变故，那一带地方受害最深，寿都底诗稿既荡然无存，仲诏底著作也许是在同一命运之下散失了。看来仲诏底著作，纵然世有传本，也不致于很多。

《畿辅先哲传》（二十“文学”）《米汉雯传》里说寿都“……父万钟，官太仆时，筑勺园于海淀，招四方宾客，日夕觞咏，极一时之盛。尝绘园中景为灯，都下号曰‘米家灯’，题咏成帙。寿都亲侍左右，日与诸名士相酬倡，遂以诗名”。又当时米氏底友人中有蒙阴公鼐者，为勺园作了一篇记，改过许多次然后脱稿。这篇记和米家灯底题咏必能给我们园里一个详细的叙述，可惜都见不着了。

虽然如此，我们还可以从旁的书籍找出勺园当时底景况。现在将关于勺园底记载从群书中抄录下来。

记得最简单的为《长安客话》：

> 北淀有园一区，水曹郎米万钟，仲诏，新筑也。曰勺园，又曰风烟里。中有曰色空天，曰太一叶，曰松坨，曰翠葆榭，曰林于澨。都人称曰米家园。

《图书集成》，《考工典》第一百十八，《园林部汇考》二之七，引瞿宁所记《清华园》说：

> 海淀清华园，戚畹李侯之别业也。淀之水滥觞一勺，都人米仲诏浚之，筑为勺园，李乃构园于上流，而工制有加，米颜之曰清华。

雍正十三年唐执玉等编纂底《畿辅通志》（卷五十三“古迹”）载：

> 勺园在宛平县北。《天府广记》：“米太仆勺园，园仅百

亩，一望尽水。长堤，大桥，幽亭，曲榭。路尽则舟，舟穷则廊；高柳掩之，一望弥际。”米太仆，明米万钟仲诏也。

康熙二十三年李开泰《宛平县志》（卷一“古迹”）载清华园说：

……明武清侯李国戚园之。……今上辟而新之为御苑。旁为米太仆勺园，百亩耳，望之等深，步之等远。水，石，舟，桥，堂，楼，亭，榭，各有意致，遂与李园竞胜。

李武清侯底清华园于清康熙时改建为畅春园，今依水流的趋向考察，我校水道从畅春园东墙外东北注入，正当其傍之下游，故其地为勺园故址无疑。又勺园位于西勾东雉之间，查嗣瑮诗：“东雉西勾地较宽，米园绝有好林峦，只因身住风烟里，画个朝参一笑看。”东雉不详，西勾即娄兜桥（或作嵝兜桥），此桥今名篓斗桥，在校友门墙南十余步。

《帝京景物略》（卷五“海淀二”）载：

……米太仆勺园百亩耳，望之等深，步焉则等远。入路，柳数行，乱石数垛。路而南，陂焉。陂上，桥高于屋。桥上，望园一方，皆水，水皆莲。莲皆以白。堂楼亭榭，数可八九，进可得四。覆者皆柳也。肃者皆松。列者皆槐。笋者皆石及竹。水之，使不得径也。栈而阁道之，使不得舟也。堂室无通户；左右无兼径；阶必以渠。取道必渠之外廊。其取道也，板而槛，七之；树根槎枒，二之；砌上下折，一之。客从桥上指，了了也。下桥而北，园始门焉。入门，客懵然矣。意所畅，穷目。目所畅，穷趾。朝光在树，疑中疑夕，东西迷也。最后一堂，忽启北窗，稻畦千顷，急视，幸日乃未曛。

仲诏游历南方，雅好江南山水，建筑勺园，为底是寄寓他对于那里底风景底追忆。所以明王思任《题勺园诗》说：

才辞帝里入风烟，处处亭台镜里天。

梦到江南深树底，吴儿歌板放秋船。

仲诏自作《勺园诗》也有“先生亦动药鲈思，得句宁无赋小山”之句。他想南中底莼鲈，藕花，和碧水，所以勺园底景物都以含着南方意味有名。

仲诏性喜奇石，有米颠底遗风，相传颐和园里乐寿堂前那块青芝岫大石，便是他命人从房山县一个山里凿下来要放在勺园底。那石非常重大，仲诏费了许多金钱，才运到芦沟桥附近。他底财力枯竭了，便不能再运，直到他死后，那石还运不到勺园。到清乾隆时代，高宗才把那石移到颐和园，安置在现在的地点。

勺园底布景，除《帝京景物略》所载以外，《燕都游览志》也有点记载：

> 勺园径曰风烟里。入径，乱石磊珂，高柳荫之。南有陂。陂上桥曰缨云，集子瞻书。下桥为屏墙。墙上石曰雀滨，勒黄山谷书。折而北为文水陂。跨水有斋，曰定舫。舫西高阜，题曰松风水月。阜断为桥，曰逶迤梁，主人所自书也。踰梁而北，为勺海堂，吴文仲篆。堂前怪石蹲焉；栝子松倚之。其右为曲廊，有屋如舫，曰太乙叶。周遭皆白莲花。东南有竹，有碑曰林于澨，有高楼涌竹林中，曰翠葆楼，邹迪光书。下楼北行为槎枒渡，亦主人自书。又北为水榭。最后一堂，北窗一拓，则稻畦千顷，不复有缭垣焉。

依这篇记载，当时园底正门当在现时校务长住宅东边，这园门底遗址现在还可以找得出来。现在的农科花园便是当日底风烟里，缨云桥当在现在建筑中底小学校舍后面，那里东西有两行柏树，南北相隔约五六丈没有树，大概就是桥址。桥北便是正门，《帝京景物略》所记底便是设想游人从那桥下望可以了观全园风景。《景物略》作于崇祯，作者与仲诏为同时人物，故所记无疑是亲见的。文水陂当在博雅塔前面底湖，同学们名它为无名湖底便是。定舫底基址现尚完好。舫西高阜，我们叫它做“岛”的便是。现在建筑中的

“岛亭”便是当时的松风水月。勺海堂当在第三和第二宿舍之间。现在底宁德楼，丙楼，和施德楼的北部都是当日底白莲池，太乙叶，林于澨都在这一部分。在丙楼底北边，现在卧着两对石联：“夹镜光征风四面，垂虹影界水中央”，和“画舫平临苹岸阔，飞楼俯暎柳荫多”。这四句或者是翠葆楼或其附近建筑底遗物。勺园建立时还没有淀北，朗润，圆明诸园，所以“在园最后一堂，拓北窗一望尽是稻田”。

明叶向高评海淀当时两个名园说：“李园壮丽，米园曲折。李园不酸，米园不俗。”无怪一入清朝，两个园都为皇室所有。李氏清华园既改为畅春园，而勺园也改名为洪雅园。依清初底志书，勺园底名称仍然存在，也没载明属于何人，所以我们可以断定直到雍正年间，勺园还是米氏底产业。到清乾隆时代底著作，《宸垣识略》才载：“洪雅园即明米万钟勺园，今为郑亲王邸第。”考郑亲王是清显祖底第三子庄亲王舒尔哈齐的第六子济尔哈朗底封号。济尔哈朗底第四子辅国公巴尔堪底曾孙经纳亨亦追封郑亲王。

这园俗名墨尔根园。墨尔根，或即巴尔堪底音讹。但巴尔堪于顺治十二年封三等辅国将军，康熙七年降为二等奉国将军，八年复授三等辅国将军，十六年缘事革退，十九年卒于军中，乾隆十七年追封为简亲王。故墨尔根园底名字是不是由郑亲王底儿子巴尔堪而来，还有考究底必要。又我底蒙藏学朋友于道泉君对我说“墨尔根”是蒙古语“尊师”，“学士”，或“雅人”底意思。这是蒙古人对于学者底一种尊称。如果这样说法，也许墨尔根便是洪雅底意译。乾隆以后，洪雅园曾一度入于和珅之手。和珅败后园遂为睿亲王所有，故自嘉庆以后，海淀人便叫它做睿王花园。我们图书馆新得底那幅《西郊地图》是嘉庆年间底东西，所以也写洪雅园为睿王花园。这园与圆明园，畅春园等，于咸丰末年同遭英法军底焚毁，此后遂成一片荒废的苇塘，直到我校选它为校址，旧日底勺园才有现在的景象。

博雅塔西边底小庙现在只存一座大门。从门额上“重修慈济寺”底字意看，那寺或者是一个观音寺。可惜所有的志书都没记载它底来历。也许是勺园里底私庙。博雅塔东边底发电所和连阜后面底运动场原是成府村底当铺胡同，是我们知道底。成府明朝作陈府。听说“成”是成亲王，但“陈”是谁，还待考据。

圣哲楼前面与女部办公处之间为清四川巡抚杭爱底坟墓。女生宿舍前面两座石碑都是康熙年间立底。杭爱，满洲人，为征西川时有功的将官。佟府也是由清朝国戚佟国维家而得名。佟府村底西边，现在校南门底大道为从前的御道。那条御道是从南向西北转底。在御道旁边，畅春园底恩慕寺与恩佑寺东边，现在本校围墙里，为集贤院，俗误作吉祥院。这院大概是属于畅春园底一所外馆，用来招待皇帝底宾客底，康熙朝底耶稣会士或者就住在那里。

燕南园底北边原是一座圆明园花匠所建底花神祠。现在还存着两座石碑，是乾隆年间立底。米家坟也在燕南园里。今年夏天，因为建筑教员住舍掘出米万钟底父亲米昆泉底墓志。李开泰底《宛平县志》（卷一“坟墓”）也载“米太仆万钟墓在海淀”，如果我们踏查一下，一定可以在燕甫园找出我们学校最初的主人底坟墓。侗将军园底历史我知道底很少，只知园底东边原是明朝太监底坟墓，现在还有几块墓碑卧在那里。至于燕东园底来历更无可考。但这些都不关紧要，缺掉史乘也可以。

关于勺园底诗很多，如果把它们集起来也是燕京校史上一种有趣的资料。最重要的还是能够得米氏一门的著作，如能得到，我们对于校址底过去就明白多了。

（原刊1929年12月《燕京学报》第6期）

香港考古述略

——香港人何时从何处来的？最初来港的汉人姓什么？

已发掘的古物

香港和新界底史迹现在知道底不很多，最初注意到史前遗迹底是香港大学解剖学教授谢尔石（Prof. Shellshear），他辞职后，地理学讲师芬神甫（Father D. J. Finn S. J.）继续工作，在许多地方发见石器，陶片，铜戈，铜斧等物。可惜芬神甫没有把他底研究报告写完就去世了。他底英文报告分期在《香港自然科学家》（The Hong Kong Naturalist）发表了。此外还有史高斐（Mr. Schofield），韩利（Dr. Heanly），贝尔福（Mr. S. Balfuor）诸人底发掘。史高斐底论文曾在新嘉波学会宣读过，未见发表。此地没工夫叙速诸人发掘底经过与收获，只把未决的问题提出一二。

在香港附近发现底遗迹遗物以薄寮洲为最多，大部分藏在香港仔耶稣会修道院和香港大学利玛窦宿舍里头。其次大屿山底石壁村也发现不少。厦门大学林惠祥教授也曾在香港本岛底大潭水池边拾得石斧一件。其他九龙及沿岸沙滩和新界山地也曾有石器，陶器乃至铜器被发现过。那些古物底体制颇似周汉两代底，可是不能断定必是那时代汉民族底遗物。因为被发现底古物多在距离地面不深的沙层中得着，无从测算地层底年代，其次被发掘底地点不是葬所，人骨底发见是几乎没有；偶然有，也不能证明它与那些古物底关系。在未被扰乱底土层或古墓里，从人遗骨与遗物底位置就可以断定彼此底关系，但在迁移不定的积沙中是绝对不能肯定底。在遗物中有些显然是中国的，但这也不能断定此地在周汉时代已经有了汉族的殖民地。因为人不来，物品尽管可以在千百年后被带来。从陶器底花纹看，它们与中原所发现底有些不同，却与亚洲南部所发现底同一系统。这系统沿浙江，福建，广东，安南底海岸，一直到南洋诸岛上。如假定它是百越民族文化，与中原汉族文化区别，就清朗得多。

骷髅及其饰物

史高斐说他曾发现葬地，遗骨与遗物同在一起。有些没骷髅底骨架，头部用蚌壳来替代，也许是阵亡底兵士头颅在战场上已被割掉，埋葬时，用它来做假头罢。关于“玦”底问题，此地也可以顺便说一两句。在这地带，玦底发现多得很，大的过四五寸，小的不及半寸，厚薄也不一致。旧书说玦是用来送流亡底人，玦是表示决绝底意思。但这地带，既发现过许多遗骨，哪里来这么多流亡者带来底玦？因此有个说法是耳环一类底东西。但是缺口底环怎能安在耳上使它不掉下来呢？带饰物底古人总得劳动，决不会把费很大的工夫磨来底宝饰，轻易地安在耳上教它一动就掉碎了底。最低限度也得用穿耳或络线底方法，绝不会徒然把它夹在耳上。所以我很怀疑在广东文物展览会所展底一幅照片，一个骷髅，耳边附着一个大玦，是真确的位置。荡动的沙会使耳朵与耳饰保持原来的位置是很可怪很古怪的事情，还有一个“玉人”也是很可疑的汉刻。这地带没发见过有文字底古物，一个字也没有，可见这个民族是没有文字底。这样，遗物底主人是否汉民族就很成疑问了。汉代衣冠一定是从天外飞来底。总而言之，这地带底史前期如无地层底证明切不可同中州底史前期列在一起，也许会迟好些年。史前的文化在现存的民族中还可以找得到，我们决不能把他们用底东西当做几千万年古物看。关于香港及其附近底史前遗物须要专门的学识才能推论。如要作伪也得有常识，但这是学问蟊贼，绝不能增加多少文化上的供献。

英皇御容逸话

在香港底英国文物值得提出的是乔治四世底御容，现在督宪府里。那御容原是赠与道光皇帝底，当时官吏因无前例，不敢转呈，因是留在广州英国商行里，得香港后，遂奉移到现在的地方。还有车打先生所集底香港及中华各地早期的图片。车打先生遗嘱将全部赠与香港政府，现在分悬在总督府，辅政司署，香港大学等处。

香港古代民族

我们可以假定以前在香港及其附近的民族也许是越民族，与汉族接触未必不可能，但说他们已接受汉文化却又没有凭据。南海自古是采珠底场所，近的如合浦，珠崖，远的直沿安南海岸到马来半岛，乃至锡兰。新界底大埔海旧名媚珠池，相传汉时采珠于此，但是那个汉，魏以前的两汉呢，还是唐以后的南汉呢？大埔海如系志书底大步海，媚珠池当然是在那里。县志古迹记，“媚川郡，在城南大步海，南汉时采珠于此，后遂相沿，重为民害，邑人张维寅上书罢之。”志书底“城南”、“城东”不很可靠，现在宝安城南是内伶仃洋，不叫大步海，所以应是大埔面前的海。采珠客既然到过，北方文物当然也会随着他们来，南汉时代底采珠池虽然时代稍晚，也可以假定以前曾采过底。

本地人与客家

香港及其附近底居民，除新移入底欧洲民族及印度波斯诸国民族以外，中国人中大别有四种：一、本地；二、客家；王、福佬；四、疍家。本地人是广州语系底居民，多半住在平地，拥有相当的田庄。客家多半是从惠州或梅县移入底，多半住在山地，因为他们移入较迟，好土地被本地人占完了，不得不去开辟山村。福佬是从福建南部沿着海岸移住，原先多半是渔户，后来也有从海丰，陆丰诸县移入，他们多是劳动家，卖苦力底。疍家是船户，自来被看为另一种民族，但他们早已同化于汉族，实在也辨别不出他们底生理上与语言上的特点来。客家是否另一民族底问题，我以为是多余的。我觉得所谓客家，实际上只是稍晚移住底汉族，他本与“本地人”入粤底路径是不同的。本地人来得最早的是由湘江入苍梧顺西江下流底。这条路到宋朝还通。稍后一点底是越大庾岭由南雄顺北江下流底。客家也是由江西越岭移住底汉族，不过他们不是由珠玑巷沿江而下；而是顺着山脉向闽粤山地分布底，江西话实在也可以看为客话底系统。非客人而在客话区域落户底，日久也变成客家，客家住在非客家话区域，日久也会变成本地，所以是否另一民族底问题是废话。同样地，疍家女儿有姿色稍好的，城市里底官人会把她买来做妾。他们也可以由艇而搭水寮在岸边住，渐次与本地融化。或住船上，却买了岸上人底儿女到艇里去。这情形，一到筲箕湾或香港仔去打听就知道了。所以说疍家是特种人也是不科学的。

从墓碑上推算

汉族移住这地带底，在宋以前没有信史可稽。现在的青山，旧名杯渡山，相传刘宋时代杯渡禅师从南海来住锡于此。青山寺里底石佛岩有杯渡石像，像甚恶劣，不值得景仰。山上有石刻“高山第一”四字，署名“退之”，因而传为韩愈被放为潮州刺史时经过杯渡底留题。细查字体既不似唐人底，而用“退之”署款更属不类。依南阳邓氏族谱，此四字系北宋初邓符协摹退之字刻石。邓符协名者、登雍熙乙酉二年进士，授阳春令，权南雄倅，任满游青山，刻文公字于石上。据此这石刻也可以说是广东古刻之一了，最初移住底汉人或者是邓氏一家。县志（卷十八）丘墓记：“宋税院郡马邓自明墓在石井山，当宋南渡时，邓铣勤王有功，故其子自明得尚高宗公主，生男四人，林，杞，槐，梓。光宗嗣位，林复持母手书上阙。遂赐祭田十顷，在石井。今子孙蕃盛，其祭田犹存。”邓氏于五代汉周时从江西移粤。入粤始祖为邓汉黻。邓者为汉黻孙。南宋时邓铣之子惟汲，字自明，娶赵皇姑，自后子孙蕃衍于各地。可知邓家是东莞宝安一带最初的地主，随这家来底佃户当然也不少。

新界最古的坟墓也不过是两宋，上水金钱村西有两座很大的。荃湾柴湾角村有一座是邓氏三世祖，宋诰封承直邓旭底墓。墓碑是道光时重立底。碑记载四世祖符协于宋崇熙间自江右官粤，得丫髻山“玉女拜堂仙人大座”，元朗山“金钟覆火”及大帽山“半月照潭”底佳穴，把三代祖先分葬三处，邓旭葬在“半月照潭”穴里。看来，在新安落籍底也许是邓符协。碑记称“崇熙”年号，也是错误，宋朝没有这年号，想是孝宗淳熙罢。这墓很易找，坐车到青山去，一见九咪石表就下来，向北望见一对扒满石藓底华表矗立在路边底高丘，顺着台阶上去就找着了。据碑记说，邓氏子孙不但分布在宝安，两广，福建各地都有他们底本家。但是邓铣之子，宋史里无传，所称“尚高宗公主”，可巧高宗也像没有女儿！宋史诸公主传独缺高宗所生底，也许邓自明夫人是皇姑或宋室底女儿，日久便伪传为公主罢，依邓氏族谱皇姑坟在东莞石井。

（原刊 1941 年 4 月《时报周刊》第 1 卷第 5 期，
收入《国粹与国学》）

国粹与国学

“国粹”这个名词原是不见于经传底。它是在戊戌政变后，当“中学为体，西学为用”底呼声嚷到声嘶力竭底时候所呼出来底一个怪口号。又因为《国粹学报》底刊行，这名词便广泛地流行起来。编《辞源》底先生们在“国粹”条下写着：“一国物质上，精神上，所有之特质。此由国民之特性及土地之情形，历史等，所养成者。”这解释未免太笼统，太不明了。国民的特性，地理的情形，历史的过程，乃至所谓物质上与精神上的特质，也许是产生国粹底条件，未必就是国粹。陆衣言先生在《中华国语大辞典》里解释说，“本国特有的优越的民族精神与文化”，就是国粹。这个比较好一点，不过还是不大明白。在重新解释国粹是什么之前，我们应当先问条件。

（一）一个民族所特有的事物不必是国粹。特有的事物无论是生理上的，或心理上的，或地理上的，只能显示那民族底特点，可是这特点，说不定连自己也不欢喜它。假如世间还有一个尾巴底民族，从生理上底特质，使他们底尾巴显出手或脚底功用，因而造成那民族底精神与文化。以后他们有了进化学底知识，知道自己身上底尾巴是连类人猿都没有了底，在知识与运动上也没有用尾巴底必要，他们必会厌恶自己底尾巴，因而试要改变从尾巴产出来底文化。用缺乏碘质底盐，使人现出粗颈底形态，是地理上及病理上的原因。由此颈腺肿底毛病，说话底声音，衣服底样式，甚至思想，都会受影响的。可是我们不能说这特别的事物是一种“粹”，认真说来，却是一种“病”。假如有个民族，个个身上都长了无毒无害的瘿瘤，忽然有个装饰瘿瘤底风气，渐次成为习俗，育为特殊文化，我们也不能用“国粹”底美名来加在这“爱瘿民族”底行为上。

（二）一个民族在久远时代所留下底遗风流俗不必是国粹。民族底遗物如石镞，雷斧；其风俗，如种种特殊的礼仪与好尚，都可以用物质的生活，社会制度，或知识程度来解释它们，并不是绝对神圣，也不必都是优越的。三代尚且不同礼，何况在三代以后底百代万世？那么，从久远时代所留下底遗风流俗，中间也曾经过千变万化，当我们说某种风俗是从远古时代祖先已是如此做到如今底时候，我们只是在感情上觉得是如此，并非理智上真能证明其为必然。我们对于古代事物底爱护并不一定是为“保存国粹”，乃是为知识，为知道自己的过去，和激发我们对于民族底爱情。我们所知与所爱底不必是“粹”，有时甚且是“渣”。古坟里底土俑，在葬时也许是一件不祥不美之物，可是千百年后会有人拿来当做宝贝，把它放在紫檀匣里，在人面前被夸耀起来。这是赛宝行为，不是保存国粹。在旧社会制度底下，一个大人物底丧事必要举行很长时间底仪礼，孝子如果是有官守底，必定要告“丁忧”，在家守三年之丧。现在底社会制度日日在变迁着，生活底压迫越来越重，试问有几个孝子能够真正度他们底“丁忧”日子呢？婚礼底变迁也是很急剧的。这个用不着多说，如到十字街头睁眼看看便知道了。

（三）一个民族所认为美丽底事物不必是国粹。许多人以为民族文化的优越处在多量地创造各种美丽的事物，如雕刻，绘画，诗歌，书法，装饰等。但是美或者有共同的标准，却不能说有绝对的标准底。美底标准寄在那民族对于某事物底形式，具体的、或悬象的好尚。因好尚而发生感情，因感情底奋激更促成那民族公认他们所以为美的事物应该怎样。现代的中国人大概都不承认缠足是美，但在几十年前，“三寸金莲”是高贵美人的必要条件，所谓“小脚为娘，大脚为婢”，现在还萦回在年辈长些的人们的记忆里。在国人多数承认缠足为美的时候，我们也不能说这事是国粹，因为这所谓“美”，并不是全民族和全人类所能了解或承认底。中国人如没听过欧洲的音乐家歌咏，对于和声固然不了解，甚至对于高音部底女声也会认为像哭丧底声音，毫不觉得有什么趣味。同样地，欧洲人若不了解中国戏台上底歌曲，也会感觉到是看见穿怪样衣服底疯人在那里作不自然的呼嚷。我们尽可以说所谓“国粹”不一定是人人能了解底，但在美底共同标准上最少也得教人可以承认，才够得上说是有资格成为一种“粹”。

从以上三点，我们就可以看出所谓“国粹”必得在特别，久远，与美丽之上加上其它的要素。我想来想去，只能假定说：一个民族在物质上，精神上与思想上对于人类，最少是本民族，有过重要的贡献，而这种贡献是继续有功用，继续在发展底，才可以被称为国粹。我们假定底标准是很高的。若是不高，又怎能叫做“粹”呢？一般人所谓国粹，充其量只能说是“俗道”底一个形式（俗道是术语 Folk - Ways 的翻译，我从前译做“民彝”）。譬如在北平，如要做一个地道的北平人，同时又要合乎北平人所理想的北平人底标准底时候。他必要想到保存北平底“地方粹”，所谓标准北平人少不了底六样——天棚，鱼缸，石榴树，鸟笼，叭狗，大丫头，——他必要具备。从一般人心目中的国粹看来，恐怕所“粹”底也像这“北平六粹”，但我只承认它为俗道而已。我们底国粹是很有限的，除了古人底书画与雕刻，丝织品，纸，筷子，豆腐，乃至精神上所寄托底神主等，恐怕不能再数出什么来。但是在这些中间已有几种是功用渐次丧失的了。像神主与丝织品是在趋向到没落底时期，我们是没法保存的。

这样“国粹沦亡”或“国粹有限”底感觉，不但是我个人有，我信得过凡放开眼界，能视察和比较别人底文化底人们都理会得出来。好些年前，我与张君劢先生好几次谈起这个国粹问题。有一次，我说过中国国粹是寄在高度发展底祖先崇拜上，从祖先崇拜可以找出国粹底种种。有一次，张先生很感叹地说：“看来中国人只会写字作画而已。”张先生是政论家，他是太息政治人才底缺乏，士大夫都以清谈雅集相尚，好像大人物必得是大艺术家，以为这就是发扬国光，保存国粹。《国粹学报》所揭露底是自经典底训注或诗文字画底评论，乃至墓志铭一类底东西，好像所萃底只是这些。“粹”与“学”好像未曾弄清楚，以致现在还有许多人以为“国粹”便是“国学”。近几年来，“保存国粹”的呼声好像又集中在书画诗古文辞一类底努力上；于是国学家，国画家，乃至“科学书法家”，都像负着“神圣使命”，想到外国献宝去。古时候是外国到中国来进宝，现在的情形正是相反，想起来，岂不可痛！更可惜的，是这班保存国粹与发扬国光底文学家及艺术家们不想在既有的成就上继续努力，只会做做假骨董，很低能地描三两幅宋元画稿，写四五条苏黄字帖，做一二章毫无内容底诗古文辞，反自诩为一国底优越成就都荟萃在自己身上。但一研究他们底作品，只会令人觉得比起古人有所不及，甚至有所诬蔑，而未曾超越过前人所走底路。“文化人”底最大罪过，制造假骨董来欺己欺人是其中之一。

我们应当规定“国粹”该是怎样才能够辨认，哪样应当保存，哪样应当改进或放弃。凡无进步与失功用底带“国”字头底事物，我们都要下工夫做澄清底工作，把渣滓淘汰掉，才能见得到“粹”。从我国往时对于世界文化底最大贡献看来，纸与丝不能不被承认为国粹。可是我们想想我们现在的造纸工业怎样了？我们一年中要向外国购买多量的印刷材料。我们日常所用的文具，试问多少是“国”字头底呢？可怜得很，连书画纸，现在制造底都不如从前。技艺只有退化，还够得上说什么国粹呢！讲到丝，也是过去的了。就使我们能把蚕虫养到一条虫可以吐出三条底丝量，化学底成就，已能使人造丝与乃伦丝夺取天然丝底地位。养蚕文化此后是绝对站不住底了。蚕虫要回到自然界去，蚕茧要到博物院，这在我们生存底期间内一定可以见得着底。

讲到精神文化更能令人伤心。现代化的物质生活直接和间接地影响到个个中国人身上。不会说洋话而能吃大菜，穿洋服，行洋礼底固不足为奇，连那仅能维系中国文化底宗族社会（这与宗法社会有点不同)，因为生活底压迫，也渐渐消失了。虽然有些地方还能保存着多少形式，但它底精神已经不是那么一回事了。割股疗亲底事固然现在没人鼓励，纵然有，也不会被认为合理。所以精神文化不是简单地复现祖先所曾做，曾以为是天经地义底事，必得有个理性来维系它，批评它，才可以。民族所遗留下来底好精神，若离开理智的指导，结果必流入虚伪和夸张。古时没有报纸，交通方法也不完备，如须“俾众周知”底事，在文书底布告所不能用时，除掉举行大典礼、大宴会以外，没有更简便的方法。所以一个大人物底殡仪或婚礼，非得铺张扬厉不可。现在的人见闻广了，生活方式繁杂了，时间宝贵了，长时间底礼仪固然是浪费，就是在大街上吹吹打打，做着夸大的自我宣传，也没有人理会了。所谓遵守古礼底丧家，就此地说，雇了一班搽脂荡粉底尼姑来拜忏，到冥衣库去定做纸洋房，纸汽车乃至纸飞机；在丧期里，聚起亲朋大赌大吃，鼓乐喧天，夜以继日。试问这是保存国粹么？这简直是民族文化底渣滓，沉淀在知识落后与理智昏愦底社会里。在香港湾仔市场边，一到黄昏后，每见许多女人在那里“集团叫惊”，这也是文化底沉淀现象。有现代的治病方法，她们不会去用，偏要去用那无利益的俗道。评定一个地方底文化高低不在看那里底社会能够保存多少样国粹，只要看他们保留了多少外国的与本国的国渣便可以知道。屈原时代底楚国，在他看是醉了底，我们当前的中国在我看是疯了。疯狂是行为与思想回到祖先底不合理的生活，无系统的思想与无意识的行为底状态。疯狂的人没有批评自己底悟性，没有解决问题底能力，从天才说，他也许是个很好的艺术家或思想家，但决不是文化底保存者或创造者。

要清除文化的渣滓不能以感情或意气用事，须要用冷静的头脑去仔细评量我们民族底文化遗产。假如我们发现我们底文化是陈腐了，我们也不应当为它隐讳，愣说我们所有的一切都是优越的。好的固然要留，不好的就应当改进。翻造古人底遗物是极大的罪恶，如果我们认识这一点，才配谈保存国粹。国粹在许多进步的国家中也是很讲究底，不过他们不说是“粹”，只说是“国家的承继物”或“国家的遗产”而已（这两个辞的英文是National Inheritance，及Legacy of the Nation。）。文化学家把一国优越的遗制与思想述说出来给后辈的国民知道，目的并不在“赛宝”或“献宝”，像我们目前许多国粹保存家所做底，只是要把祖先底好的故事与遗物说出来与拿出来，使他们知道民族过去的成就，刺激他们更加努力向更成功的途程上迈步。所以知识与辨别是很需要的。如果我们知道唐诗，做诗就十足地仿少陵，拟香山，了解宋画，动笔就得意地摹北苑，法南宫，那有什么用处？纵然所拟底足以乱真，也不如真的好。所以我看这全是渣，全是无生命底尸体，全是有臭味底干屎橛。

我们认识古人底成就和遗留下来底优越事物，目的在温故知新，绝不是要我们守残复古。学术本无所谓新旧，只问其能否适应时代底需要。谈到这里，我们就检讨一下国学底价值与路向了。

钱宾四先生指出现代中国学者“以乱世之人而慕治世之业”，所学底结果便致“内部未能激发个人之真血性，外部未能针对时代之真问题”。这话，在现象方面是千真万确，但在解释方面，我却有些不同意见。我看中国“学术界无创辟新路之志趣与勇气”底原因，是自古以来我们就没有真学术。退一步讲，只有真学术底起头，而无真学术底成就。所谓“通经致用”只是“做官技术”底另一个说法，除了学做官以外，没有学问。做事人才与为学人才未尝被分别出来。“学而优则仕”，显然是鼓励为仕大夫之学。这只是治人之学，谈不到是治事之学，更谈不到是治物之学。现代学问底精神是从治物之学出发的。从自然界各种现象底研究，把一切分出条理而成为各种科学，再用所谓科学方法去治事而成为严密的机构。知识基础既经稳固，社会机构日趋完密，用来对付人，没有不就范底。治人是很难的，人在知识理性之外还有自己的意志，与自己的感情意气，不像实验室里的研究者对付他的研究对象，可以随意处置底。所以如不从治物与治事之学做起，则治人之学必贵因循，仍旧贯，法先王。因循比变法维新来得更有把握，代表高度发展底祖先崇拜底儒家思想，尤其要鼓励这一层。所谓学问，每每是因袭前人而不敢另辟新途。因为新途径的走得通与否，学者本身没有绝对的把握，纵然有，一般人底智慧，知识，乃至感情意气也未必能容忍，倒不如向着那已经有了权证而被承认底康庄大道走去，既不会碰钉，又可以生活得顺利些。这样一来，学问当然看不出是人格底结晶，而只为私人在社会上博名誉，占地位底凭借。被认为有学问底，不管他有底是否真学问或哪一门底知识，便有资格做官。许多为学者写底传记或墓志，如果那文中底主人是未尝出仕的，作者必会做“可惜他未做官，不然必定是个廊庙之器”底感叹，好像一个人生平若没做过官就不算做过人似地。这是“学而优则仕”底理想底恶果。再看一般所谓文学家所做底诗文多是有形式无内容底“社交文艺”，和贵人底诗词，撰死人底墓志，题友朋或友朋所有底书画底签头跋尾。这样地做文辞才真是一种博名誉占地位底凭借。我们没有伟大的文学家，因为好话都给前人说尽了，作者只要写些成语，用些典故，再也没有可用底工夫了。这样情形，不产生“文抄公”与“誊文公”，难道还会笃生天才的文豪，诞降天纵的诗圣么？

学术原不怕分得细密，只问对于某种学术有分得这样细密底必要没有。学术界不能创辟新路，是因没有认识问题，在故纸堆里率尔拿起一两件不成问题而自己以为有趣味底事情便洋洋洒洒地做起“文章”来。学术上的问题不在新旧而在需要，需要是一切学问与发明底基础。如果为学而看不见所需要底在哪里，他所求底便不会发生什么问题，也不会有什么用处。没有问题底学问就是死学问，就是不能创辟新途径底书本知识。没有用处底学问就不算是真学问，只能说是个人趣味，与养金鱼、栽盆景，一样地无关大旨，非人生日用所必需底。学术问题固然由于学者底知识底高低与悟力底大小而生，但在用途上与范围的大小上也有不同。“一只在园里爬行底龟，对于一块小石头便可以成为一个不可克服的障碍物，设计铁道线底工程师，只主要地注意到山谷广狭底轮廓；但对于想着用无线电来联络大西洋底马可尼，他底主要的考虑只是地球底曲度，因为从他底目的看来，地形上种种详细情形是可以被忽视底。”这是我最近在一本关于生物化学底书（W. O. Kermock and P. Eggleton; The Stuff We’ re of. pp. 15—16）里头所读到底一句话。同一样的交通问题，因为知识与需要底不同便可以相差得那么远。钱先生所举出的“平世”与“乱世”之学底不同点，在前者注重学问本身，后者贵在能造就人才与事业者。其实前者为后者底根本，没有根本，枝干便无从生长出来。我们不必问平世与乱世，只问需要与不需要。如有需要，不妨把学术分门别类，讲到极窄狭处，讲到极精到处；如无所需，就是把问题提出来也嫌他多此一举。一到郊外走走，就看见有许多草木我们连名字都不知道，其中未必没有有用的植物，只因目前我们未感觉须要知道它们，对于它们毫无知识还可以原谅。如果我们是植物学家，那就有知道它们底需要了。在欧美有一种种草专家，知道用哪种草与哪种草配合着种便可以使草场更显得美观，和耐于践踏，易于管理，冬天还可以用方法教草不黄萎。这种专门学问在目前的中国当然是不需要，因为我们底生活程度还没达到那么高，稻粱还种不好，哪能讲究到草要怎样种呢？天文学最老的学问，却也是最幼稚的和最新的学术，我们在天文学上的学识缺乏，也是因为我们还没曾需要到那么迫切。对于日中黑点底增减，云气变化底现象，虽然与我们有关系，因为生活方式未发展到与天文学发生密切关系底那步田地，便不觉得它有什么问题，也不觉得有研求底需要了。一旦我们在农业上，航海航空上，物理学上，乃至哲学上，需要涉及天文学底，我们便觉得需要，因为应用到日常生活上，那时，我们就不能说天文学是没有底了。所以不需要就没有学问，没有学问就没有技术。“不需无学，不学无术”，我想这八个字应为为学者底金言；但要注意后四个字底新解说是不学问就没有技术，不是骂人底话。

中国学术底支离破碎，一方面是由于“社交学问”底过度讲究，一方面是为学人才底无出路。我所谓社交学问就是钱先生所谓私人在社会博名誉占地位底学问。这样的“学者”对于学问多半没有真兴趣，也不求深入，说起来，样样都懂，门门都通，但一问起来，却只能作皮相之谈。这只能称为“为说说而学问”，还够不上说“为学问而学问”。我们到书坊去看看，太专门的书底滞销，与什么ABC、易知、易通之类底书底格外旺市，便可以理会“讲专门窄狭之学者”太少了。为学人才与做事人才底分不开，弄到学与事都做不好。做事人才只须其人对于所事有基本学识，在操业底进程上随着经验去求改进，从那里也有达到高深学识底可能，但不必个个人都需要如此底。为学人才注重在一般事业上所不能解决或无暇解决底问题底探究。譬如电子底探究，数理底追寻，乃至人类与宇宙底来源，是一般事业所谈不到底，若没有为学人才去做工夫，我们底知识是不完备的。欧美各国都有公私方面设立底研究所、学院，予学者以生活上相当的保障。各大学都有“学侣”的制度，使新进的学人能安心从事于学业。在中国呢？要研究学问，除非有钱、有闲，最低限度也得当上大学教授，才可说得上能够为学。在欧美底余剩学者最少还有教会可投；在中国，连大学教授也有吃不饱底忧虑。这样情形，繁难的学术当然研究不起，就是轻可的也得自寻方便，不知不觉地就会跑到所谓国学底途程上，这样的学者，因为吃不饱，身上是贫血的，怎能激发什么“真血性”；因为是温故不知新，知识上也是贫血的，又怎能针对什么“真问题”呢？今日中国学术界底弊在人人以为他可以治国学，为学底方法与目的还未弄清，便想写“不朽之作”，对于时下流行底研究题目，自己一以为有新发现或见解，不管对不对，便武断地写文章。在发掘安阳，发现许多真龟甲文字之后，章太炎老先生还愣说甲骨文都是假的！以章先生底博学多闻还有执着，别人更不足责了。还有，社交学问本来是为社交，做文章是得朋友们给作者一个大拇指看，称赞他几句，所以流行底学术问题他总得猎涉，以资谈助；讨论龟甲文底时候，他也来谈龟甲文，讨论中西文化底潮流高涨时，他也说说中西文化，人家谈佛学，他就吃起斋来，人家称赞中国画，他就来几笔松竹梅，这就是所谓“学风”底坏现象，这就是“社交学问”底特征。

钱先生所说“学者各榜门户，自命传统”，在国学界可以说相当地真。“学有师承”与“家学渊源”是在印板书流行之前，学者不容易看到典籍，谁家有书他们便负笈前去拜门。因为书底钞本不同，解释也随着歧异，随学底徒弟们从师傅所得底默记起来或加以疏说，由此互相传授成为一家一派的学问，这就是“师承”所由来。书籍流行不广的时代，家有藏书，自然容易传授给自己的子孙，某家传诗，某家传礼，成为独门学问，拥有底甚可引以为荣，因此为利，婚宦甚至可以占便宜，所以“家学渊源”底金字招牌，在当时是很可以挂得出来底。自印板书流行以后，典籍伸手可得，学问再不能由私家独占，只要有读书底兴趣，便可以多看比一家多至百倍千部底书，对于从前治一经只凭数卷抄本甚至依于口授乃不能不有抱残守阙底感想。现在的学问是讲不清“师承”底，因为“师”太多了，承谁底为是呢？我在广州曾于韶舞讲习所从龙积之先生学，在随宦学堂受过龙伯纯先生底教，二位都是康有为先生底高足，但我不敢说我师承了康先生底学统。在大学里底洋师傅也有许多是直接或间接承传着西洋大学者底学问底，但我也不敢自称为哲姆斯，斯宾塞，柏格森，马克思，慕乐诸位的学裔[①]。在尊师重道的时代，出身要老师推荐，婚姻要问家学，所以为学贵有师承和有渊源，现在的学者是学无常师，他向古今中外乃至自然界求学问，师傅只站在指导与介绍知识底地位，不能都像古时当做严君严父看。印板书籍流行以后，聚徒讲学容易，在学问上所需指导的不如在人格上所需熏陶底多，所以自程朱以后，修身养性变为从师授徒底主要目标，格物致知退于次要地位。这一点，我觉得是很重要的。从师若不注意怎样做人底问题，纵然学有师承，也只能得到老

① 哲姆斯：通译詹姆斯，美国哲学家。慕乐：通译穆勒，英国思想家。

师底死的知识，不能得到他底活的能力。我希望讲师承底学者们注意到这一层。

至于学问为个人私利主义，竞求温饱底话，我以为现在还是说得太早。在中国，社交学问除外，以真学问得温饱算起来还是极少数，而且这样的学者多数还是与“洋机关”有关系的。我们看高深学术底书籍底稀罕，以及研究风气底偏颇，便可理会竞求温饱底事实还有重新调查底余地。到外国去出卖中国文化底学者，若非社交的学问家便是新闻事业家。他们当然是为温饱而出卖关于中国底学问底。我们不要把外国人士对于中国文化底了解力估量得太高，他们所要底正是一般社交的学问家与新闻事业家所能供给底。一个多与欧美一般的人士接触底人，每理会到他们所要知道底中国文化不过是像缠足底起源，龙到底是什么动物，姨太太怎样娶法，风水怎样看法之类，只要你有话对他们说，他们便信以为真，便以为你是中国学者。许多人到中国来访这位，问那位，归根只是要买几件骨董或几幅旧画。多数人底意向并不在研究中国文化，只在带些中国东西回去可以炫耀于人。在外国批发中国文化底学者，他们底地位是和卖山东蓝绸或汕头抽纱底商人差不多，不过斯文一点而已。

在欧美底学者可以收费讲学，但在中国，不收费底讲学会，来听讲还属寥寥，以学问求温饱简直是不容易谈。这样为学只求得过且过，只要社会承认他是学者，他便拿着这个当敲门砖，管什么人格底结晶与不结晶。这也许是中国学者在社会国家上多不能为国士国师而成为国贼国狗，在学问上多不能成为先觉先知而成为学棍学蠹底一个原因罢。我取底是“衣食足而后知礼义”底看法，所以要说：“得温饱才能讲人格。”中国学术界中许多人正在饥寒线底下挣扎着，要责备他们在人格上有什么好榜样，在学问上有什么新贡献，这要求未免太苛了。还有，得温饱并不见得就是食前方丈，广厦万间，只求学者在生活上有保障，研究材料底供给方便与充足就够了。须知极度满足的生活，也不是有识的学者所追求底。

学术除掉民族特有的经史之外是没有国界底。民族文化与思想底渊源，固然要由本国底经史中寻觅，但我们不能保证新学术绝对可以从其中产生出来。新学术要依学术上的问题底有无，与人间底需要底缓急而产生，决不是无端从天外飞来底。一个民族底文化底高低是看那民族能产生多少有用的知识与人物，而不是历史底久远与经典底充斥。牛津大学每年间所收底新刊图书可以排出几十里长，若说典籍底数量，我们现在更不如人家。钱先生假定自道咸而下，向使中国学术思想乃至政治制度社会风俗在与西洋潮流相接触之前先变成一个样子，则中国人可以立定脚跟，而对此新潮，加以辨认与选择，而分别迎拒与蓄泄。这话也有讨论底必要。我上头讲过现代学问底精神是从治物之学出发底，治物之学也可以说是格物之学，而中国学术一向是被社交学问，社交文艺，最多也不过是做人之学所盘据，所谓“朴学”不过为少数人所攻治，且不能保证其必为进身之阶。朴学家除掉典章制度底考据而外，还有多少人知道什么格物之学呢？医学是读不成书底人们所入底行；老农老圃之业为孔门弟子所不屑谈；建筑是梓人匠人底事；兵器自来是各人找与自己合式底去用；蚕桑纺织是妇人底本务；这衣，食，住，行，卫五种民族必要的知识，中国学者一向就没曾感觉到应当括入学术底范围，操知识与智慧源泉底纯粹科学更谈不到了。治物之学导源于求生活上安适的享受底理想和试要探求宇宙根源底谜。学者在实验室里用心去想，用手去做，才能有所成就。中国学术岂但与人生分成两橛，与时代失却联系，甚至心不应手，因此，多半是纸上谈得好、场上栽筋斗底把戏。不动手做，就不能有新发现，就不能有新学术。假如中国底学术思想乃至政治制度社会风俗会自己变更底话，乾嘉以前有千多年底机会，乾嘉以后也不见得就绝对没有。

日本底维新怎么就能成功，中国底改革怎么就屡次失败呢？化学是从中国道家底炼丹术发展底，怎么在中国本土，会由外丹变成内丹了？对的思想落在不对的实验上，结果是造成神秘的迷信，不能产出利用厚生底学问。医学并不见得不行，可是所谓国医，多半未尝研究过本草里所载底药物，只读两三本汤头歌诀之类便挂起牌来。千年来，我们底医学在生理，药物，病理等学问上曾有什么贡献呢？近年来从事提炼中国药物底也是具有科学知识底西医底功劳。在学问的认识上，中国人还是倾向道家的。道家不重知与行，也不信进步，改革自然是谈不到底。我想乾嘉以后，中国学术纵然会变，也不会变到自己能站得住而能分别迎拒与蓄泄西洋学潮底地步，纵然会，也许会把人家底好处扔掉，把人家底坏处留起来。像明末底西洋教士介绍了科学知识和他们宗教制度，试问我们迎底是什么呢？中华文化，可怜得很，真是一泓死水呀！这话十年前我不这样说，五年前我不忍这样说，最近我真不能不这样说了。不过死水还不是绝可悲的，只要水不涸，还可以想方法增加水量，使之澄清，使之溢出。这工夫要靠学术界底治水者底努力才有希望。世间无不死之人，也无不变的文化，只要做出来底事物合乎国民底需要，能解决民生日用底问题底就是那民族底文化了。

要知道中国现在的境遇底真相和寻求解决中国目前的种种问题，归根还是要从中国历史与其社会组织，经济制度底研究入手。不过研究者必要有世界学术底常识，审慎择别，不可抱着“花子吃死蟹，只只好”底态度。那么，外国那几套把戏自然也能够辨认与选择，不致于随波逐流，终被狂涛怒浪所吞咽。中国学术不进步底原因，文字底障碍也是其中最大的一个。我提出这一点，许多国学大师必定要伸舌头底。但真理自是真理，稍微用冷静的头脑去思维一下便可以看出中国文字问题底严重。我们到现在用底还不是拼音文字，难学难记难速写，想用它来表达思想，非用上几十年底工夫不可。读三五年书，简直等于没读过。许多大学毕业生自从出来做事之后便不去摩书本。他们尚且如此，程度低些底更可知。繁难的文字束缚了思想，限制了读书人，所以中国文化最大的毒害便是自己的文字。一翻古籍便理会几十万言底书已很少见，百万千万言底书更属稀罕了。到现在，不说入学之门底百科全书没有，连一部比较完备的字典都没有。国人不理会这是文化低落底病根，反而自诩为简洁。不知道简洁文字只能表现简单思想，像用来做诗词，写游记是很够底。从前学问底范围有限，用简洁的文体，把许多不应当省掉底字眼省略掉还不觉得意义很晦涩，读者可用自己底理会力来补足文中底意思。现代的科学记载把一个字错放了地位都不成，简省更不用说了。我们底命不加长，而所要知要学的东西太多，如果写作不从时间上节省是不成的。我们自己的文化担负已是够重的了，现在还要担负上欧美的文化，这就是钱先生所谓“两水斗啮”底现象，其实是中国人挣扎于两重文化底压迫底下底现象。欧美的文化，我们不能不担负，欧美人却不必要担负我们底文化，人家可以不学汉文而得所需底知识，我们不学外国文成么？这显然是我们底文化落后所给底刑罚，目前是没法摆脱底。要文化底水平线提高，非得采用易于学习底拼音文字不可。千字课或基本汉字不能解决这个严重问题，因为在学术上与思想表现上是须要创造新字底，如果到了思想繁杂底阶段，几千字终会不够用，结果还是要孳乳出很多很多的方块字。现在有人用“圕”表示“图书馆”，用“簙”表示“博物院”，一个字读成三个音，若是这类字多起来，中国六书底系统更要出乱子。拼音字底好处在以音达意，不是以形表意，有什么话就写出什么话，直截了当，不用计较某字该省，某句应缩，意思明白，头脑就可以训练得更缜密。虽然拼音文字中如英文法文等还不能算是真正拼音底，但我们须以拼音法则为归依，不是欧美文字为归依。表达思想底工具不好，自然不能很快地使国民底知识提高。人家做十年，我们非得加上五六倍底时间不可。日本维新底成功，好在他们有“假名”，教育普及得快，使他们底文化能追踪欧美。我们一向不理会这一点，因为我们对于汉字有很深切的敬爱，几十年来底拼音字母运动每被学者们所藐视与反对。许多人只看文字是用来做诗写文底，能摇头摆脚哼出百几十字便自以为满足了。改良文字对于这种人固然没有多大的益处，但为学术底进步着想，我们不能那么浪费时间来用难写难记底文字。古人惜寸阴分阴，现代的中国人更应当爱惜丝毫光阴。因为用高速度来成就事物是现代民族生存底必要条件。

德国这次向东方进兵，事实上是以血换油。油是使速度增进底重要材料。不但在战争上，即如在其他事业上，如果着手或成功稍微慢了些，便等于失败。所以人家以一切来换时间，我们现在还想以时间来换一切，这种守株待兔底精神是要不得底。国民智力底低下，中国文字要负很重的责任。智力底高低就是发现问题与解决问题底能力底速度底高低。我以为汉字不改革，则一切都是没有希望底。用文字记载思想本来和用针来缝布成衣服差不多，从前的针一端是针口，另一端是穿线底针鼻。缝纫底人一针一针地做，不觉得不方便。但是缝衣机发明了，许多不需要的劳动不但可以节省而且能很快地缝了许多衣服。缝衣机底成功只在将针鼻移到与针口同在一端上。拼音文字运动也是试要把音与义打成一片。不过要移动一下这“文字底针鼻”，虽然只是分寸底距离，若用底人不了悟，纵然经过千百年也不能成功。旧工具不适于创造新学术，就像旧式的针不能做更快更整齐的衣服一样。有使中国文化被西方民族吸收愿望底先当注意汉字底改革，然后去求学术上的新贡献，光靠残缺的骨董此后是卖不出去底。

中国目前的问题，不怕新学术呼不出，也不怕没人去做专门名家之业，所怕底是知识不普及。一般人底常识不足，凡有新来底吃底用底享受底，不管青红皂白，胡乱地赶时髦。读书人变成士大夫，把一般群众放在脑后，不但不肯帮助他们，反而压迫他们。从农村出来底读书人不肯回到农村去，弄到每个村都现出经济与精神破产底现象。在都市底人们，尤其是懂得吹洋号筒底官人贵女们，整个生活都沉在花天酒地里，批评家说他们是在“象牙之塔”里过日子。其实中国哪里来的“象牙之塔”？我所见底都是一幢幢的“牛骨之楼”罢了。我们希望于学术界底是在各部门里加紧努力，要做优等人而不厌恶劣等的温饱，切莫做劣等人而去享受优等的温饱。那么，平世之学与乱世之学就不必加以分别了。现在国内底大学教授，他们底薪俸还不如运输工人所得底多，我们当然不忍说他们是藏身一曲，做着与私人温饱相宜底名山事业。不用说生存上，即如生活上必须的温饱，是谁都有权利要求底。读书人将来会归入劳动阶级，成为“智力劳动者”，要恢复到四民之首底领导地位，除非现在正在膨胀着底资产制度被铲除，恐怕是不容易了。

[附言] 六月二十四日某先生在《华字日报》写了一篇质问我的文章，题目是《国粹与国渣》，文中有些问题发得很幼稚，值不得一答。惟有问什么是“国粹”一点，使我在学问的良心上不能不回答一下。我因此又连想到六月八日钱穆先生在《大公报》发表底星期论文《新时代与新学术》，觉得其中几点也有提出来共同讨论底必要，所以写成这一篇，希望底是能抛碎砖引出宝玉来。文中大意是曾于六月二十八日对岭英中学高中毕业生讲过底。

（原刊1941年7月香港《大公报》，收入《国粹与国学》）

礼俗与民生

礼俗是合礼仪与风俗而言。礼是属于宗教的及仪式的；俗是属于习惯的及经济的。风俗与礼仪乃国家民族底生活习惯所成，不过礼仪比较是强迫的，风俗比较是自由的。风俗底强迫不如道德律那么属于主观的命令；也不如法律那样有客观的威胁，人可以遵从它，也可以违背它。风俗是基于习惯，而此习惯是于群己都有利，而且便于举行和认识。我国古来有“风化”“风俗”“政俗”“礼俗”等名称。风化是自上而下言；风俗是自一社团至一社团言；政俗是合法律与风俗言；礼俗是合道德与风俗言。被定为唐朝底书《刘子·风俗篇》说①，“风者气也；俗者习也。土地水泉，气有缓急，声有高下，谓之风焉。人居此地，习以成性，谓之俗焉。风有薄厚，俗有淳浇，明王之化，当称风使之雅；易俗使之正。是以上之化下，亦为之风焉。民习而行，亦为之俗焉。……”我国古说以礼俗是和地方环境有密切关系的，地方环境实际上就是经济生活。所以风俗与民生有相因而成底关系。

人类和别的动物不同的地方，最显然的是他有语言文字衣冠和礼仪。礼仪是社会的产物，没有社会也就没有礼仪风俗。古代社会几乎整个生活是礼仪风俗捆绑住，所谓礼仪三百，威仪三千，是指示人没有一举一动是不在礼仪与习俗里头。在风俗里最易辨识底是礼仪。它是一种社会公认的行为，用来表示精神的与物质的生活底象征，行为底警告，和危机底克服。不被公认底习惯，便不是风

---

① 《刘子》：作者当为刘昼，北齐思想家。

俗，只可算为人的或家族的特殊行为。

生活底象征。所谓生活底象征，意思是我们在生活上有种种方面，如果要在很短的时间把它们都表现出来，那是不可能的。不得已，就得用身体底动作表示出来。如此，有人说，中国人底“作揖”，是种地时候，拿锄头刨土底象征行为。古时两个人相见，彼此底语言不一定相通，但要表示友谊时，使作彼此生活上共同的行为，意思是说，“你要我帮忙种地，我很喜欢效劳。”朋友本有互助底情分，所以这刨土底姿势，便成表现友谊底“作揖”了。又如欧洲人“拉手或顿手”与中国底“把臂”有点相同，不过欧洲文化是从游牧民族生活发展底，不像中国作揖是从农业文化发展底，拉手是象征赶羊入圈底互助行为。又如，中国底叩头礼，原是表示奴隶对于主人底服从；欧洲底脱帽礼原是武士入到人家，把头盔脱下，表示解除武装，不伤官人的意思。这些都是生活底象征。

行为底警告。依据生活底经验，凡在某种情境上不能做某样事，或得做某样事，于是用一种仪式把它表示出来。好像官吏就职底宣誓典礼，是为警告他在职位时候应尽忠心，不得做辜负民意底事情。又如西洋轮船下水时，要行掷香槟酒瓶礼，据说是不要船上底水手因狂饮而误事底意思。又如古代社会底冠礼，多半是用仪式来表示成年人在社会里应尽底义务，同时警告他不要做那违抗社会或一个失败的人。

危机底克服。人在生活底历程上，有种种危机。如生产底时候，母子底性命都很危险。这危险底境地，当在过得去与过不去之间，便是一个危机。从旧生活要改入新生活底时期，也是一个危机。如社会里成年底男女，在没有结婚底时候，依赖父母家长，一到结婚时候，便要从依赖的生活进入独立的生活，在这个将入未入底境地，也是生活底一个危机。因所要娶要嫁底男女在结合以后，在生活上能否顺利地过下去，是没有把握底。又如家里底主人就是担负一家经济生活底主角，一旦死了，在这主要的生产者过去，新底主要生产者将要接上底时候，也是一个危机。过年过节，是为时间底进行，于生产上有利不利底可能，所以也是一种危机。风俗礼仪由巫术渐次变成，乃至生活方式变迁了，仍然保留着，当做娱乐日，或休息日。

礼俗与民生底关系从上说三点底演进可以知道。生活上最大的四个阶段是生，冠，婚，丧。生产底礼俗现在已渐次消灭了。女人坐月，三朝洗儿，周岁等，因生活形式改变，社会组织更变，知识生活提高，人也不再找这些麻烦了。做生日并不是古礼，是近几百年，官僚富家，借此夸耀及收受礼物底勾当，我想这是应当禁止底。冠礼也早就不行了。在礼仪上，与民生最有关系的是婚礼与丧礼。这两礼原来会有很重的巫术色彩，人试要用巫术把所谓不祥的境遇克服过来。现在拿婚礼来说，照旧时的礼仪，新娘从上头，上轿，乃至三朝回门，层层节节，都有许多禁忌，许多迷信的仪式，如像新娘拿镜子，新郎踢轿门，闹新人等等，都含有巫术在内。说到丧礼，迷信行为更多，因为人怕死鬼，所以披麻，变形，神主所以点主，后来生活进步，便附上种种意义，人因风习也就不问而随着做了。

今天并不是要讲礼俗之起源，只要讲我们应当怎样采用礼仪，使它在生活上有意思而不至于浪费时间，金钱，与精神。礼仪与风俗习惯是人人有的，但行者须顾到国民底经济生活。自入民国以来，没工夫顾到制礼作乐，变服剪发，乃成风俗，不知从此例底没顾到国民底经济与工业，以致简单钮扣一项，每年不知向外买入多少，有底矫枉过正，变本加厉，只顾排场，不管自己财力如何，有底甚至全盘采取西礼。要知道民族生存是赖乎本地生活上传统的习惯和理想，如果全盘采用别人的礼仪风俗，无异自己毁灭自己，古人说要灭人国，得先灭人底礼俗，所以婚丧应当保留固有的，如其不便，可从简些。风俗礼仪凡与我生活上没有经验底，可以不必去学人家，像披头纱，拿花把，也于我们没有意义，为何要行呢？至于贺礼，古人对于婚丧在亲友分上，本有助理之分，不过得有用，现在人最没道理底是送人银盾，丧礼底幛，甚至有子送终父母底，也有男用女语女用男语底，最可笑的，有个殡仪，幛上写着“川流不息”！这又是乱用了。丧礼而张灯结彩，大请其客，也是不应该的，婚礼有以“文凭”为嫁妆扛着满街游行底，这也不对。

故生活简单，用钱底机会少，所以一旦有事，要行繁重的仪式，但也得依其人之经济与地位而行，不是随意的。又生产方式变迁，礼俗也当变，如丧礼在街游行，不过是要人知道某人已死，而且是个好人，因城市上人个个那么忙，谁有心读个人的历史呢？礼仪与民生底关系至密切，有时因习俗所驱，有人弄到倾家荡产，故当局者应当提倡合乎国民生活与经济底礼俗，庶几乎不教固有文化沦丧了。

（收入 1947 年 6 月商务印书馆版《国粹与国学》）

民国一世

——三十年来我国礼俗变迁底简略的回观

转眼又到民国三十年，用古话来说，就是一世了。这一世底经历真比前些世代都重要而更繁多，教大家都感觉是在一个完全不同的世界里生活着。这三十年底政治史，说起来也许会比任何时代都来得复杂。不过政治史只是记载事情发生后底结果，单从这面看是看不透底。我们历来的史家讲政必要连带地讲到风俗，因为风俗是民族底理想与习尚底反映，若不明了这一层，对于政治底进展底观察只能见到皮相。民国一世底政治史，说来虽然教人头痛，但是已经有了好些的著作。在这期间，风俗习尚底变迁好像还没有什么完备的记载，所以在这三十年度开始，我们对于过去二十九年底风尚不妨做一个概略的回观。自然这篇短文不是写风俗史，不过试要把那在政治背后底人民生活与习尚叙述一二而已。

民国底产生是先天不足的。三十年前底人民对于革命底理想与目的多数还在睡里梦里，辛亥年（民国前一年，也是武昌起义底那一年）三月二十九底下午在广州发动底不朽的革命举动，我们当记得，有名字底革命家只牺牲了七十二人！拿全国人民底总数来与这数目一比，简直没法子列出一个好看的算式。那时我是一个中学生。住在离总督衙门后不远底一所房子，满街底人在炸弹声响了不久之后，都嚷着“革命党起事了”！大家争着关铺门，除招牌，甚至什么公馆、寓、第、宅、堂等等红纸门榜也都各自撕下，惟恐来不及。那晚上，大家关起大门，除掉天上底火光与零碎的枪声以外，一点也不见不闻。事平之后，回学堂去，问起来，大家都说没见过革命党，只有两三位住在学堂里底先生告诉我们说有两三个操外省口音，臂缠着白毛巾底青年曾躲在仪器室里。其中有一个人还劝人加入革命党，那位先生没答应他，他就鄙夷地说：“蠢才，有便宜米你都不吃……”他底理想只以为革命成功以后，人人都可以有便宜的粮食了，这种革命思想与古代底造反者所说底口号没有什么分别。自然那时有许多青年也读过民族革命底宣传品，但革命的建国方略始终为一般人所没梦想过，连革命党员中间也有许多是不明白他们正在做着什么事情。不到六个月，武昌起义了。这举动似乎与广州革命不相干，但竟然成功了。人民底思想是毫无预备，只混混沌沌地站在革命底旗帜下，不到几个月，居然建立了中华民国。

民国成立以后，关于礼俗底改革，最显著的是剪辫，穿西服，用阳历，废叩头等等。剪辫在民国前两三年，广州与香港已渐成为时髦，原因是澳美二洲底华侨和东西留学生回国底很多。他们都是短服（不一定是西装），剪发，革履，青年学生见了互相仿效，还有当时是军国民主义底教育，学生底制服就是军装。许多人不喜欢把辫子盘过胁下扣在胸前底第一颗钮扣上，都把它剪掉，或只留顶上一排头发，戴军帽时，把辫子盘起来，叫做“半剪”。当时人管没辫子底人们叫做“剪辫仔”或“有辫仔”，稍微客气一点底就叫他们底打扮做“文明装”或“金山文明装”，现在广州与香港底理发师还有些保留着所谓“金山装”底名目底。在民国前三年，我已经是个“剪辫仔”，先父初见我光了头，穿起洋服，结了一条大红领带，虽没生气，却摇着头说，“文明不能专在外表上讲。”

广东反正，我们全家搬到福建，寄寓在海澄一个朋友底乡间。那里底人见我们全家底男子，连先父也在内，都没有辫子，都说我们是“革命仔”。乡下人有许多不愿意剪辫，因为依当地风俗，男子若不是当和尚或犯奸就不能把辫子去掉。他们对于革命运动虽然热烈地拥护，但要他们剪掉辫子却有点为难，所以有许多是被人硬剪掉底。有些要在剪掉之后放一串炮仗；有些还要祭过祖先才剪。这不是有所爱于满洲人底装束，前者是杀晦气，后者是本着“身体发肤，受之父母”底教训；你如问为什么剃头就不是“毁伤”，他就说从前是奉旨及父母之命而行底。民国元年，南方沿海底都市有些有女革命军底组织，当时剪发底女子也不少，若不因为女革命军底声誉不好和军政当局底压抑，女子们剪发就不必等到民国十六年以后才成为流行的装扮了。当盛行女子剪发底时候，东三省有位某帅，参观学校，见某女教员剪发，便当她是共产党员，把她枪毙了。她也可以说是为服装而牺牲底不幸者。

讲到衣服底改变，如大礼服，小礼服之类，也许是因为当时当局诸明公都抱“文明先重外表”底见解，没想到我们底纺织工业会因此而吃大亏。我们底布匹底宽度是不宜于裁西装底，结果非要买入人家多量的洋材料不可。单说输入底钮扣一样。若是翻翻民国元年以后海关底黄皮书，就知道那数字在历年底增加是很可怕的了。其它如硬领、领带、小梳子、小镜子等等文明装底零件更可想而知了。女人装束在最初几年没有剧烈的变迁，当时留学东洋回国底女学生很多，因此日本式的髻发，金边小眼镜，小绢伞，手提包，成为女子时髦的装饰。后来女学生底装束被旗袍占了势力，一时长的、短的、宽的、窄的，都以旗袍式为标准，裙子渐渐地没人穿了。民国十四五年以后，在上海以伴舞及演电影底职业女子掌握了女子时髦装束底威权，但全部是抄袭外国底，毫无本国风度，直到现在，除掉变态的旗袍以外，几乎辨别不出是中国装了。在服装上，我们底男女多半变了被他人装饰底人形衣架，看不出什么民族性来。

衣服直接影响到礼俗，最著的是婚礼。民国初年，男子在功令上必要改装，女子却是仍旧，因此在婚礼上就显出异样来。在福建乡间，我亲见过新郎穿底是戏台上底红生袍，戴底是满镶着小镜子底小生巾，因为依照功令，大礼服与大礼帽全是黑的，穿戴起来，有点丧气。间或有穿戴上底，也得披上红绸，在大高帽上插一金花，甚至在草帽上插花披红，真可谓不伦不类。不久，所谓“文明婚礼”流行了。新娘是由凤冠霞帔改为披头纱和穿民国礼服。头纱在最初有披大红的，后来渐渐由桃红淡红到变为欧式的全白，以致守旧的太婆不愿意，有些说，“看现在的新娘子，未死丈夫先带孝！”这种风气大概最初是由教会及上海底欧美留学生做起，后来渐渐传染各处。现在在各大都市，甚至礼饼之微也是西装了！什么与我们底礼俗不相干底扔破鞋、分婚糕、度蜜月，件件都学到了。还有，新兴的仪仗中间有军乐队，不管三七二十一胡乱吹打一气。如果新娘是曾在学校毕业底，那就更荣耀了，有时还可以在亲迎底那一天把文凭安置在彩亭里扛着满街游行。

至于丧礼，在这三十年来底变迁却与婚礼不同。从君主政策被推翻了之后，一切的荣典都排不到棺材前，孝子们异想天开，在仪仗里把挽联、祭幛、花圈等等，都给加上去了。讣告在从前是有一定规矩底，身份够不上用家人报丧底就不敢用某宅家人报丧底条子或登广告。但封建思想底遗毒不但还未除净，甚且变本加厉，随便一个小小官吏或稍有积蓄底商人底死丧，也可以自由地设立治丧处，讣告甚至可以印成几厚册，文字比帝制时代实录馆底实录底内容还要多。孝子也给父母送起挽联或祭幛来了。花圈是胡乱地送，不管死者信不信耶稣，有十字架表识底花圈每和陀罗尼经幛放在一起。出殡底仪仗是七乱八糟，讲不上严肃，也显不出哀悼，只可以说是排场热闹而已。穿孝也近乎欧化，除掉乡下人还用旧礼或缠一点白以外，都市人多用黑纱绕臂，有时连什么徽识也没有。三年之丧再也没能维持下去了。

说到称谓，在民国初年，无论是谁，男的都称先生，女的都称女士，后来老爷、大人、夫人、太太、小姐等等旧称呼也渐渐随着帝制复活起来。帝制翻不成，封建时代底称呼反与洋封建底称呼互相翻译，在太太们中间，又自分等第，什么“夫人”“太太”都依着丈夫底地位而异其称呼，男方面，什么“先生”，什么“君”，什么“博士”，“硕士”也做成了阶级的分别，这都是封建意识底未被铲除，若长此发展下去，我们就得提防将来也许有“爵爷”、“陛下”等等称呼底流行。个人的名字用外国的如约翰、威灵顿、安妮、莉莉、伊利沙伯之类越来越多，好像没有外国名字就不够文明似地。日常的称如“蜜丝”、“蜜丝打”、“累得死”、“尖头鳗”一类的外国货格外流行，听了有时可以使人犯了脑溢血底病。

一般嗜好，在这二十九年，也可以说有很大的变更。吃底东西，洋货输进来底越多。从礼品上可以看出芝古力糖店抢了海味铺不少的买卖，洋点心铺夺掉茶食店大宗的生意。冰淇淋与汽水代替了豆腐花和酸梅汤。俄法大菜甚至有替代满汉全席底气概。赌博比三十年前更普遍化，麻雀牌底流行也同鸦片白面红丸等物一样，大有燎原之势，了得么！

历法底改变固然有许多好处，但农人底生活却非常不便，弄到都市底节令与乡间底互相脱节。都市底商店记得西洋的时节如复活节、耶稣诞等，比记得清明、端午、中秋、重九、冬至等更清楚。一个耶稣诞期，洋货店可以卖出很多洋礼物，十之九是中国人买底，难道国人有十分之九是基督徒么？奴性的盲从，替人家凑热闹，说来很可怜的。

最后讲到教育。这二十九年来因为教育方针屡次地转向，教育经费底屡受政治影响，以致中小学底教育基础极不稳固。自五四运动以后，高等教育与专门学术底研究比较有点成绩，但中小学教育在大体上说来仍是一团糟。尤其是在都市底那班居心骗钱，借口办学底教育家所办底学校，学科不完备，教师资格底不够，且不用说，最坏的是巴结学生，发卖文凭，及其它种种违反教育原则底行为。那班人公然在国旗或宗教的徽帜底下摧残我青年人底身心。这种罪恶是二十九年来许多办学底人们应该忏悔底。我从民国元年到现在未尝离开粉笔生涯，见中小学教育底江河日下，不禁为中国前途捏了一把冷汗。从前是“士农工商”，一入民国，我们就时常听见“军政商学”，后来在“军”上又加上个“党”。从前是“四民”，现在“学”所居底地位是什么，我就不愿意多嘴了。

此地底篇幅不容我多写，我不再往下说了，本来这篇文字是为祝民国三十年底，我所以把我们二十九年来底不满意处说些少出来，使大家反省一下我们底国民精神到底到了什么国去？这个我又不便往下再问，等大家放下报纸闭眼一想得了。民国算是入了壮年底阶段了。过去的二十九年，在政治上、外交上、经济上、乃至思想上，受人操纵底程度比民国未产生以前更深，现在若想自力更生底话，必得努力祛除从前种种愚昧，改革从前种种的过失，力戒懒惰与依赖，发动自己的能力与思想，要这样，新的国运才能日臻于光明。我们不能时刻希求人家时刻之援助，要记得我们是入了壮年时期，是三十岁了，更要记得援助我们底就可以操纵我们呀！若是一个人活到三十岁还要被人“援助”，他真是一个“不长进”底人。我们要建设一个更健全的国家非得有这样的觉悟与愿望不可。愿大家在这第三十年底开始加倍地努力，这样，未来的种种都是有希望的，是生长的，是有幸福的。

（原刊 1941 年 1 月 1 日香港《大公报》，收入《杂感集》）

创作底三宝和鉴赏底四依

雁冰，圣陶，振铎诸君发起创作讨论，叫我也加入。我知道凡关于创作底理论他们一定说得很周到，不必我再提起，我对于这个讨论只能用个人如豆的眼光写些少出来。

现代文学界虽有理想主义（Idealism）和写实主义（Realism）两大倾向，但不论如何，在创作者这方面写出来底文字总要具有“创作三宝”才能参得文坛底上禅。创作底三宝不是佛、法、僧，乃是与此佛、法、僧同一范畴底智慧、人生和美丽。所谓创作三宝不是我底创意，从前欧西的文学家也曾主张过。我很赞许创作有这三种宝贝，所以要略略地将自己底见解陈述一下。

（一）智慧宝：创作者个人的经验，是他的作品底无上根基。他要受经验底默示，然后所创作底方能有感力达到鉴赏者那方面。他底经验，不论是由直接方面得来，或者由间接方面得来，只要从他理性的评度，选出那最玄妙的段落——就是个人特殊的经验有裨益于智慧或识见底片段——描写出来。这就是创作底第一宝。

（二）人生宝：创作者底生活和经验既是人间的，所以他底作品需含有人生的原素。人间生活不能离开道德的形式。创作者所描写底纵然是一种不道德的事实，但他底笔力要使鉴赏者有“见不肖而内自省”底反感，才能算为佳作。即使他是一位神秘派、象征派，或唯美派底作家，他也需将所描那些虚无缥缈的，或超越人间生活的事情化为人间的，使之和现实或理想的道德生活相表里。这就是创作底第二宝。

（三）美丽宝：美丽本是不能独立的，他要有所附丽才能充分地表现出来。所以要有乐器、歌喉，才能表现声音美；要有光暗、油彩，才能表现颜色美；要有绮语、丽词，才能表现思想美。若是没有乐器，光暗，言文等，那所谓美就无着落，也就不能存在。单纯的文艺创作——如小说、诗歌之类——的审美限度只在文字底组织上头；至于戏剧，非得具有上述三种美丽不可。因为美有附丽的性质，故此，列它为创作底第三宝。

虽然，这三宝也是不能彼此分离底。一篇作品，若缺乏第二、第三宝，必定成为一种哲学或科学底记载；若是只有第二宝，便成为劝善文；只有第三宝，便成为一种六朝式的文章。所以我说这三宝是三是一，不能分离。换句话说，这就是创作界底三位一体。

已经说完创作底三宝，那鉴赏底四依是什么呢？佛教古德说过一句话："心如工画师，善画诸世间。"文艺的创作就是用心描画诸世间底事物。冷热诸色，在画片上本是一样地好看，一样地当用。不论什么派底画家，有等擅于用热色，喜欢用热色；有等擅于用冷色，喜欢用冷色。设若鉴赏者是喜欢热色底，他自然不能赏识那爱用冷色底画家底作品。他要批评（批评就是鉴赏后底自感）时，必需了解那主观方面底习性、用意和手法才成。对于文艺底鉴赏，亦复如是。

现在有些人还有那种批评的刚愎性，他们对于一种作品若不了解，或不合自己意见时，不说自己不懂，或说不符我见，便尔下一个强烈的否定。说这个不好，那个不妙。这等人物，鉴赏还够不上，自然不能有什么好批评。我对于鉴赏方面，很久就想发表些鄙见，现在因为讲起创作，就联到这问题上头。不过这里篇幅有限，不能容尽量陈说，只能将那常存在我心里的鉴赏四依提出些少便了。

佛家底四依是："依义不依语；依法不依人；依智不依识；依了义经不依不了义经。"鉴赏家底四依也和这个差不多。现时就在每依之下说一两句话——

（一）依义：对于一种作品，不管他是用什么方言，篇内有什么方言参杂在内，只要令人了解或感受作者所要标明底义谛，便可以过得去。鉴赏者不必指摘这句是土话，那句不雅驯，当知真理有时会从土话里表现出来。

（二）依法：须要明了主观——作者——方面底世界观和人生观，看他能够在艺术作品上充分地表现出来不能，他底思想在作品上是否有系统。至于个人感情需要暂时搁开，凡有褒贬不及人，不受感情转移。

（三）依智：凡有描写不外是人间的生活，而生活底一段一落，难保没有约莫相同之点，鉴赏者不能因其相像而遂说他是落了旧者窠臼底。约莫相同的事物很多，不过看创作者怎样把他们表现出来。譬如一件很平常的事情，在常人视若无足轻重，然而一到创作者眼里便能将自己底观念和那事情融化，经他一番地洗染，便成为新奇动听的创作。所以鉴赏创作，要依智慧，不要依赖一般识见。

（四）依了义：有时创作者底表现力过于超迈，或所记情节出乎鉴赏者经验之外，那么，鉴赏者须在细心推究之后才可以下批评。不然，就不妨自谦一点，说声，“不知所谓，不敢强解。”对于一种作品，若是自己还不大懂得，那所批评底，怎能有彻底的论断呢？

总之，批评是一种专门工夫，我也不大在行，不过随缘诉说几句罢了。有的人用批八股文或才子书底方法来批评创作，甚至毁誉于作者自身。若是了解鉴赏四依，哪会酿成许多笔墨官司！

（原刊1921年7月10日《小说月报》第12卷第7号）

怡情文学与养性文学

——序太华烈士编译《硬汉》小说集

文学的种类，依愚见，以为大体上可分为两种：一是怡情文学；二是养性文学。怡情文学是静止的，是在太平时代或在纷乱时代底超现实作品，文章底内容基于想象，美化了男女相悦或英雄事迹，乃至作者自己混进自然，忘掉他底形骸，只求自己欣赏，他人理解与否，在所不问。这样底作品多少含有唯我独尊底气概，作者可以当他底作品为没弦琴，为无孔笛。养性文学就不然，它是活动的，是对于人间种种的不平所发出底轰天雷，作者着实地把人性在受窘压底状态底下怎样挣扎底情形写出来，为底是教读者能把更坚定的性格培养出来。在这电气与煤油时代，人间生活已不像往古那么优游，人们不但要忙着寻求生活的资料，并且要时刻预防着生命被人有意和无意地掠夺。信义公理所维持底理想人生已陷入危险的境地，人们除掉回到穴居生活，再把坚甲披起，把锐牙露出以外，好像没有别的方法。处在这种时势底下，人们底精神的资粮当然不能再是行云流水，没弦琴，无孔笛。这些都教现代的机器与炮弹轰毁了。我们现时实在不是读怡情文学底时候，我们只能读那从这样时代产生出来底养性文学。养性文学底种类也可以分出好几样，其中一样是带汗臭底，一样是带弹腥底。因为这类作品都是切实地描写群众，表现得很朴实，容易了解，所以也可以叫做群众文学。

前人为文以为当如弹没弦琴，要求弦外底妙音，当如吹无孔笛，来赏心中底奥义，这只能被少数人赏识，似乎不是群众养性底资粮。像太华烈士所集译底军事小说《硬汉》等篇，实是唤醒国民求生底法螺。作者从实际经验写来，非是徒托空言来向拥书城底缙绅先生献媚，或守宝库底富豪员外乞怜，乃是指导群众一条为生而奋斗而牺牲底道路。所以这种弹腥文学是爱国爱群底人们底资粮，不是富翁贵人底消遣品。富翁贵人说来也不会欣赏像《硬汉》这一类底作品，因为现代的国家好像与他们无关。没有国家，他们仍可以避到世外桃源去弹没弦琴和吹无孔笛。但是一般的群众呢？国家若是没有了，他们便要立刻变成牛马，供人驱策。所以他们没有工夫去欣赏怡情文学，他们须要培养他们底真性，使他们具有坚如金刚底民族性，虽在任何情境底下，也不致有何等变动。但是群众文学家底任务，不是要将群众底卤莽言动激励起来，乃是指示他们人类高尚的言动应当怎样，虽然卤莽不文，也能表出天赋的性情。无论是农夫，或是工人，或是兵士，都可以读像《硬汉》这样的文艺。他们若是当篇中所记底便是他们同伴或他们自己底事情，那就是译者底功德了。

一九三八年十二月香港

（原刊1939年1月《大风》旬刊第25集，
收入《杂感集》时改题《〈硬汉〉序》）

老鸦咀

无论什么艺术作品，选材最难，许多人不明白写文章与绘画一样，擅于描写禽虫底不一定能画山水，擅于描写人物底不一定能写花卉，即如同在山水画底范围内，设色，取景，布局，要各有各底心胸才能显出各底长处，文章也是如此。有许多事情，在甲以为是描写底好材料，在乙便以为不足道，在甲以为能写得非常动情，在乙写来，只是淡淡无奇，这是作者性格所使然，是一个作家首应理会底。

穷苦的生活用颜色来描比用文字来写更难，近人许多兴到农村去画甚么饥荒，兵灾，看来总觉得他们底艺术手段不够，不能引起观者底同感，有些只顾在色底渲染，有些只顾在画面堆上种种触目惊心的形状，不是失于不美，便是失于过美。过美的，使人觉得那不过是一幅画，不美的便不能引起人底快感，哪能成为艺术作品呢？所以“流民图”一类底作品只是宣传画底一种，不能算为纯正艺术作品。

近日上海几位以洋画名家而自诩为擅汉画的大画师，教授，每好作什么英雄独立图，醒狮图，骏马图。“雄鸡一声天下白”之类，借重名流如蔡先生褚先生等，替他们吹嘘，展览会从亚洲开到欧洲，到处招摇，直失画家风格。我在展览会见过底马腿，都很像古时芝拉夫底鸡脚，都像鹤膝，光与体底描画每多错误，不晓得一般高明的鉴赏家何以单单称赏那些，他们画马，画鹰，画公鸡给军人看，借此鼓励鼓励他们，倒也算是画家为国服务底一法，如果说“沙龙”底人都赞为得未曾有底东方画，那就失礼了。

当众挥毫不是很高尚的事，这是走江湖人底伎俩。要人信他底艺术高超，所以得在人前表演一下。打拳卖膏药底在人众围观底时节，所演底从第一代祖师以来都是那一套。我赴过许多“当众挥毫会”，深知某师必画鸟，某师必画鱼，某师必画鸦，样式不过三四，尺寸也不过五六，因为画熟了，几撇几点，一题，便成杰作，那样，要好画，真如煮沙欲其成饭了，古人雅集，兴到偶尔，就现成纸帛一两挥，本不为传，不为博人称赏，故只字点墨，都堪宝贵，今人当众大批制画，伧气满纸，其术或佳，其艺则渺。

画面题识，能免则免，因为字与画无论如何是两样东西，借几句文词来烘托画意，便见作者对于自己艺术未能信赖，要告诉人他画底都是什么，有些自大自满底画家还在纸上题些不相干的话，更是傫头。古代杰作，都无题识，甚至作者底名字都没有。有底也在画面上不相干的地方，如树边石罅，枝下等处淡淡地写个名字，记个年月而已。今人用大字题名题诗词，记跋，用大图章，甚至题占画面十分之七八，我要问观者是来读书还是读画？有题记瘾底画家，不妨将纸分为两部分，一部作画，一部题字，界限分明，才可以保持画面底完整。

近人写文喜用“三部曲”为题，这也是洋八股。为什么一定要“三部”？作者或者也莫名其妙，像“憧憬”是什么意思，我问过许多作者，除了懂日本文底以外，多数不懂，只因人家用开，顺其大意，他们也跟着用起来，用三部曲为题底恐怕也是如此。

（原刊 1939 年 8 月《红豆》第 4 卷第 6 期）

我的童年

序　言

每当茶余饭后，或是在天棚纳凉的时候，亲爱的父亲常常揽着我们讲故事，说笑话，回想起来不尽的愉快。更想到我们有时彼此追逐为戏，妈妈当母鸡，我们兄妹两个当小鸡，爸爸当老鹰，常常被爸爸捉住抱起来打屁股。间或我同小妹跳飞机、造房子玩，意见冲突的时候，爸爸总是跑过来做种种滑稽的跳法，引得大家大笑为止。我同爸爸着棋的时候也很多，爸爸几时都是兴趣浓厚，不以为是同小孩子玩而马糊让步，因此我常常输棋，输了再来，或是一笑结局。爸爸拍着我说："小苓子，有器量。"我们的小朋友来了，爸爸得闲的时候，最喜欢领导着我们玩，记得祖父在时，曾说过：地山就是一个孩子头儿。"

爸爸几时都是满面春风，从不见他有不愉之色，尤其对于穷苦的人们，温和备至。自抗战以来，难民到我们家门口，或是到大学的中文学院找爸爸帮助的，络绎不绝，爸爸总是尽力替他们设法，送钱，找事，或是送入救济所。记得有一次，我们在中文学院门口等爸爸一同回家，看见他挽扶着一个衣裳褴褛的老者，从石阶一步一步的下来，原来也是一个贫病求助的。事情并不稀奇，但是感动了我，指示了我应当怎样做人。

爸爸每日极忙，早晨八点去大学，一点回家午膳，两点再去，直到六点或七点才回家。在学校除教课及办校务外，总看见他在读书，写卡片，预备写书的材料。所以他写小说一类的文章，是在清早四点到六点之间，写一个段落又回到床上去睡，七点再起来。

爸爸为我们讲他小时候的故事，很多有趣的。但是段段落落没有连贯，我要求他把它写出来。他说："好，你们听话，我有空闲的时候就写。"哪知道写不到两三段，我那最可爱可敬的父亲，竟舍弃我们而去。想他不见，叫他不应，他是永远不回到我们身边来了。但是他的形影精神，深刻在我们的脑里，永世不会消灭的。

云姊姊来安慰我们，她说小朋友们都记念着爸爸，要我将爸爸所写的《童年》交她刊在《新儿童》上，虽然是没有完的文章，也可以聊慰记念着爸爸的小朋友。凡是爸爸从前向我们讲过的，尽我的记忆所能，我要把它续写在后面，使小朋友不至于太失望。爸爸有知，也许在含笑向着我们点头。

苓仲泣书　一九四一年

延平郡王祠边

小时候的事情是很值得自己回想底。父母底爱固然是一件永远不能再得底宝贝，但自己的幼年的幻想与情绪也像瑷的孤云随着旭日升起以后，飞到天顶，便渐次地消失了。现在所留底不过是强烈的后象，以相反的色调在心头映射着。

出世后几年间是无知的时期，所能记底只是从家长们听得关于自己底零碎事情，虽然没什么趣味，却不妨记记实。在公元一八九三年二月十四日，正当光绪十九年十二月二十八底上午丑时，我生于台湾台南府城延平郡王祠边的窥园里。这园是我祖父置底。出门不远，有一座马伏波祠，本地人称为马公庙，称我们的家为马公庙许厝。我的乳母求官是一个佃户的妻子，她很小心地照顾我。据母亲说，她老不肯放我下地，一直到我会在桌上走两步底时候，她才惊讶地嚷出来："丑官会走了！"叔丑是我底小名，因为我是丑时生底。母亲姓吴，兄弟们都称她叫"妑"，是我们几弟兄跟着大哥这样叫底，乡人称母亲为“阿姐”、“阿姨”，“乃娘”，却没有称“妪”底，家里叔伯兄弟们称呼他们底母亲，也不是这样，所以“妪”是我们几兄弟对母亲所用底专名。

妪生我底时候是三十多岁，她说我小的时候，皮肤白得像那刚退皮底小螳螂一般。这也许不是赞我，或者是由乳母不让我出外晒太阳的原故。老家底光景，我一点印象也没有。在我还不到一周年底时候，中日战争便起来了。台湾底割让，迫着我全家在一八九六年□日离开乡里。妪在我幼年时常对我说当时出走底情形，我现在只记得几件有点意思底，一件是她在要安平上船以前，到关帝庙去求签，问问台湾要到几时才归中国。签诗大意回答她底大意说，中国是像一株枯杨，要等到它底根上再发新芽底时候才有希望。深信着台湾若不归还中国，她定是不能再见到家门底。但她永远不了解枯树上发新枝是指什么，这谜到她去世时还在猜着。她自逃出来以后就没有回去过。第二件可纪念底事，是她在猪圈里养了一只“天公猪”，临出门底时候，她到栏外去看它，流着泪对它说：“公猪，你没有福分上天公坛了，再见吧。”那猪也像流着泪，用那断藕般底鼻子嗅着她底手，低声呜呜地叫着。台湾底风俗男子生到十三四岁底年纪，家人必得为他抱一只小公猪来养着，等到十六岁上元日，把它宰来祭上帝。所以管它叫“天公猪”，公猪由主妇亲自豢养底，三四年之中，不能叫它生气、吃惊、害病等。食料得用好的，绝不能把污秽的东西给它吃，也不能放它出去游荡像平常的猪一般。更不能容它与母猪在一起。换句话，它是一只预备做牺牲的圣畜。我们家那只公猪是为大哥养的。他那年已过了十三岁。她每天亲自养它，已经快到一年了。公猪看见她到栏外格外显出亲切的情谊。她说的话，也许它能理会几分。我们到汕头三个月以后，得着看家的来信，说那公猪自从她去后，就不大肯吃东西，渐渐地瘦了，不到半年公猪竟然死了。她到十年以后还在想念着它。她叹息公猪没福分上天公坛，大哥没福分用一只自豢底圣畜。故乡底风俗男子生后三日剃胎发，必在囟门上留一撮，名叫“囟鬃”。长了许剪不许剃，必得到了十六岁的上元日设坛散礼玉皇上帝及天宫，在神前剃下来。用红线包起，放在香炉前和公猪一起供着，这是古代冠礼底遗意。

还有一件是妪养的一双绒毛鸡。广东叫做竹丝鸡，很能下蛋。她打了一双金耳环带在它底碧色的小耳朵上。临出门的时候，她叫看家好好地保护它。到了汕头之后，又听见家里出来底人说，父亲常骑的那匹马被日本人牵去了。日本人把它上了铁蹄。它受不了，不久也死了。父亲没与我们同走。他带着国防兵在山里，刘永福又要他去守安平。那时民主国底大势已去，在台南底刘永福，也没有什么办法，只好预备走。但他又不许人多带金银，在城门口有他底兵搜查“走反”的人民。乡人对于任何变化都叫作“反”。反朱一贵，反载万生，反法兰西，都曾大规模逃走到别处去。乙未年底“走日本反”恐怕是最大的“走”了。妪说我们出城时也受过严密底检查。因为走得太仓卒，现银预备不出来。所带底只有十几条纹银，那还是到大姑母底金铺现兑底。全家人到城门口，已是拥挤得很。当日出城底有大伯父一支五口，四婶一支四口，妪和我们姊弟六口，还有杨表哥一家，和我们几兄弟底乳母及家丁等七八口，一共二十多人。先坐牛车到南门外自己的田庄里过一宿，第二天才出安平乘竹筏上轮船到汕头去。妪说我当时只穿着一套夏布衣服；家里底人穿底都是夏天衣服，所以一到汕头不久，很费了事为大家做衣服。我到现在还仿佛地记忆着我是被人抱着在街上走，看见满街上人拥挤得很，这是我最初印在我脑子里底经验。自然当时不知道是什么，依通常计算虽叫做三岁，其实只有十八个月左右。一切都是很模糊的。

我家原是从揭阳移居于台湾底。因为年代远久，族谱里底世系对不上，一时不能归宗。爹底行止还没一定，所以暂时寄住在本家底祠堂里。主人是许子荣先生与子明先生二位昆季，我们称呼子荣为太公，子明为三爷。他们二位是爹底早年的盟兄弟。祠堂在桃都底的围村，地方很宏敞。我们一家都住得很舒适。太公的二少爷是个秀才，我们称他为杞南兄，大少爷在广州经商，我们称他做梅坡哥。祠堂底右边是杞南兄住着，我们住在左边的一段。妪与我们几兄弟住在一间房。对面是四婶和她底子女住。隔一个天井，是大伯父一家住。大哥与伯父底儿子们辛哥住伯父底对面房。当中各隔着一间厅。大伯底姨太清姨和逊姨住左厢房，杨表哥住外厢房，其余乳母工人都在厅上打铺睡。这样算是在一个小小的地方安顿了一家子。

祠堂前头有一条溪，溪边有蔗园一大区，我们几个小弟兄常常跑到园里去捉迷藏，可是大人们怕里头有蛇，常常不许我们去。离蔗园不远的地方还有一区果园，我还记得柚子树很多。到开花底时候，一阵阵的清香教人闻到觉得非常愉快；这气味好像现在还有留着。那也许是我第一次自觉在树林里遨游。在花香与蜂闹底树下，在地上玩泥土，玩了大半天才被人叫回家去。

妪是不喜欢我们到祠堂外去底，她不许我们到水边玩，怕掉在水里；不许到果园里去，怕糟蹋人家底花果；又不许到蔗园去，怕被蛇咬了。离祠堂不远通到村市底那道桥，非有人领着，是绝对不许去底，若犯了她底命令，除掉打一顿之外，就得受缔佛的刑罚。缔佛是从乡人迎神赛会时把偶像缔结在神舆上以防倾倒底意义得来底，我与叔庚被缔底时候次数最多，几乎没有一天不“缔”整个下午。

（原刊1941年8月香港《新儿童》第1卷第6期）

牛津的书虫

牛津实在是学者的学国，我在此地两年底生活尽用于波德林图书馆，印度学院，阿克关屋（社会人类学讲室），及曼斯斐尔学院中，竟不觉归期已近。

同学们每叫我“书虫”，定蜀尝鄙夷地说我于每谈论中，不上三句话，便要引经据典，“真正死路”！刘锴说：“你成日读书，睇读死你嘌啊！”书虫诚然是无用的东西，但读书到死，是我所乐为。假使我底财力、事业能够容允我，我诚愿在牛津做一辈子底书虫。

我在幼时已决心为书虫生活。自破笔受业直到如今，二十五年间未尝变志。但是要做书虫，在现在的世界本不容易。须要具足五个条件才可以。五件者：第一要身体康健；第二要家道丰裕；第三要事业清闲；第四要志趣淡薄；第五要宿慧超越。我于此五件，一无所有！故我以十年之功只当他人一夕之业。于诸学问、途径还未看得清楚，何敢希望登堂入室？但我并不因我底资质与境遇而灰心，我还是抱着读得一日便得一日之益底心志。

为学有三条路向：一是深思，二是多闻，三是能干。第一途是做成思想家底路向；第二是学者；第三是事业家。这三种人同是为学，而其对于同一对象底理解则不一致。譬如有人在居庸关下偶然捡起一块石头，一个思想家要想他怎样会在那里，怎样被人捡起来，和他底存在底意义。若是一个地质学家，他对于那石头便从地质方面源源本本地说。若是一个历史学者，他便要探求那石与过去史实有无底关系。若是一个事业家，他只想着要怎样利用那石而已。三途之中，以多闻为本。我邦先贤教人以“博闻强记”，及教人“不学而好思，虽知不广”底话，真可谓能得为学底正谊。但在现在的世界，能专一途底很少。因为生活上等等的压迫，及种种知识上的需要，使人难为纯粹的思想家或事业家。假使苏格拉底生于今日的希腊，他难免也要写几篇关于近东问题底论文投到报馆里去卖几个钱。他也得懂得一点汽车、无线电的使用方法。也许他也会把钱财存在银行里。这并不是因为“人心不古”，乃是因为人事不古。近代人需要等等知识为生活底资助，大势所趋，必不能在短期间产生纯粹的或深邃的专家。故为学要先多能，然后专攻，庶几可以自存，可以有所贡献。吾人生于今日，对于学问，专既难能，博又不易，所以应于上列三途中至少要兼二程。兼多闻与深思者为文学家。兼多闻与能干底为科学家。就是说一个人具有学者与思想家底才能，便是文学家；具有学者与专业家的功能底，便是科学家。文学家与科学家同要具学者底资格，所不同者，一是偏于理解，一是偏于作用，一是修文，一是格物（自然我所用科学家与文学家底名字是广义的）。进一步说，舍多闻既不能有深思，亦不能生能干，所以多闻是为学根本。多闻多见为学者应有底事情，如人能够做到，才算得过着书虫的生活。当彷徨于学问底歧途时，若不能早自决断该向哪一条路走去，他底学业必致如荒漠的砂粒，既不能长育生灵，又不堪制作器用。即使他能下笔千言，必无一字可取。纵使他能临事多谋，必无一策自成。我邦学者，每不擅于过书虫生活，在歧途上不能慎自抉择，复不虚心求教；过得去时，便充名士；过不去时，就变劣绅，所以我觉得留学而学普通知识，是一个民族最羞耻的事情。

我每觉得我们中间真正的书虫太少了。这是因为我们当学生底多半穷乏，急于谋生，不能具足上说五种求学条件所致。从前生活简单，旧式书院未变学堂底时代，还可以希望从领膏火费底生员中造成一二。至于今日底官费生或公费生，多半是虚掷时间和金钱底。这样的光景在留学界中更为显然。

牛津底书虫很多，各人都能利用他底机会去钻研，对于有学无财底人，各学院尽予津贴，未卒业者为“津贴生”，已卒业者为“特待校友”，特待校友中有一辈以读书为职业底。要有这样的待遇，然后可产出高等学者。在今日的中国要靠著作度日是绝对不可能的，因社会程度过低，还养不起著作家。……所有著作家底生活与地位在他国是了不得，在我国是不得了！著作家还养不起，何况能养在大学里以读书为生的书虫？这也许就是中国底“知识阶级”不打自倒底原因。

……

窥园先生诗传

华人移居台湾最早的，据日本所传，有秦始皇二十八年（前二一九）徐福率童男女移住夷州和亶州底事情（夷州是台湾，亶州是小吕宋）。自秦以后，汉底东鳀，隋底琉球、掖玖，唐底流鬼、澎湖，元底琉球、澎湖、波罗公，都是指台湾而言；但历代移民底有无，则不得而知。唐元和间（八〇六—八二〇），施肩吾有咏澎湖底诗，为澎湖见于艺文底第一次。有人说施肩吾率领家人移住澎湖，确与不确，也无从证明。宋、元以来，闽、粤人渡海移居台湾底渐多。明初，因为防御海盗和倭寇，曾令本岛居民悉移漳、泉二州；但居留人数并未见得减少。当嘉靖四十二年（一五六三），俞大猷追海盗入台湾以前，七鲲身、鹿耳门沿岸底华民已经聚成村落。这些从中国到台湾底移民，大概可以分为五种：一是海盗，二是渔户，三是贾客，四是规避重敛底平民，五是海盗或倭寇底俘虏。嘉靖中从广东揭阳移到赤嵌（台南）居住底许超，便是窥园先生底入台一世祖。这家底职业，因为旧家谱于清道光年间（一八二一—一八五〇）毁掉，新谱并未载明，故不得而知。从家庭底传说，知道一世祖是蒙塾底师傅。若依上头移民底种类看来，他或者是属于第四或第五种人。自荷兰人占据以后，名台湾为丽都岛（花摩娑）、称赤嵌为毘舍那（或作毘舍耶），建城筑堡，辟港刊林，政治规模略具，人民生活渐饶。

许氏一家，自移殖以来到清嘉庆年间，宗族还未分居，并且各有职业。窥园先生底祖父永喜公是个秀才，因为兄弟们都从事生产，自己便教育几个学生，过他底书生生活。他前后三娶，生子八人。子侄们，除廷乐公业农、特斋公（讳廷璋）业儒以外，其余都是商人。道光中叶，许家兄弟共同经营了四间商店，是金珠、布匹、鞋帽和鸦片烟馆。不幸一夜底大火把那几间店子烧得精光，连家谱、地契都毁掉。家产荡尽，兄弟们才闹分居；特斋公因此分得西定坊武馆街烬余底鞋店为业。咸丰五年十月初五日（一八五五年十月十四日），特斋公在那破屋里得窥园先生。因为那间房子既不宜居住，更不宜做学塾底用处，在先生六岁时候，特斋公便将武馆街旧居卖掉，另置南门里延平郡王祠边马公庙住宅，建学舍数楹。舍后空地数亩，任草木自然滋长，名为“窥园”；取董子“下帷讲诵，三年不窥园”底意思①。特斋公自在宅中开馆授徒。不久便谢世，遗下窥园给他底四个儿子。

窥园先生讳南英，号蕴白或允白。窥园主人、留发头陀、龙马书生、昆舍耶客、春江冷宦，都是他底自号。自特斋公殁后，家计专仗少数田产；蓝太恭人善于调度，十数年来诸子底学费都由她一人支持。先生排行第三；十九岁时，伯兄梓修公为台湾府吏、仲兄炳耀公在大穆降办盐务，以所入助家用。因为兄弟们都已成人，家用日绌，先生也想跟他二兄学卖盐去。谢宪章先生力劝他勉强继续求学，于是先生又跟谢先生受业。

先生所往来底都是当时教“大馆”底塾师，学问因此大进。吴樵山先生也是在这几年间认识底。当时在台湾城教学底前辈对于先生底品格学问都很推许。二十四岁，先生被聘去教家塾；不久，自己又在“窥园”里设一个学塾，名为“闻樨学舍”。当时最常往来底亲友是吴樵山（子云）、陈卜五、王泳翔、施云舫（士洁）、丘仙根（逢甲）、汪杏泉（春源）、陈省三（望曾）、陈梧冈（日翔）诸先生。他底诗人生活，也是从这个时候起。

自二十四到三十五岁，先生都以教学为业。光绪丙戌（一八八六）初到北京会试，因对策陈述国家危机所在，文章过于伤感，考

① 董子：即汉儒董仲舒。

官不敢录取。己丑（一八八九）再赴试，又因评论政治得失被放。隔年，中恩科会魁，授兵部车驾清吏司主事职。先生底志向本不在做官，只望成了名，可以在本乡服役。他对于台湾底风物知道很多，绅民对他也很有信仰，所以在十二月间他便回籍服役。

先生二十三岁时，遵吴樵山先生底遗嘱，聘他底第三女（讳慎）；越三年，完婚。夫妇感情，直到命终，极其融洽。在三十三岁左右，偶然认识台南一个歌伎吴湘玉；由怜生爱，屡想为她脱籍。两年后，经过许多困难，至终商定纳她为妾。湘玉喜过度，不久便得病，她底母亲要等她痊愈才肯嫁她。在抑郁着急底心境中，使她病加剧，因而夭折。她死后，先生将遗骸葬在荔支宅。湘玉底母亲感激他底情谊，便将死者底婢女吴逊送给他。他并不爱恋那女子，只为湘玉底缘故收留她。本集里底情词，多半是怀念湘玉底作品。

台湾于光绪十一年（一八八五）改设行省，以原台湾府为台南府、台湾县为安平县。自设省后，所有新政逐渐推行。先生对于新设施都潜心研究，每以为机器、矿务或其它实业都应自己学会了自已办，异族绝靠不住。自庚寅从北京回籍，台南绅官举他管理“圣庙乐局”事务。安平陈县令聘他做蓬壶书院山长，辞未就，因为他愿意帮助政府办理垦土化番底事业。他每深入番社，山里底番、汉人多认识他。甲午年春，唐巡抚聘他当台湾通志局协修，凡台南府属底沿革、风物都由他汇纂。中日开战，省府改台南采访局为团练局，以先生充统领，领两营兵。黄海之败，中枢当局以为自改设台湾行省以来五、六年间，所有新政都要经费，不但未见利益，甚且要赔垫许多帑金；加以台湾民众向有反清复明底倾向，不易统治：这或者也是决意割让底一个原因。那时人心惶惶，希望政府不放弃台湾，而一些土棍便想乘着官吏与地权交代底机会从中取利。有些唱“跟父也是吃饭，跟母也是吃饭”底论调，意思是归华、归日都可以。因此，民主国底建设虽然酝酿着，而人心并未一致。住近番地底汉人，与番人又乘机混合起来扰乱。台南附近有刘乌河底叛变，一重溪、菜寮、拔马、锡猿、木冈、南庄、半平桥、八张犁诸社都不安静。先生领兵把匪徒荡平以后，分兵屯防诸社。

乙未（一八九五）三月，中日和约签定。依约第二条，台湾及澎湖群岛都割归日本。台湾绅民反对无效，因是积极筹建“民主国”，举唐巡抚为大“伯理玺天德”①，以玄武旗（蓝地黄虎）为国旗。军民诸政先由刘永福、丘逢甲诸人担任，等议院开后再定国策。那时，先生任筹防局统领，仍然屯兵番社附近诸隘。日本既与我国交换约书于芝罘，遂任桦山资纪为台湾总督，会见我全权李经方于基隆港外，接收全岛及澎湖群岛。七月，基隆失守，唐大“伯理玺天德”乘德轮船逃厦门，日人遂入台北。当基隆告急时，先生率台南防兵北行；到阿里关，听见台北已失，乃赶回台南。刘永福自己到安平港去布防，令先生守城。先生所领底兵本来不多，攻守都难操胜算。当时人心张皇，意见不一，故城终未关，任人逃避。先生也有意等城内人民避到乡间以后，再请兵固守。八月，嘉义失守，刘永福不愿死战，致书日军求和，且令台南解严；先生只得听命。和议未成，打狗、凤山相继陷，刘永福遂挟兵饷官帑数十万乘德船逃回中国。旧历九月初二，安平炮台被占。大局已去，丘逢甲也弃职，民主国在实际上已经消灭。城中绅商都不以死守为然，力劝先生解甲，因为兵饷被刘提走。先生便将私蓄现金尽数散给部下，几个弁目把他送出城外。九月初三日，日人入台南。本集里辛丑所作《无题》，便是记当日刘帅逃走和他不能守城底愤恨。又，乙未《寄台南诸友》也是表明他底心迹底作品。

民主国最后根据地台南被占领后，日人悬像遍索先生。乡人不得已，乃于九月初五日送先生到安平港，渔人用竹筏载他上船。《窥园词》中《忆旧》是叙这次底事。日人登船搜索了一遍，也没把他认出来。先生到厦门少住，便转向汕头，投宗人子荣、子明二位先生底乡里距鮀浦不远底桃都。子荣先生劝先生归宗，可惜旧家谱不存，入台一世祖与揭阳宗祠底关系都不得而知，这事只得罢

---

① 伯理玺天德：西文音译，大总统。

论。子荣昆季又劝先生到南洋去换换生活，先生底旅费都是他们赠与。他们又把先生全家从台湾接到桃都，安置在宗祠边底别庄里。从此以后，先生底子孙便住在大陆，其余都留在台湾。

先生在新嘉坡、曼谷诸地漫游，足够两年。囊金荡尽，迫着他上了宦途。但回到兵部当差既不可能，于是“自贬南交为末吏”（《寄题丘仓海工部澹定村心太平草庐》）去了。先生到北京投供吏部，自请开去兵部职务；降换广东即用知县，加同知衔。他愿意到广东，一因是祖籍，二因朋友多。又因漳州与潮州比邻，语言风俗多半相同，于是寄籍为龙溪县人。从北京南下，到桃都把家眷带到广州，住药王庙兴隆坊。丁酉（一八九七）、戊戌（一八九八）两年中，帮广州周知府与番禺裴县令评阅府、县试卷。己亥（一八九九），委随潮州镇总兵黄金福行营到惠、潮、嘉一带办理清乡事务。庚子（一九〇〇），广州陈知府委总校广州府试卷。不久，又委充佛山汾水税关总办。辛丑（一九〇一），由税关调省，充乡试阅卷官。试毕，委署徐闻县知县。这是他当地方官底第一遭。

徐闻在雷州半岛南端，民风醇朴。先生到任后，全县政事只用一位刑名师爷助理；其余会计钱粮诸事，都是自己经理。每旬放告，轻的是偷鸡剪钮，重的也不过是争田赖债；杀人越货，罕有所闻。“讼庭春草茵层层，官长真如退院僧”（《徐闻杂咏》），实在是当时光景。贵生书院山长杨先生退任，先生改书院为徐闻小学堂，选县中生员入学。邑绅见先生热心办学，乃公聘先生为掌教，每旬三、六、九日到堂讲经史二时。有清以来，县官兼书院掌教实是罕见。先生时到小学堂，与学生多有接触，因此对于县中人情风俗很能了解。先生每以“生于忧患，死于晏安”警策学生。又说：“人当奋勉，寸晷不懈；如耽逸乐，则放僻邪侈，无所不为。到那时候，身心不但没用，并且遗害后世。”他又以为人生无论做大小事，当要有些建树，才对得起社会，“生无建树死嫌迟”（《秋怀八首和丘仙根工部原韵》之四），也是他常说底话。案头除案卷外，时常放一册白纸本子，如于书中见有可以警发深思德行底文句便钞录在上头，名为《补过录》，每年完二、三百页。可惜三十年来浮家处处，此录丧失几尽，我身边只存一册而已。县衙早已破毁，前任县官假借考棚为公馆，先生又租东邻三官祠为儿辈书房。公余有暇，常到书房和徐展云先生谈话，有时也为儿辈讲国史。先生在徐闻约一年，全县绅民都爱戴他。

光绪二十九年（一九〇三）广东乡试，先生被调入内帘。试毕，复委赴钦州查办重案。回省消差后，大吏以先生善治盗，因阳春、阳江连年闹匪，乃命他缓赴三水县本任，调署阳春县知县。到阳春视事仅六个月，对于匪盗剿抚兼施，功绩甚著，乃调任阳江军民同知兼办清乡事务。在阳江三年，与阳江游击柯壬贵会剿土匪，屡破贼巢。柯公以功授副将，加提督衔；先生受花翎四品顶戴底赏。阳江新政自光绪三十年（一九〇四）由先生逐渐施行，最重要的是遣派东洋留学生以造专门人材，改濂溪书院为阳江师范传习所以养成各乡小学教员，创办地方巡警及习艺所。

光绪三十二年（一九〇六）秋，改阳江为直隶州，领恩平、阳春二县。七月初五日，习艺所罪犯越狱，劫监仓羁所犯人同逃。那时，先生正下乡公干，何游击于初五早晨也离城往别处去。所长莫君人虽慈祥，却乏干才；平时对于所中犯人不但未加管束，并且任外人随时到所探望。所中犯人多半是礅犯，徒刑重者不过十五年，因此所长并没想到他们会反监。初五日下午，所中犯人突破狱门，登监视楼，夺守岗狱卒枪械，拥所长出门。游击衙门正在习艺所旁边，逃犯们便拥进去，夺取大堂底枪枝和子弹。过监仓和羁所，复破狱门，迫守卒解放群囚。一时城中秩序大乱，经巡警和同知衙门亲兵力击，匪犯乃由东门逃去，弃置莫君于田间。这事情本应所长及游击负责，因为先生身兼清乡总办，不能常驻城中。照例同知离城，游击便当留守；而何游击竟于初五早离城，致乱事起时，没人负责援救。初六日，先生自乡间赶回，计逃去重犯数十名、轻罪徒犯一百多名。乃将详情申报上司，对于游击及所长渎职事并未声明。部议开去三水本任，撤职留缉。那时所中还有几十名不愿逃走底囚徒，先生由他们知道逃犯底计画和行径，不出三个月捕回过半。于是捐复翎顶，回省候委。十二月，委办顺德县清乡事务，随即委解京饷。丙午、丁未（一九〇六—〇七）两年间可以说是先生在宦途上最不得意底时候，他因此自号“春江冷宦”。从北京回广州过香港，有人告诉他阳江越狱主犯利亚摩与同伴都在本岛当劳工，劝他请省府移文逮捕归案。先生说：“上天有好生之德，我所以追捕逃犯，是怕他们出去仍为盗贼害民。现在他们既然有了职业，当要给他们自新底机会，何必再去捕杀他们呢！况且我已为他们担了处分，不忍再藉他们底脂血来坚固自己底职位。任他们自由罢。”

光绪三十三年（一九〇七）五月，赴三水县任。三年之中，力除秕政。向例：各房吏目都在各房办公，时间无定；甚至一件小案，也得迁延时日。先生乃于二堂旁边设县政办公室，每日集诸房吏在室内办公，自己也到室签押；舞弊底事顿减，人民都很愉快。县中巨绅，多有豢养世奴底陋习，先生严禁贩卖人口，且促他们解放群奴；因此与多数绅士不协，办事甚形棘手。县属巨姓械斗，闹出人命，先生秉公办理；两造争献贿赂，皆被严辞谢绝。他一生引为不负国家底两件事：一是除民害，一是不爱钱。《和耐公六十初度》，便是他底自白之一。当时左右劝他受两造赂金，既可以求好巨绅，又可以用那笔款去买好缺或过班。贿赂公行是三十年来公开的事情，拜门、钻营、馈赠是官僚升职底唯一途径；先生却恨这些事情，不但不受贿，并且严办说项底人。他做了十几年官，未尝拜过谁底门，也未曾为求差、求缺用过一文钱。对于出仕底看法，他并不从富贵着想；他尝说：“一个人出仕，不做廊庙宰，当做州县宰。因为廊庙宰亲近朝廷，一国大政容我筹措；州县宰亲近人民，群众利害容我乘除。这两种才是真能为国效劳底宰官。”他既为公事得罪几个巨绅，便想辞职；会授电白县，乃卸事回省。将就新任，而武昌革命军起，一月之间，闽、粤响应。先生得漳州友人电召回漳，被举为革命政府民事局长。不久，南北共和，民事局撤销；先生乃退居海澄县属海沧墟，号所居为“借沧海居”。

住在海沧并非长策，因为先生全家所存现款只剩那用东西向汕头交通银行总办押借底五百元。从前在广州，凡有需要，都到子荣先生令嗣梅坡先生行里去融通；在海沧，却是举目无亲，他底困难实在难以言喻。陈梧冈先生自授秘鲁使臣后，未赴任，蛰居厦门；因清鼎革，想邀先生落发为僧，或于虎溪岩边筑室隐居。这两事都未成功，梧冈先生不久也谢世了。台湾亲友请先生且回故乡，先生遂带着叔午、叔未同行。台南南庄山林尚有一部分是先生底产业，亲友们劝他遣一两个儿子回台入日籍，领回那一大片土地。叔未本有日籍，因为他是庶出，先生不愿将这产业全交在他底手里，但在大陆诸子又没有一个愿意回乡入籍。先生于是放弃南庄山林，将所余分给留台族人，自己仍然回到厦门。在故乡时，日与诗社诸友联吟，住在亲戚吴筱霞先生园中。马公庙“恂园”前曾赁给日本某会社为宿舍，家人仍住前院；这时因为修筑大道，定须拆让。先生还乡，眼见他最爱底梅花被移、旧居被夷为平地、“窥园”一部份让与他人，那又何等伤心呢！

“借沧海居”地近市集，不宜居住，家人乃移居龙溪县属石美黄氏别庄。先生自台南回国后，境遇越苦；恰巧同年旧友张元奇先生为福建民政长，招先生到福州。张先生意思要任他为西路观察使，他辞不胜任，请任为龙溪县知事。这仍是他“不做廊庙宰，当做州县宰”底本旨。他对民国前途很有希望，但不以武力革命为然。这次正式为民国官吏，本想长做下去；无奈官范、民风越来越坏，豪绅劣民动藉共和名义，牵制地方行政。就任不久，因为禁止私斗和勒拔烟苗事情为当地豪劣所忌，捏词上控先生侵吞公款；先生因请卸职查办。省府查不确，诸豪劣畏罪，来求先生免予追究；先生于谈笑中表示他底大度。从此以后，先生便决计不再从政了。

卸任后，两袖清风，退居漳州东门外管厝巷。诸子中，有些学业还未完成，有些虽能自给，但也不很丰裕。民国四年（一九一五），林叔臧先生组织诗社，聘先生为社友，月给津贴若干；以此，先生个人生活稍裕，但家境困难仍未减少。故友中有劝他入京投故旧谋差遣底，有劝他回广东去底。当时广东省长某，为先生任阳春知县时所招抚底一人。柯参对幕客彭华绚先生在省公署已得要职，函召先生到广州，说省长必能高位报他。先生对家人说："我最恨食人之报，何况他从前曾在我部属，今日反去向他讨啖饭地，岂不更可耻吗?"至终不去。

民国五年（一九一六），移居大岸顶。四月，因厦门日本领事底邀请，回台参与"台湾劝业共进会"，复与旧友周旋数月。因游关岭，轻便车出轨，先生受微伤，在台南休养。那时，苏门答拉棉兰城华侨市长张鸿南先生要聘人给他编辑服官三十五年事略，林叔臧先生荐先生到那里去；先生遂于重阳日南航。这样工作预定两年，而报酬若干并未说明。先生每月应支若干既不便动问，又因只身远行，时念乡里，以此居恒郁郁，每以诗酒自遣。加以三儿学费、次女嫁资都要筹措，一年之间，精神大为沮丧；扶病急将张君事略。编就，希望能够带些酬金回国。不料欧战正酣，南海航信无定，间或两月一期。先生候船久，且无所事，越纵饮；因啖水果过多，得痢疾。民国六年旧历十一月十一日（一九一七年十二月二十四日）丑时卒于寓所，寿六十三岁。林健人先生及棉兰友人于市外买地数弓，把先生遗骸安葬在那里。

先生生平以梅自况，酷爱梅花，且能为它写照。在他底题画诗中，题自画梅花底诗占五分之三。对人对己，并不装道学模样。在台湾时发起"崇正社"，以"崇尚正义"为主旨；时时会集于竹溪寺，现在还有许多社友。他底情感真挚，从无虚饰。在本集里，到处可以看出他底深情。生平景仰苏、黄，且用"山谷"二字字他底诸子。他对于新学追求甚力，凡当时报章杂志，都用心去读；凡关于政治和世界大势底论文，先生尤有体会底能力。他不怕请教别人，对于外国字有时问到儿辈。他底诗中用了很多当时底新名词，并且时时流露他对于国家前途底忧虑，足以知道他是个富于时代意识底诗人。

这《留草》是从先生底《未定本》中编录出来。割台以前底诗词多半散失，现存底都是由先生底记忆重写出来，因而写诗底时间不能断定。本书底次序，是比较诗底内容和原稿底先后编成底。还有原稿删掉而编者以为可以存底，也重行钞入；原稿残缺或文句不完底，便不录入。原稿更改或拟改底字句，便用其中编者以为最好的。但删补总计不出十首，仍不失原稿底真面目。在这《留草》里，先生历年所作以壬子年（民国元年）为最多，其次为丙辰年（民国五年）。所作最多为七律，计四百七十五首；其次七绝三百三十五首，五律一百三十二首，五绝三十八首，五古三十五首，七古二十三首，其它二首，总计一千零三十九首。在《留草》后面附上《窥园词》一卷，计五十九阕。词道，先生自以为非所长，所以存底少。现在所存底词都是先生在民国元年以后从旧日记或草稿中选录底，所以也没有次序；次序也是编者定底。

自先生殁后，亲友们便敦促刊行他底诗草。民国九年我回漳州省母，将原稿带上北京来。因为当时所入不丰，不能付印；只钞了一份，将原稿存在三兄敦谷处。民国十五年秋，革命军北伐武昌，飞机弹毁敦谷住所，家中一切皆被破坏；事后于瓦砾场中搜出原稿完整如故，我们都非常喜欢。敦谷于十五年冬到上海，在那里将这全份稿本交给我。这几年来每想精刊全书，可惜限于财力，未能如愿。近因北京频陷于危，怕原稿化成劫灰；不得已，草率印了五百部。出版底时候，距先生殁已十六年；想起来，真对不起他。这部《留草》底刊行，承柯政和先生许多方面的帮助，应当在这里道谢。

作传，在原则上为编者所不主张。但上头底传只为使读者了解诗中底本事与作者底心境而作，并非褒扬先人底行述或哀启。所以前头没有很恭敬的称呼，也没请人“顿首填讳”；后头也不加“泣血稽颡谨述”。至于“传”中所未举出底，即与诗草内容没有什么关系或诗注中已经详说底事情，读者可以参看先生底《自定年谱》。《年谱》中底《台湾大事》与《记事》中底存诗统计，也是编者加入底。

民国二十二年，许赞堃谨识①。

（收入1933年北平和济书局版《窥园留草》）

① 赞堃：许地山的原名。

读《芝兰与茉莉》因而想及我的祖母

正要到哥仑比亚底检讨室里校阅梵籍，和死和尚争虚实，经过我底邮筒，明知每次都是空开底，还要带着希望姑且开来看看。这次可得着一卷东西，知道不是一分钟可以念完底，遂插在口袋里，带到检讨室去。

我正研究唐代佛教在西域衰灭底原因，翻起史太因在和阗所得的唐代文契①，一读马令痣同母党二娘向护国寺僧虎英借钱底私契，妇人许十四典首饰契，失名人底典婢契等等，虽很有趣，但掩卷一想，恨当时的和尚只会营利，不顾转法轮，无怪回纥一入，便尔扫灭无余。

为释迦文担忧②，本是大愚：曾不知成、住、坏、空，是一切法性？不看了，掏出口袋里底邮件，看看是什么罢。

《芝兰与茉莉》

这名字很香呀！我把纸笔都放在一边，一气地读了半天工夫——从头至尾，一句一字细细地读。这自然比看唐代死和尚底文契有趣。读后底余韵，常绕缭于我心中；像这样的文艺很合我情绪底胃口似地。

读中国底文艺和读中国底绘画一样。试拿山水——西洋画家叫做"风景画"——来做个例：我们打稿（Composition）是鸟瞰的、

① 史太因：今通译斯坦因（1862—1943），英国探险家，从我国掠取了为数众多的敦煌文献。

② 释迦文：即释迦牟尼，又称释迦文佛。

纵的，所以从近处底溪桥，而山前底村落，而山后底帆影，而远地底云山；西洋风景画是水平的、横的；除水平线上下左右之外，理会不出幽深的、绵远的兴致。所以中国画宜于纵的长方，西洋画宜于横的长方。文艺也是如此：西洋人的取材多以“我”和“我底女人或男子”为主，故属于横的、夫妇的；中华人底取材多以“我”和“我底父母或子女”为主，故属于纵的、亲子的。描写亲子之爱应当是中华人底特长；看近来底作品，究其文心，都函这唯一义谛。

爱亲底特性是中国文化底细胞核，除了它，我们早就要断发短服了！我们将这种特性来和西洋的对比起来，可以说中华民族是爱父母的民族；那边欧西是爱夫妇的民族。因为是“爱父母的”，故叙事直贯，有始有终，源源本本，自自然然地说下来。这“说来话长”底特性——很和拔丝山药一样地甜热而粘——可以在一切作品里找出来。无论写什么，总有从盘古以来说到而今底倾向。写孙悟空总得从猴子成精说起；写贾宝玉总得从顽石变灵说起；这写生生因果底好尚是中华文学底文心，是纵的，是亲子的，所以最易抽出我们底情绪。

八岁时，读《诗经》《凯风》和《陟岵》，不晓得怎样，眼泪没得我底同意就流下来？九岁读《檀弓》到“今丘也，东西南北之人也”一段，伏案大哭。先生问我，“今天底书并没给你多上，也没生字，为何委曲？”我说：“我并不是委曲，我只伤心这‘东西南北’四字。”第二天，接着念“晋献公将杀其世子申生”一段，到“天下岂有无父之国哉？”又哭。直到于今，这“东西南北”四个字还能使我一念便伤怀。我尝反省这事，要求其使我哭泣底缘故。不错，爱父母的民族底理想生活便是在这里生、在这里长、在这里聚族、在这里埋葬，东南北地跑当然是一种可悲的事了。因为离家、离父母、离国是可悲的，所以能和父母、乡党过活底人是可羡的。无论什么也都以这事为准绳：做文章为这一件大事做，讲爱情为这一件大事讲，我才理会我底“上坟瘾”不是我自己所特有，是我所属底民族自盘古以来遗传给我底。你如自己念一念“可爱的家乡啊！我睡眼朦胧里，不由得不乐意接受你欢迎的诚意。”和“明儿……你真要离开我了么？”应作如何感想？

爱夫妇的民族正和我们相反。夫妇本是人为，不是一生下来就铸定了彼此的关系。相逢尽可以不相识，只要各人带着，或有了各人底男女欲，就可以。你到什么地方，这欲跟到什么地方；它可以在一切空间显其功用，所以在文心上无需溯其本源，究其终局，干干脆脆，Just a word，也可以自成段落。爱夫妇的心境本含有一种舒展性和侵略性，所以乐得东西南北，到处地跑。夫妇关系可以随地随时发生，又可以强侵软夺，在文心上当有一种“霸道”、“喜新”、“乐得”、“为我自己享受”底倾向。

总而言之，爱父母的民族底心地是“生”；爱夫妇的民族底心地是“取”。生是相续的；取是广延的。我们不是爱夫妇的民族，故描写夫妇，并不为夫妇而描写夫妇，是为父母而描写夫妇。我很少见——当然是我少见——中国文人描写夫妇时不带着“父母的”底色彩；很少见单独描写夫妇而描写得很自然的。这并不是我们不愿描写，是我们不惯描写广延性的文字底缘故。从对面看，纵然我们描写了，人也理会不出来。

《芝兰与茉莉》开宗第一句便是“祖母真爱我！”这已把我底心牵引住了。“祖母爱我”，当然不是爱夫妇的民族所能深味，但它能感我和《檀弓》差不了多少。“垂老的祖母，等得小孩子奉甘旨么？”子女生活是为父母底将来，父母底生活也是为着子女，这永远解不开底结，结在我们各人心中。触机便发表于文字上。谁没有祖父母、父母呢？他们底折磨、担心，都是像夫妇一样有个我性底么？丈夫可以对妻子说：“我爱你，故我要和你同住；”或“我不爱你，你离开我罢。”妻子也可以说：“人尽可夫，何必你？”但子女对于父母总不能有这样的天性。所以做父母底自自然然要为子女担忧受苦，做子女底也为父母之所爱而爱，为父母而爱为第一件事。爱既不为我专有，“事之不能尽如人意”便为此说出来了。从爱父母的民族眼中看夫妇底爱是为三件事而起，一是继续这生生底线；二是往溯先人底旧典；三是承纳长幼底情谊。

说起书中人底祖母，又想起我底祖母来了。“事之不能尽如人意者，夫复何言!”我底祖母也有这相同的境遇呀！我底祖母，不说我没见过，连我父亲也不曾见过，因为她在我父亲未生以前就去世了。这岂不是很奇怪的么？不如意的事多着呢！爱祖母底明官，你也愿意听听我说我祖母底失意事么？

八十年前，台湾府——现在的台南——城里武馆街有一家，八个兄弟同一个老父亲同住着，除了第六、七、八底弟弟还没娶以外，前头五个都成家了。兄弟们有做武官底，有做小乡绅底，有做买卖底。那位老四，又不做武官又不做绅士，更不会做买卖；他只喜欢念书，自己在城南立了一所小书塾名叫窥园，在那里一面读，一面教几个小学生。他底清闲，是他兄弟们所羡慕，所嫉妒底。

这八兄弟早就没有母亲了。老父亲很老，管家底女人虽然是妯娌们轮流着当，可是实在的权柄是在一位大姑手里。这位大姑早年守寡，家里没有什么人，所以常住在外家。因为许多弟弟是她帮忙抱大底，所以她对于弟弟们很具足母底威仪。

那年夏天，老父亲去世了。大姑当然是“阃内之长”，要督责一切应办事宜底。早晚供灵底事体，照规矩是媳妇们轮着办底。那天早晨该轮到四弟妇上供了。四弟妇和四弟是不上三年底夫妇，同是二十多岁，情爱之浓是不消说底。

大姑在厅上嚷：“素官，今早该你上供了。怎么这时候还不出来?”

居丧不用粉饰面，把头发理好，也毋需盘得整齐，所以晨妆很省事。她坐在妆台前，嚼槟榔，还吸一管旱烟。这是台湾女人们最普遍的嗜好。有些女人喜欢学土人把牙齿染黑了，她们以为牙齿白得像狗底一样不好看，将槟榔和着荖叶、熟灰嚼，日子一久，就可以使很白的牙齿变为漆黑。但有些女人是喜欢白牙底，她们也嚼槟榔，不过把灰减去就可以。她起床，漱口后第一件事是嚼槟榔，为底是使牙齿白而坚固。外面大姑底叫唤，她都听不见，只是嚼着；还吸着烟在那里出神。

四弟也在房里，听见姊姊叫着妻子，便对她说："快出去罢。姊姊要生气了。"

"等我嚼完这口槟榔，吸完这口烟才出去。时候还早咧。"

"怎么你不听姊姊底话？"

"为什么要听你姊姊底话？你为什么不听我底话？"

"姊姊就像母亲一样。丈夫为什么要听妻子底话？"

"'人未娶妻是母亲养底，娶了妻就是妻子养底。'你不听妻子底话，妻子可要打你好像打小孩子一样。"

"不要脸，哪里来得这么大的孩子！我试先打你一下，看你打得过我不。"老四带着嬉笑的样子，拿着拓扇向妻子底头上要打下去。妻子放下烟管，一手抢了扇子，向着丈夫底额头轻打了一下，"这是谁打谁了！"

夫妇们在殡前是要在孝堂前后底地上睡底，好容易到早晨同进屋里略略梳洗一下，借这时间谈谈。他对于享尽天年底老父亲底悲哀，自然盖不过对于婚媾不久的夫妇底欢愉。所以，外头虽然尽其孝思；里面底"琴瑟"还是一样地和鸣。中国底天地好像不许夫妇们在丧期有谈笑底权利似的。他们在闹玩时，门帘被风一吹，可巧被姊姊看见了。姊姊见她还没出来正要来叫她，从布帘飞处看见四弟妇拿着拓扇打四弟，那无明火早就高起了一万八千丈。

"哪里来底泼妇，敢打她底丈夫！"姊姊生气嚷着。

老四慌起来了。他挨着门框向姊姊说："我们闹玩，没有什么事。"

"这是闹玩底时候么？怎么这样懦弱，教女人打了你，还替她说话？我非问她外家，看看这是什么家教不可。"

他退回屋里，向妻子伸伸舌头，妻子也伸着舌头回答他。但外面越呵责越厉害了。越呵责，四弟妇越不好意思出去上供，越不敢出去，越要挨骂，妻子哭了。他在旁边站着，劝不是，慰也不是。

她有一个随嫁底丫头，听得姑太越骂越有劲，心里非常害怕。十三四岁底女孩，哪里会想事情底关系如何？她私自开了后门，一直跑回外家，气喘喘地说，“不好了！我们姑娘被他家姑太骂得很厉害，说要赶她回来咧！”

亲家爷是个商人，头脑也很率直，一听就有了气，说，“怎样说得这样容易——要就取去，不要就扛回来？谁家养女儿是要受别人底女儿欺负底？”他是个杂货行主，手下有许多工人，一号召，都来聚在他面前。他又不打听到底是怎么一回事，对着工人们一气地说：“我家姑娘受人欺负了。你们替我到许家去出出气。”工人一轰，就到了那有丧事底亲家门前，大兴问罪之师。

里面底人个个面对面显出惊惶的状态。老四和妻子也相对无言，不晓得要怎办才好。外面底人们来得非常横逆，经兄弟们许多解释然后回去。姊姊更气得凶，跑到屋里，指着四弟妇大骂特骂起来。

“你这泼妇，怎么这一点点事情，也值得教外家底人来干涉？你敢是依仗你家里多养了几个粗人，就来欺负我们不成？难道你不晓得我们诗礼之家在丧期里要守制底么？你不孝的贱人，难道丈夫叫你出来上供是不对的，你就敢用扇头打他？你已犯七出之条了，还敢起外家来闹？好，要吃官司，你们可以一同上堂去，请官评评。弟弟是我抱大底，我总可以做抱告。”

妻子才理会丫头不在身边。但事情已是闹大了，自己不好再辩，因为她知道大姑底脾气，越辩越惹气。

第二天早晨，姊姊召集弟弟们在灵前，对他们说：“像这样的媳妇还要得么？我想待一会就扛她回去。”这大题目一出来，几个弟弟都没有话说；最苦的就是四弟了。他知道“扛回去”就是犯“七出之条”时“先斩后奏”底办法，就颤声地向姊姊求情。姊姊鄙夷他说：“没志气的懦夫，还敢要这样的妇人么？她昨日所说底话我都听见了。女子多着呢，日后我再给你挑个好的。我们已预备和她家打官司，看看是礼教有势，还是她家工人底力量大。”

当事的四弟那时实在是成了懦夫了！他一点勇气也没有，因为这“不守制”、“不敬夫”底罪名太大了，他自己一时也找不出什么话来证明妻子底无罪，有赦免底余地。他跑进房里，妻子哭得眼都肿了。他也哭着向妻子说：“都是你不好！”

“是，……是……我我……我不好，我对对……不起你！”妻子抽噎着说。丈夫也没有什么话可安慰她，只挨着她坐下，用手抚着她底脖项。

果然姊姊命人雇了一顶轿子，跑进房里，硬把她扶出来，把她头上底白麻硬换上一缕红丝，送她上轿去了。这意思就是说她此后就不是许家底人，可以不必穿孝。

“我有什么感想呢？我该有怎样的感想呢？懦夫呵！你不配腼颜在人世，就这样算了么？自私的我，却因为不贯彻无勇气而陷到这种地步，夫复何言！”当时他心里也未必没有这样的语言。他为什么懦弱到这步田地？要知道他原不是生在为夫妇的爱而生活底地方呀！

王亲家看见平地里把女儿扛回来，气得在堂上发抖。女儿也不能说什么，只跪在父亲面前大哭。老亲家口口声声说要打官司，女儿直劝无需如此，是她底命该受这样折磨底，若动官司只能使她和丈夫吃亏，而且把两家底仇恨结得越深。

老四在守制期内是不能出来底。他整天守着灵想妻子。姊姊知道他底心事，多方地劝慰他。姊姊并不是深恨四弟妇，不过她很固执，以为一事不对就事事不对，一时不对就永远不对。她看“礼”比夫妇底爱要紧。礼是古圣人定下来，历代的圣贤亲自奉行底。妇人呢？这个不好，可以挑那个。所以夫妇底配合只要有德有貌，像那不德、无礼的妇人，尽可以不要。

出殡后，四弟仍到他底书塾去。从前，他每夜都要回武馆街去底，自妻去后，就常住在窥园。他觉得一到妻子房里冷清清地，一点意思也没有，不如在书房伴着书眠还可以忘其愁苦。唉，情爱被压底人都是要伴书眠底呀！

天色晚，学也散了。他独在园里一棵芒果树下坐着发闷。妻子底随嫁丫头蓝从园门直走进来，他虽熟视着，可像不理会一样。等到丫头叫了他一声“姑爷”，他才把着她底手臂，如见了妻子一般。他说：“你怎么敢来？……姑娘好么？”

“姑娘命我来请你去一趟。她这两天不舒服，躺在床上哪，她吩咐掌灯后才去，恐怕人家看见你，要笑话你。”

她说完，东张西望，也像怕人看见她来，不一会就走了。那几点钟底黄昏偏又延长了，他好容易等到掌灯时分！他到妻子家里，丫头一直就把他带到楼上，也不敢教老亲家知道。妻子底面比前几个月消疲了，他说：“我底……”，他说不下去了，只改过来说，“你怎么瘦得这个样子！”

妻子躺在床上也没起来，看见他还站着出神，就说：“为什么不坐，难道你立刻要走么？”她把丈夫揪近床沿坐下，眼对眼地看着。丈夫也想不出什么话来说，想分离后第一次相见底话是很难起首底。

“你是什么病？”

“前两天小产了一个男孩子！”

丈夫听这话，直像喝了麻醉药一般。

“反正是我底罪过大，不配有福分，连从你得来底孩子也不许我有了。”

“不要紧的，日后我们还可以有五六个。你要保养保养才是。”

妻子笑中带着很悲哀的神采，说：“痴男子，既休的妻还能有生子女底荣耀么？”说时，丫头递了一盏龙眼干甜茶来。这是台湾人待生客和新年用底礼茶。

“怎么给我这茶喝，我们还讲礼么？”

“你以后再娶，总要和我生疏底。”

“我并没休你。我们底婚书，我还留着呢。我，无论如何，总要想法子请你回去底；除了你，我还有谁？”

丫头在旁边插嘴说："等姑娘好了，立刻就请她回去罢。"

他对着丫头说："说得很快，你总不晓得姑太和你家主人都是非常固执，非常喜欢赌气，很难使人进退底。这都是你弄出来底。事已如此，夫复何言！"

小丫头原是不懂事，事后才理会她跑回来报信底关系重大。她一听"这都是你弄出来底"，不由得站在一边哭起来。妻子哭，丈夫也哭。

一个男子底心志必得听那寡后回家当姑太底姊姊使令么？当时他若硬把妻子留住，姊姊也没奈他何，最多不过用"礼教底棒"来打他而已。但"礼教之棒"又真可以打破人底命运么？那时候，他并不是没有反抗礼教底勇气，是他还没得着反抗礼教底启示。他心底深密处也会像吴明远那样说："该死该死！我既爱妹妹，而不知护妹妹，我既爱我自己而不知为我自己着想，我负了妹妹，我误了自己！事原来可以如人意，而我使之不能，我之罪恶岂能磨灭于万一，然而赴汤蹈火，又何足偿过失于万一呢？你还敢说：'事已如此，夫复何言'么？"

四弟私会出妻底事，教姊姊知道，大加申斥，说他没志气。不过这样的言语和爱情没有关系。男女相待遇本如大人和小孩一样。若是男子爱他底女人，他对于她底态度、语言、动作，都有父亲对女儿底倾向；反过来说，女人对于她所爱底男子也具足母亲对儿子底倾向。若两方都是爱者，他们同时就是被爱者。那是说他们都自视为小孩子，故彼此间能吐露出真性情来。小孩们很愿替他们底好朋友担忧、受苦、用力；有情的男女也是如此。所以姊姊底申斥不能隔断他们底私会。

妻子自回外家后，很悔她不该贪嚼一口槟榔，贪吸一管旱烟，致误了灵前底大事。此后，槟榔不再入她底口，烟也不吸了。她要为自己底罪过忏悔，就吃起长斋来。就是她亲爱底丈夫有时来到，很难得的相见时，也不使他挨近一步，恐怕玷了她底清心。她只以念经绣佛为她此生唯一的本分，夫妇的爱不由得不压在心意底崖石底下。

十几年中，他只是希望他岳丈和他姊姊底意思可以挽回于万一。自己底事要仰望人家，本是很可怜的。亲家们一个是执拗，一个是赌气，因之光天化日底时候难以再得。

那晚上，他正陪姊姊在厅上坐着，王家底人来叫他。姊姊不许，说："四弟，不许你去。"

"姊姊，容我去看她一下罢。听说她这两天病得很厉害，人来叫我，当然是很要紧的，我得去看看。"

"反正你一天不另娶，是一天忘不了那泼妇底，城外那门亲给你讲了好几年，你总是不介意。她比那不知礼的妇人好得多——又美，又有德。"

这一次，他觉得姊姊底命令也可以反抗了。他不听这一套，径自跑进屋里，把长褂子一披，匆匆地出门。姊姊虽然不高兴，也没法揪他回来。

到妻子家，上楼去。她躺在床上，眼睛半闭着，病状已很凶恶。他哭不出来，走近前，摇了她一下。

"我底夫婿，你来了！好容易盼得你来！我是不久的人了，你总要为你自己底事情打算；不要像这十几年，空守着我，于你也没有益处。我不孝已够了，还能使你再犯不孝之条么？——'不孝有三，无后为大'。"

"孝不孝是我底事；娶不娶也是我底事。除了你，我还有谁？"

这时丫头也站在床沿。她已二十多岁，长得越妩媚、越懂事了。她底反省，常使她起一种不可言喻的伤心，使她觉得她永远对不起面前这位垂死的姑娘和旁边那位姑爷。

垂死的妻子说："好罢，我们底恩义是生生世世的。你看她，"她撮嘴指着丫头，用力往下说，"她长大了。事情既是她弄出来底，她得替我偿还。"她对着丫头说，"你愿意么？"丫头红了脸，不晓得要怎样回答。她又对丈夫说，"我死后，她就是我了。你如纪念我们旧时的恩义，就请带她回去，来好替我……"

她把丈夫底手拉去，使他揸住丫头底手，随说，“唉，子女是要紧的，她将来若能替我为你养几个子女，我就把她从前的过失都宽恕了。”

妻子死后好几个月，他总不敢向姊姊提起要那丫头回来。他实在是很懦弱的，不晓怎样怕姊姊会怕到这地步！

离王亲家不远住着一位老妗婆。她虽没为这事担心，但她对于事情底原委是很明了底。正要出门，在路上遇见丫头，穿起一身素服，手挽着一竹篮东西。她问：“蓝，你要到哪里去？”

“我正要上我们姑娘底坟去。今天是她底百日。”

老妗婆一手扶着杖，一手捏着丫头底嘴巴，说：“你长得这么大了，还不回武馆街去么？”丫头低了头，没回答她。她又问：“许家没意思要你回去么？”

从前的风俗对于随嫁底丫头多是预备给姑爷收起来做二房底，所以妗婆问得很自然。丫头听见“回去”两字，本就不好意思，她双眼望着地上，摇摇头，静默地走了。

妗婆本不是要到武馆街去底，自遇见丫头以后，就想她是个长辈之一，总得赞成这事。她一直来投她底甥女，也叫四外甥来告诉他应当办底事体。姊姊被妗母一说，觉得再没有可固执底了，说：“好罢，明后天预备一顶轿子去扛她回来就是。”

四弟说：“说得那么容易？要总得照着娶继室底礼节办；她底神主还得请回来。”

姊姊说：“笑话，她已经和她底姑娘一同行过礼了，还行什么礼？神主也不能同日请回来底。”

老妗母说：“扛回来时，请请客，当做一桩正事办也是应该底。”

他们商量好了，兄弟也都赞成这样办。“这种事情，老人家最喜欢不过”，老妗母在办事底时候当然是一早就过来了。

这位再回来底丫头就是我底祖母了。所以我有两个祖母，一个是生身祖母，一个是常住在外家底“吃斋祖母”——这名字是母亲给我们讲祖母底故事时所用底题目。又“丫头”这两个字是我家底“圣讳”，平常是不许说底。

我又讲回来了。这种父母的爱底经验，是我们最能理会底。人人经验中都有多少“祖母的心”、“母亲”、“祖父”、“爱儿”等等事迹，偶一感触便如悬崖泻水，从盘古以来直说到于今。我们底头脑是历史的，所以善用这种才能来描写一切的事故。又因这爱父母底特性，故在作品中，任你说到什么程度，这一点总抹杀不掉。我爱读《芝兰与茉莉》，因为它是源源本本地说，用我们经验中极普遍的事实触动我。我想凡是有祖母底人，一读这书，至少也会起一种回想底。

书看完了，回想也写完了，上课底钟直催着。现在的事好像比往事要紧；故要用工夫来想一想祖母底经历也不能了！大概她以后底境遇也和书里底祖母有一两点相同罢。

写于哥仑比亚图书馆四一三号，检讨室，

十三年，二月，十日。

（原刊1924年《小说月报》第15卷第5号，收入《缀网劳蛛》）

蔡孑民先生底著述

认识蔡先生底人们都知道他底学问渊博，人格健全，但总没机会看见一部蔡先生自订底“文存”或“学术论著”之类。

蔡先生到底没写过什么伟大与不朽的论文，可是这个不能说他没有学问。学问在学者身上每显出两种功用：第一是知其所学，终身用它来应世接物；第二是明其所知，努力把它传递给后人。越是有学问底人越能应用他所学底到自己身上。“读圣贤书，所学何事?”正是学者对于学问底第一种功用所发底反问。一个谨于修身、勤于诲人、忠于事国底学者，倒不必有什么可以藏诸名山底著作，更没工夫去做那一般士大夫认为隽美的饾饤文章。他底人格便是他底著作，他底教诲，便是他底著作。试看见蔡先生长北京大学以后，在他指导之下，近二十年来，全国有多少在各门各类中见地超越与知识深邃的学者与那最高学府没有关系？蔡先生为他底友生们设计，给他们各人有阐明所学与深究所知底机会，这功绩当比自己在各种学问上做些铅椠佣所做底肤浅的文字较为伟大。

蔡先生参加革命运动底时候，个人生活，在经济方面，是非常困难的。那时候，他一面办报，一面译书。因为要避免当时执政者底注意，他曾用“蔡振”底名字来做笔名。译书也不过为糊口计，不尽是传播学问。不过他没有做那比较容易销售底翻译《欧美名家小说》底事业。他早已认定最高的学问在哲学，知识底强敌是迷信，感情与意志所寄托底在美，于是从事于哲学教科书底编译。《哲学大纲》是取材于德国厉希脱尔底哲学导言，泡尔生与冯德二氏底《哲学入门》，和其它参考书编成的。[1]《哲学纲要》是取材于德国文得而班底哲学入门编成的[2]。泡尔生伦理学原理是据日本蟹江义丸底译本转译底。他又译了日本井上圆了底《妖怪学讲义》，但只有第一卷，其它五卷可惜未译出来。这是一部破除迷信底大著，希望以后有人费些工夫继续译成它。在著作方面可以提出底是《石头记索隐》、《教授法原理》、《中国伦理学史》、《美育实施的方法》及《华工学校讲义》。他底译著多数在商务印书馆出版，因为他底笔墨生涯很早就寄托在那印书馆底编译所里。此外零篇文字，除在新潮社编底《蔡孑民先生言行录》收集以外，二十年来所写的还没有集成，但我们在那本二十年前底集录已经可以看出蔡先生底思想底轮廓。

这里要特别提出来底是附在《言行录》里的《华工学校讲义》。那是为留法底华工写底。那书底内容是《德育讲义》三十篇、《智育讲义》十篇，我们把书中各篇细读一遍，就觉得作者早已理会灌输德育、智育等知识给那没多少机会受完全教育底劳力同胞是救护民族底重要工作。士大夫对于学问所缺底不在知而在行；农工们所急需底只在知，没有智识就容易瞎作胡为，假使能够给他们充分的知识，国家民族底进步当然会加倍地快。我们常感觉得长篇大论，对于劳动的群众是不相宜的。他们不但不能用专心去读一本上万字底书，并且也没工夫去念，所以需要一种几分钟可以读完底简明的小册子。在《华工学校讲义》里，蔡先生所选底题材都非常切用，如合众，合己为群，公众卫生，爱护公物，尽力于公益，勿畏强而侮弱，戒失信，戒狎侮，理信与迷信，自由与放纵，热心与野心，互助与依赖，爱情与淫欲，有恒与保守等都是做成健全公民所需知道底。这书好像没有编完，因为关于智育底只有十篇，而且很不完全。

---

① 厉希脱尔：今译利希托尔，德国哲学家。冯德：今译冯特（1832—1920），德国心理学家、哲学家。泡尔生（1846—1908）：德国哲学家、伦理学家。

② 文得尔班：即文德尔班（1848—1915），德国哲学史家。

蔡先生是提倡以美育代宗教的。这是他对于信仰底态度。从他底言论看来，他是主张理信的，他信人间当有永久的和平与真正的康乐，要达到这目的，不能全靠知，还要依赖对于真理底信仰。能知能行，不必有什么高尚的理想，要信其所知底真理与原则，必能引人类达到至善诚心尽力地去实现它，才是真正实行。所以知与行还不难，信理才是最难的事。蔡先生是个高超的理想家，同时又是个坦白的实践家，他底学问只这一点，便可以使景仰他底人们，终生应用。世间没有比这样更伟大、更恒久的学问。

（原刊 1940 年 3 月 24 日《珠江日报》）

编者后记

许地山作为作家，是小说创作和散文写作双栖而且都取得了成就的作家。他写了不少随笔小品，这些是纯粹的文学散文；同时，他又是学者、评论家，这就使他的散文创作有了一定的丰富性、文化味。关于许地山散文的特色与风格，沈从文先生的概括也许是最得个中三昧的："在中国，以异教特殊民族生活，作为创作基本，以佛经中邃智明辨笔墨，显示散文的美与光，色香中不缺乏诗，落华生为最本质的使散文发展到一个和谐的境界的作者之一……这调和，所指的是把基督教的爱欲，佛教的明慧，近代文明和古旧情绪，糅作一处，毫不牵强的融成一片。"（《论落华生》）

无疑，最能体现许地山散文风格特色的，是他的第一个散文集《空山灵雨》——这也是五四以后最早结集出版的小品散文集之一。这四十余篇随笔小品，主题繁富，意绪驳杂，情调低沉，思想隐晦，有着浓厚的神秘虚无色彩，冠以"空灵"，可谓恰如其分。这些作品篇幅比较小，但却大多有一定的故事性，有些像所谓"微型小说"，体现了许地山散文"小说化"的特点——这在现代散文史上，几乎是独一无二的。本书的第一部分，就收录了《空山灵雨》的全部。

不过，许地山的散文作品并不总是那样隐晦神秘，他也有针对现实、旗帜鲜明的作品。本书第三部分所选，就是这样的篇什。在这里，我们可以体会到作者关心国运的爱国情怀，尊崇劳动的人本精神，教导青年的殷切期望……这些作品，今天的我们，也应该读读。

许地山有一组书信体作品，称为《无法投递之邮件》。此外，他还有情书、家书。这些作品主题、风格不同，甚至可以说迥异，但体裁是基本相同的。本书把这一类作品集中为一辑，希望读者诸君不会感到太过唐突。

许地山游踪不算局促，但游记作品似乎不多。本书把他的三篇游记安排在一起，同时把有关地理胜迹的两篇——《燕京大学校址小史》、《香港考古述略》，放在一辑。作者曾分别居住京、港，又曾在燕京大学掌教席，踏勘、游览、研究，这些作品自然要比走马观花之作深入一些。

如前所述，许地山也是学者，他的宗教、民俗以及文艺研究都十分突出，有专著，有散论。尤其是散论，在悉心探讨的基础上谈一得之见，再加上以文学家的生花妙笔来论述，文章就既有知识含量，又颇能引人入胜了。

本书的最后一个部分，主要是记人的文章，有写自己的，有忆亲友的。亲人有祖母、有父亲；或者，读者也可以把前边的《旅印家书》（给夫人的信）拿来一起同读。特别的是，许地山的回忆文（传），并不直叙其人，而是由别的事情引到人物，写来跌宕生姿，不同凡响。最后的一篇《蔡孑民先生底著述》，谈蔡元培先生的著述，可见蔡先生教育家之外另一重身份上所取得的成就。这不仅不应该算乖离主题、编例，或许也可以与这套丛书中的《蔡元培散文》卷“互文见意”吧？

编　者

图书在版编目（CIP）数据

许地山散文/董义连选编．—上海：上海科学技术文献出版社，2013.1

ISBN 978-7-5439-5720-6

Ⅰ.①许… Ⅱ.①董… Ⅲ.①散文集—中国—现代 Ⅳ.①I266

中国版本图书馆CIP数据核字(2012)第319328号

责任编辑：张 树

封面设计：戴东明

许地山散文

许地山／著 董义连／选编

*

上海科学技术文献出版社出版发行

（上海市长乐路746号 邮政编码200040）

全国新华书店经销

北京建泰印刷有限公司印刷

开本150×230 1/16 印张16 插页2 字数210千字

2013年1月第1版 2013年1月第1次印刷

ISBN 978-7-5439-5720-6

定价：25.00元

http：//www.sstlp.com